Gabi Haug

Projekt Elf

Bibliografische Information der Deutschen Nationalbibliothek:
Die Deutsche Nationalbibliothek verzeichnet diese Publikation in der Deutschen Nationalbibliografie; detaillierte bibliografische Daten sind im Internet über http://dnb.dnb.de abrufbar.

Hinweis: Die Personen und Namen in dieser Geschichte sind frei erfunden und entstammen meiner Fantasie.
Änlichkeiten mit heute noch lebenden Personen sind rein zufällig und nicht beabsichtigt.

Herstellung und Verlag: BoD – Books on Demand, Norderstedt

ISBN: 978-3-7448-9939-0

Danke Euch, liebe Eileen und liebe Dana,
für die immer wieder geopferte Freizeit sowie für
die
Mühe und Geduld, die ich Euch mit meiner Legast-
henie (LRS) als Korrekturleserinnen bereitet habe.

Darum widme ich Euch in tiefer Zuneigung
diese Geschichte.

**_Das Geschichtskapitel Flug in die Heimat
ist darüber hinaus noch eine ganz besondere
Hommage an meine Mädels Dana und Eileen,
die Neuseeland im Jahr 2012 erkundet und dort
auch gearbeitet haben._**

Ein ebenfalls großer Dank geht an ...
meine liebe Freundin Erika
für ihre ebenso wertvolle Unterstützung

Nordinsel von Neuseeland

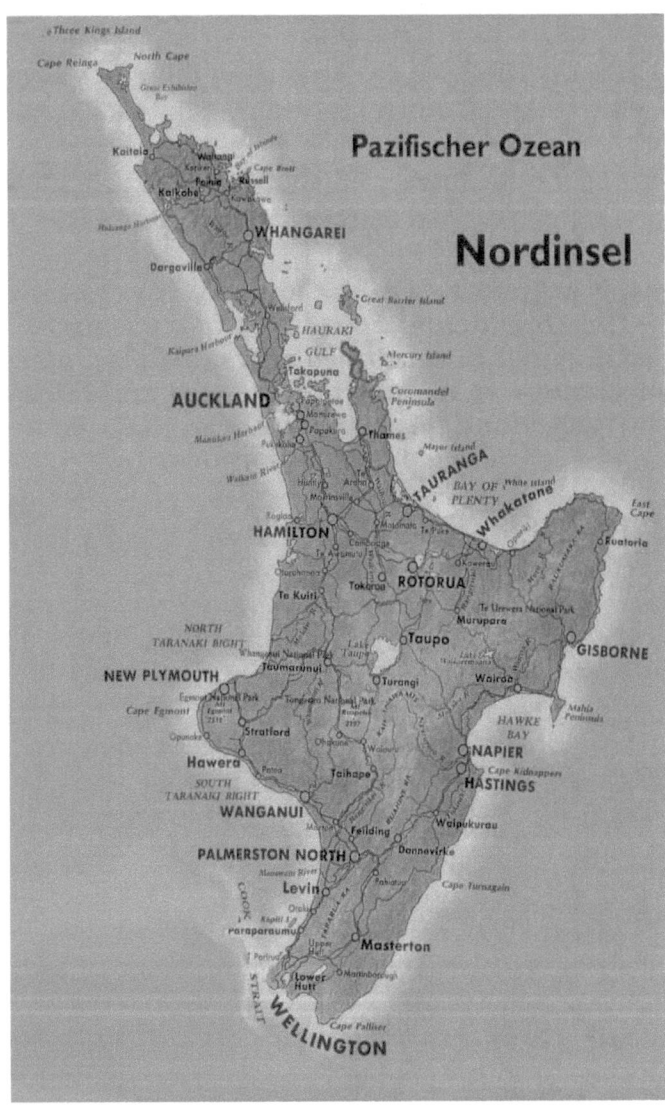

Vorwort

Immer wieder ist in der Mythologie die Rede von Unsterblichkeit. Immer wieder tauchen solche Geschichten quer durch die Jahrhunderte in Fantasieerzählungen auf und handeln von Wesen, die nicht sterben sollen können, wenn man deren Unsterblichkeit nicht gerade mit Gewalt ein Ende setzt. Das haben schon andere Geschichtenschreiber und Autoren in ihren Geschichten, mehr oder weniger gelungen, zu beschreiben versucht.

Ich wage dies in dieser Geschichte nun auch einmal!

In dieser Erzählung habe ich Orte gewählt, die es gibt.
Orte, die für mich oder andere, eine Bedeutung haben
oder hatten und dennoch basiert diese Geschichte - bis auf die Ortsnamen und ein paar kleinere geschichtliche Begebenheiten und Details - rein auf meiner Fantasie.

Die Geschichte beginnt am 21. Dezember 1858 in Neuseeland.

Neuseeland und die Erwähnung dieses Landes ist gleichzeitig auch ein Dank von mir an zwei mir lieb gewordene junge Frauen, die dort einige Monate verbracht haben, indem sie auf der Insel gearbeitet und das Land erkundet haben und die mir in den letzten Jahren als Korrekturleserinnen und Berater bei meinen Geschichten immer wieder helfend zur Seite gestanden haben.

Die Entdeckung

Zusammen mit dem deutschen Professor für Geologie - Johann Franz Julius Haast - erreichte der Naturforscher Professor Paul Hoburg am 21, Dezember 1858 an Bord des Passagierdampfer *Evening Star* den Hafen von Auckland, Neuseeland.

Kurz nach der Ankunft trafen sie auf den österreichischen Geologen und Naturforscher Ferdinand von Hochstetter.

Die beiden Wissenschaftler Haast und Hochstetter entschlossen sich zu einer gemeinsamen Expedition, die sie zu den Drury-Kohlenfeldern und von dort aus weiter über Ruhte zum Aucklandfeld, dann zu den Goldfeldern der Coromandel-Halbinsel, den Kupferfeldern der Great-Barrier-Insel und schließlich zur Kawau-Insel und um das Gebiet um Nelson herumführen sollte.

Professor Hoburg hatte andere Interessen, denn er erklärte, er wolle unterhalb des Vulkan Mount Taranaki die Vegetation erforschen, dort vor allem die Waldgebiete mit ihren Rimu-, Rata-, Kamahi, Totara und Kaikawaka Bäumen und die dortige Fauna.

So verabschiedete sich Hoburg von seinen Kollegen und machte sich mit einigen angeworbenen Männern und seinem Schüler und Vertrauten, Mathias, zum Goblin Forest auf. Die Vegetation dort studieren zu wollen war jedoch nur ein Vorwand, um Beobachtungen für ein weitaus geheimeres Projekt machen zu können.

Während Professor Haast sich mit seinen Forschungen schnell einen Namen machte und so zum ersten anerkannten professionellen Wissenschaftler Neuseelands wurde, so machte Hoburg eine Entdeckung, die für immer ein Geheimnis bleiben sollte.

Der Professor befasste sich seit seinem Studium mit der Vision und dem Mythos um das ewige Leben: Der Unsterblichkeit.

Eine Vision, die wohl so alt ist, wie die Menschheit selbst. Schon die Neandertaler bestatteten ihre Toten mit Grabbeigaben, weil sie wohl an ein weiteres Leben geglaubt hatten, ebenso wie später die Pharaonen, die ihre Verstorbenen in ihren Totenpalästen - den Pyramiden - bestatteten, dies alles mit großem Prunk, im Glauben an die Wiedergeburt und die Unsterblichkeit der Seele.

Der jeweilige Totenkult und die Bestattungsrituale hatten alle einen ähnlichen Gedanken, und zwar den, dass mit dem letzten Atemzug eines Menschen nicht alles endet, denn die Vorstellung vergessen zu werden, war und ist auch heute noch vielen Menschen unerträglich. So keimte auch im Professor immer die Hoffnung, dem Tod eines Tages durch eine spektakuläre Entdeckung ein Schnippchen schlagen zu können. Hoburg befasste sich dazu eingehend mit den alten Mythen, die sich um die Unsterblichkeit und das Wesen der Elfen rankten. Die Sagen der neuseeländischen Eingeborenen über dieses Volk nährten seinen Forscherdrang umso mehr. Diese Wesen - die Elfen - sollten ewig leben und, abgesehen von tödlichen Unfällen und Mord, nicht sterben, nicht erkranken und ab einem bestimmten Entwicklungsstadium nicht mehr altern können.

Das 378km südlich von Auckland gelegene Gebiet um den Mount Taranaki zog Hoburg bei seiner Expedition nahezu magisch an, denn der Goblin Forest in den mittleren Lagen des Gebietes hatte seinen Namen durch die dort beheimaten, knorrigen und dick bemoosten Bäume erhalten. In diesem Teil des Waldes sollte es laut den alten Maori-Legenden Feen und andere Zauberwesen geben. In der Mitte des

Waldgebietes gab es laut der Sagen auch einen Platz, an dem Unsterbliche - Elfen - ihre Rituale zu den Gezeitenwechseln abhalten sollten. Selten jedoch betraten Sterbliche diesen Ort, denn die Ehrfurcht vor den Naturwesen war sehr groß. Doch Hoburg kannte, wenn es um seine Forschungen ging, keine Ängste und so gelangte er mit seinen Männern in das Gebiet des Waipoua Forest.

Drei Wochen hielten sie sich dort auf, ohne dass etwas geschah was man als bemerkenswerte Entdeckung hätte bezeichnen können. Dann jedoch gab es einen Hoffnungsschimmer und ein Lebenstraum, so glaubte der Professor, ging für ihn kurz bevor er schon aufbrechen wollte, mit einer Entdeckung in Erfüllung.

Eines Nachts bei Vollmond erschienen genau an jenem Platz, um den sich die alten Legenden der Maori rankten, einige hochgewachsene Männer. Es waren Krieger wie man an ihrer Kleidung und den Waffen erkennen konnte, die sie bei sich trugen. Krieger mit spitz zulaufenden Ohrmuscheln und fein geschnittenen, edlen Gesichtern. Ihre Augen waren leicht mandelförmig, ihre Pupillen leuchteten in seltsam kräftigen Farben. Sie hatten helle Haut und ihre Haare waren lang und von silberblonder bis goldblonder Farbe.

Die Elfen gelangten zu jeder Zeitenwende durch einen Baum geschütztes Portal an diesen Platz, denn sie lebten seit langem schon sehr zurückgezogen in einer durch Magie geschützten Stadt, die sie nur selten verließen. Kontakt mit den anderen Bewohnern Neuseelands vermieden sie, so gut es ging. Bei dem Portal handelte es sich um eines von zweien auf Neuseeland. Einst gab es viele dieser Pforten, die auf andere Kontinente der Erde geführt hatten, doch diese waren schon seit Ewigkeiten aus Sicherheitsgründen unwiederbringlich verschlossen worden. Dieser Ort, den Hoburg mit seinen Begleitern beobachtete, war einer der beiden Plätze, an dem die Elfen ihre alten Traditionen fortführten und so kamen sie zu jeder Zeitenwende bei Vollmond für drei aufeinander folgende Nächte an diesen Platz, um dort der Erdgöttin zu huldigen.

Wie Hoburg bemerkte, schien der magische Platz auf die Elfen, die dort ihr Ritual abhielten, einen so großen Reiz und ein Sicherheitsgefühl auszuüben, dass diese ihre Anwesenheit nicht zu bemerken schienen, als sie dort ihr Ritual feierten und ihre Lieder sangen.

Mathias fragte den Professor beim ersten Morgengrauen: „Was habt Ihr geplant, Professor?"

„Ich hoffe inständig, dass sie in der heutigen Nacht wieder an diesen Platz kommen. Denn wie es aussieht werden sie es, da einer die von ihnen mitgebrachte Räucherschale dort im Gebüsch versteckt hat. Ich denke, sie beginnen mit ihrem Ritual erneut in der Dunkelheit. Heute Nacht ist Vollmond und ich habe in einem Buch über Okkultismus gelesen, dass bei Vollmond die Magie und die Kraft des Mondes, am stärksten sind. Selbst Druiden hielten in früheren Zeiten ihre Versammlungen bei Vollmond ab. Du weißt doch: Seit jeher wird dem Mond und besonders dem Vollmond viel Unheimliches zugesprochen. Denke an die Geschichten über die Werwölfe. So verehren fast alle früheren Kulturen den Mond als Gottheit, also warum sollten es die Elfen dann nicht auch tun, wo sie laut der Mythologie mit der Natur im Einklang leben?"

Hoburgs Männer lagen seit dem Sonnenuntergang im Gebüsch auf der Lauer. Sie hatten in der letzten Nacht bei dem Ritual der Elfen nur zugesehen, doch in dieser Nacht hatten sie anderes vor und zu ihrem

Glück hatten alle Elfenkrieger, bis auf einen, den Platz noch vor der Morgendämmerung verlassen. Noch immer wussten der Professor und seine Männer nicht, wohin die Elfenkrieger verschwanden. Professor Hoburg befürchtete dem Geheimnis wohlmöglich nie auf die Spur kommen zu können und so wollte er sich die Möglichkeit nicht nehmen lassen, da diese gerade so günstig war, wenigstens einem der Elfen habhaft zu werden. Er beschloss zu versuchen, den Krieger, der sich nun alleine auf der Lichtung befand, in seine Hände zu bekommen.

Der Mond warf ein fahles Licht auf die Lichtung und ließ das blonde Haar des Elfen wie fließendes Silber erscheinen.

Der zurückgebliebene Elf trug Wildlederkleidung. An Waffen führte der Krieger zwei fein gearbeitete Dolche, deren Hefte mit dunkel gefärbtem Leder umwickelt waren, in einem Waffengurt, den er auf dem Rücken trug, mit sich.

Ein fahler Blitz erhellte auf einmal den nächtlichen Himmel. Ein Gewitter zog auf.

Tamarun Angotal aus dem Hause Kharal sah zum Himmel hinauf. Ein merkwürdiges Gefühl machte sich in ihm breit. Doch dieses Gefühl hatte nichts mit dem aufkommenden Gewitter zu tun, sondern mit einer Empfindung, die auf eine Gefahr hindeutete. Er konnte diese Gefahr zwar körperlich spüren, jedoch nicht recht zuordnen, da sich für ihn nichts Ungewöhnliches im Wald um ihm herum abzuspielen schien.

Tamarun griff nach seinem Pounamuanhänger, denn er an einer Kette um seinen Hals trug und den ihm vor Jahren sein Freund Purahi - ein Maorikrieger - als Zeichen ihrer Freundschaft geschenkt hatte. Dieses geschenkte Kleinod hatte Tamarun seit diesem Tag immer am Körper getragen, denn laut Purahi soll der Stein das Herz stärken und bei Verletzungen eine reinigende Wirkung auf das Blutsystem haben. Der Stein war somit reich an Energie.

„Los, dies ist unsere Chance! Er ist alleine!", meinte Hoburg aufgeregt und befahl dennoch sehr leise: „Nehmt ihn gefangen! Versucht ihn nicht zu verletzen, denn ich brauche ihn möglichst unbeschadet. Wenn ihr seiner habhaft seid, dann fesselt ihn mit den Seilen."

Es lauerte *etwas* in der Nähe. Tamarun spürte dies immer stärker. Er wusste, dass er nicht mehr länger an diesem heiligen Ort verweilen sollte. Er wollte gerade loslaufen ...doch da war es schon zu spät. Eine Stimme hinter ihm meinte in englischer Sprache und äußerst abfällig: „Wo willst du denn hin, Freundchen?"

Tamarun verdrehte die Augen und dachte bei sich: *'Diese unsäglichen Menschen müssen sie doch wieder einmal im Waldgebiet herumschleichen!'*

Nun hatten sie nicht nur ihren friedlichen Platz, den sie für ihre Rituale um der Natur zu huldigen nutzten, sondern auch ihn entdeckt. Er ahnte vorerst jedoch nichts Böses, denn in den Jahren seines Lebens hatte es immer einmal wieder Kontakt zu den Bewohnern Neuseelands gegeben. So wandte er sich um und sah sein Gegenüber aus seinen türkisfarbenen Augen an.

Die Männer, denen er nun gegenüberstand, begegneten ihm jedoch nicht zurückhaltend und achtsam wie es die Menschen meist bei einem Zusammentreffen taten, sondern wirkten äußerst feindselig und stürzten im gleichen Moment auf ihn zu.

Nur einen Wimpernschlag hatte er zu lange gewartet, um nach seinen Dolchen zu greifen. Er wurde von ihnen einfach niedergerungen. Die Schläge, die ihn trafen, waren hart und schmerzhaft. Er stöhnte

vor Schmerz, als ein Tritt ihn in die Magengrube traf, da er die Arme hob um seine Kopf
zu schützen, auf den ein anderer der Männer einschlug.

Doch damit beließen sie es nicht: Sie fesselten ihn, nachdem sie ihn so brutal zusammengeschlagen hatten, an Händen und Füßen. Tamarun biss sich auf die Lippen, als einer der Männer trotz seiner Wehrlosigkeit noch einmal zuschlug. Er unterdrückte den Schmerzenslaut so gut er konnte, denn Schmerz zu zeigen, das war nicht die Wesensart seiner Rasse und erst recht nicht die seine.

„Professor, was jetzt?"

„Packt ihn in erst einmal in den Käfig dort."

Die Gesichtszüge des Menschenmannes, der anscheinend das Sagen in der Menschengruppe hatte, verzogen sich zu einem befriedigenden und äußerst süffisanten Lächeln, als er Tamarun nun in dem Käfig, in den man ihn gesteckt hatte, betrachtete. Offenbar hatten diese Menschen gewusst, dass sein Volk in dieser Nacht an diesen Ort kommen würde und den günstigen Augenblick genutzt ihn gefangen zu nehmen. Tamarun konnte den Grund dafür jedoch nicht erahnen.

Er rollte sich von Schmerzen gepeinigt in seinem Gefängnis zusammen, denn die Menschen überließen ihn nun erst einmal sich selbst.

Tamarun überlegte, was sie mit ihm anstellen konnten. Eines war für ihn gewiss: Egal was sie ihm antun würden, er würde sein Volk um keinen Preis an sie verraten. Am besten tat er erst einmal so, als verstünde er sie nicht. Er hatte im Moment auch das ungute Gefühl, dass das Schweigen der Männer kein gutes Zeichen war und dass man ihm einiges abverlangen würde und seine Gefangennahme ihm sogar den Tod bringen könnte. Er hatte schon so manchen

Blick auf das menschliche Lusterlebnis des Tötens geworfen, wenn diese als Trophäenjäger Tiere jagten. Auch war er Augenzeuge nach einer Stammesfehde von Kannibalismus der Maori geworden. Der Sieger hatte den Körper seines getöteten Gegners zerstückelt und teilweise verzehrt. Natürlich war dies nicht geschehen um den Speisezettel der siegreichen Sippe zu erweitern, sondern aus rituellen Gründen. Davon abgesehen basierte der Verzehr von Fleisch und Blut eines Besiegten - auch bei den Trollen - auf der Vorstellung, sich die Kraft der Person mit dem Akt des Essens vollkommen einzuverleiben. Und er als Elf galt unter den Menschen als magiebehaftetes Wesen mit der Macht der Unsterblichkeit.

Er kannte deren okkulte Riten nicht; vielleicht glaubten die Männer an eine Machtübertragung und daran, mehr Kraft zu erlangen, wenn sie einen Elfenkrieger aßen...

Er hatte auch gewusst, dass ein Tag kommen konnte, an dem man ihn oder einen der Seinen entdeckte. Er hatte bereits darüber nachgedacht, wenn er denn einmal durch einen Gewaltakt sterben musste, wie so ein Tod wohl sein mochte. Natürlich kamen diese Gedanken nicht von ungefähr, denn Visionen hatte sich schon als richtig erwiesen. Doch wie hätte er es verhindern können? Konnte man sein Schicksal verhindern oder es verändern? Er wusste noch ja nicht einmal, ob er seinen Untergang erst recht herbeiführte, wenn er es wagte, gegen diese Menschen aufzubegehren. Doch selbst dazu fehlte ihm im Moment die Kraft.

Professor Hoburg war begeistert von dem Fang. Doch nun musste er den Elf unbedingt verhören. Es gab zwei Möglichkeiten, die er sich ausmalte: Entweder er erfuhr woher die Elfen kamen und wohin sie verschwanden, oder aber, wenn der Elf nichts preisgab, musste er ihn irgendwie nach Deutschland schaffen, um dort in seinem Labor an ihm forschen zu können. Es kam ihm nun wie eine göttliche Fügung vor, dass er ein Jahr zuvor im Keller seines elterlichen Besitzes ein altes, verschüttetes Gewölbe gefunden und sich dort in aller Heimlichkeit ein kleines Labor eingerichtet hatte. Er hatte sich nach einer kurzen Besprechung mit Mathias auch schon einen Plan zurechtgelegt: Betäubt würde er den Elf als seinen Neffen ausgeben, der nach einem Sturz bei ihrer Expedition durchs Land, sein Bewusstsein verloren hatte.

Einer der Männer hatte angefangen ihn in Maori auszufragen. Nach einigen weiteren Schlägen und der Androhung, dass er schon antworten würde, wenn man ihm erst einmal ein paar Finger oder Zehen abgeschnitten hätte, hatte Tamarun beschlossen, dann doch das ein oder andere Mal eine Antwort zu geben. In dieser kritischen, fast hoffnungslosen Situation wehrhaft zu bleiben, war nicht einfach. Er hatte einen Fehler begangen, obwohl er sogar die Seinen gewarnt hatte, aber wenn er Glück hatte und sie ihm helfen konnten, würde es besser sein, wenn er nicht einige seiner Körperteile verloren hatte.

„Tötet ihr mich nun?", erkundigte sich Tamarun nach zwei Tagen ohne Nahrung, Wasser, ständigen Drohungen und Fragen danach, wo man die Seinen fände.

Hoburg grinste höhnisch, als ihm einer seiner Männer die in Maori gesprochenen Worte ins Englische übersetzte.

„Mir scheint er hat Todesangst, aber will sich dies um keinen Preis anmerken lassen. Sag ihm, ich werde mich noch eine Weile in Geduld üben, denn er ist mir lebend mehr von nutzen. Er soll das hier nun trinken."

Tamarun funkelte den Professor wütend an und meinte: „I won´t drink that!" >> Ich werde dies nicht trinken! <<

„Oh, dieser Kerl kann sich mit uns auf Englisch verständigen, das ist ja wunderbar!" So wandte er sich dem Elf zu.

„Do as I say!" >> *Tu, was ich sage!* <<

„No way!" >> *Auf keinen Fall!* <<, entgegnete Tamarun stur. „What next? Are you going to beat me up?" >>*Was nun? Wirst Du mich verprügeln?* <<

Hoburg war es, der nun wütend wurde und den Elf ungehalten anfauchte: „Well, seems to me that you only understand the hard way..." >> *Nun, wie mir scheint, verstehst du es nur auf die harte Tour...* << Los Mathias, öffne den Käfig und hol ihn da raus!"

Der Mann zerrte mit Hilfe von zwei Begleitern Tamarun gewaltsam aus seinem Gefängnis. Einer der Männer verpasste ihm einen harten Tritt, der Tamarun in die Knie zwang.

„Ich glaube, der Kerl ist recht zäh, sodass wir lang unsere Freude mit ihm haben werden! Los, halte seinen Kopf fest. Nun wollen wir doch mal sehen, wer von uns am längeren Hebel sitzt! Bist du so weit, Mathias?", fragte der Professor.

„Jawohl!", antwortete dieser mit tonloser Stimme. „Na dann wollen wir mal", grinste er. „Nun trink das!"

Tamarun presste seine Lippen fest zusammen.

Der Professor schlug ihm ins Gesicht, hielt ihm dann die Nase und den Mund zu, sodass Tamarun letzten Endes, als er das Gefäß an seine Lippen presst bekam, doch den Mund öffnete und die Flüssigkeit schluckten musste, um nicht zu ersticken.

Hoburg meinte daraufhin: „Good night, sleep tight..." >> *Gute Nacht, schlaf gut...* << Aufmerksam beobachtete der Professor den Elf dabei, wie er langsam das Bewusstsein verlor.

„Was habt Ihr ihm gegeben?"

„Stechapfel!", erwiderte der Professor nur knapp. „Lass die

Männer eine Trage bauen und ihn zum Hafen nach Auckland bringen."

Tage später und nachdem die Männer, die sie begleitet hatten, zum Stillschweigen verpflichtet und dafür gut entlohnt worden waren, meinte Mathias: „Der Kapitän und seine Mannschaft erwarten uns."

„Gut!", meinte der Professor.

Als der Kapitän sich ihnen näherte, meinte Hoburg: „Lasst uns meinen *Neffen* an Bord schaffen und den armen Jungen nach Hause bringen!" Er grinste dabei seinen Schüler hinter vorgehaltener Hand an.

Tamarun lag ohne Bewusstsein auf der Trage und bekam von alldem nichts mit. Weder, dass man ihn aus seiner Heimat entführte, noch von der langen Seereise nach Deutschland. Immer wieder, wenn er fast erwachte, wurde ihm das Betäubungsmittel eingeflößt.

Entführt in ein fremdes Land

Ralaran hatte ebenfalls etwas gespürt - eine Gefahr hinter sich, als er das Menschenreich verlassen und das Elfenreich durch das Portal betreten hatte, doch er konnte sich keinen Reim darauf machen. Da das Gefühl jedoch anhielt und Tamarun sich noch im Menschenreich aufhielt, war er nach kurzer Überlegung durch das magische Portal zurückgeeilt, das die Welten voneinander trennte. Er hatte gerade noch gesehen, dass man Tamarun in einen Käfig gesperrt und ihn weggeschleppt hatte. Doch alleine konnte der Elf gegen die Menschenmänner und deren Übermacht nichts ausrichten. Dann waren zu allem Unglück Blitze aufgezuckt und ein heftiger Wolkenbruch hatte eingesetzt. Er hatte kurz etwas im Licht des Blitzes funkeln sehen und danach gegriffen. Es war Tamaruns Kette mit dem magischen Anhänger gewesen. Ralaran war augenblicklich in die magische Ebene der Elfenwelt zurückgekehrt, um Hilfe bei den Seinen zu holen.

„Warum nur hatte es nur so heftig in der Menschenwelt regnen müssen?", fragte sich die Herrin der Elfen und Verzweiflung lag in ihrer Stimme. Zwanzig Elfenkrieger waren schnell auf ihren Befehl an den Ort des Geschehens zurückgekehrt, doch der Regen hatte alle Spuren verwischt. Drei volle Tage und Nächte hatten die Krieger in kleinen Gruppen den Wald nach den Entführern Tamaruns durchforstet, doch hatten sie diese nicht finden können.

Betroffenheit machte sich nun bei ihrem Volke breit und lähmende Trauer erfüllte die Herzen des Herrscherpaars. Bitter würden die Menschen diese Tat bereuen müssen und die ansonsten jedem so freundlich gesonnenen Elfen trauten von nun an keinem Menschen, ja selbst den eingeborenen Maori, nicht mehr. Wohl hatten sie schon zuvor mit ihrer magischen Kunstfertigkeit das Schicksal einer Bedrohung aufzuhalten versucht, doch nun mussten sie feststellen, dass ihr Volk den Sterblichen wohl zu arglos gegenübergetreten war. Tamarun, ihr geliebter Ziehsohn, war verschwunden und nur eine Hoffnung blieb: Ihn vielleicht irgendwann einmal heil wieder zu sehen.

Noch an Bord des Schiffes meinte Professor Hoburg zu seinem Schüler Mathias: „Ich habe im Keller meines Hauses ein kleines Versuchslabor eingerichtet. Es gibt dort auch einige Räume um jemanden dort sicher gefangen zu halten und ich gedenke diese für den Elfen noch speziell herzurichten, damit wir dort ganz im Geheimen und ungestört an ihm forschen können. Ich habe dieses Kellergewölbe selbst erst vor gut zwei Jahren entdeckt. Außer Cläre und nun dir, Mathias, weiß niemand etwas davon. Es sind drei Räume, alle mit schweren Eisengittertüren versehen. Kein Mensch wird jemals auf die Idee kommen zu vermuten, dass wir jemanden dort eingesperrt haben könnten und somit auch nicht nach ihm suchen.“

„Wer sollte dies auch, Professor! Die Sippe dieses Individuums wird ihn nicht finden können und wohl auch bei den Behörden keine Vermisstenanzeige aufgeben“, meinte Mathias und grinste breit.

„Mathias, ich fiebere vor Freude! So gesehen ist das Leben an sich eine schlimme Folter, wenn man weiß, dass es Unsterbliche gibt. Stell dir vor wir kämen hinter das ganz spezielle Geheimnis der Elfen und wir könnten ewig leben und du würdest das Geheimnis mit Cläre und mir teilen! Die Vergangenheit wird nur noch in unseren Gedanken existieren und die Zukunft geht immer und ewig weiter. Wir wären es, die sich an die Stelle der göttlichen Autorität setzen könnten."

Endlich, nach langen fünfzehn Wochen einer einigermaßen ruhigen, aber dennoch anstrengenden und beschwerlichen Seereise von Auckland über Napier, ging es von dort aus nach Port Chalmers in der Region Otago, weiter nach Australien in die Port-Phillip-Bucht, und von dort aus nach Adelaide, Singapur, zur Kronkolonie Colombo - Ceylon. Die Seepassage führte sie weiter nach Damietta über den ligurischen Hafen La Spezia, den Camillo Benso Conte von Cavour gerade ausbauen ließ und weiter nach Tilbury. In dem englischen Hafen hatten sie noch einen zweitägigen Aufenthalt und nun waren der Professor und sein Gehilfe mit dem angeblichen Neffen des Professors wieder in Hamburg und somit in der Heimat angelangt. Den betäubten Unsterblichen hatten sie von der Anlegestelle aus in einer Nacht- und Nebelaktion in eine Kutsche geschafft und waren dann nach Heidelberg aufgebrochen.

Professor Hoburgs Tochter Cläre war über alle Maße erfreut ihren Vater nach so langer Abwesenheit wieder daheimzuhaben. Lange - fast zwei Jahre - war er fort gewesen und die junge Frau war mit ihren dreiundzwanzig Jahren mittlerweile selbst zur Ärztin geworden. Sie hatte ihr Promotionsexamen nach schweren Kämpfen und Konflikten um die Dissertation von Frauen geschrieben, die ihr in den Weg gestellten Hürden überwunden und ihren Doktortitel mit Auszeichnung bestanden. Vorreiterin in diesem Kampf und somit Cläres Vorbild war Dorothea Erxleben, die auf Befehl des preußischen Königs 1754 als erste Frau Deutschlands an der Universität Halle zur Promotion im Fach Medizin zugelassen worden war.

Als Hoburg seiner Tochter den bewusstlosen Elf zeigte, war die junge Frau überaus beeindruckt von dessen Wesen und begeistert, als ihr Vater sie bat, ihm gemeinsam mit Mathias bei den Forschungen an ihm zu helfen.

„Weißt du, Clärchen, es darf niemand erfahren, dass er hier ist", meinte ihr Vater ernst. „Die Naturwissenschaft steckt voller Rätsel und du weißt auch wie viele Forscher es gibt, die für ihre Ideen und Versuche heftig angefeindet werden. Es gibt zu diesen Wesen und ihrer Unsterblichkeit sehr viele ungelöste Fragen, die einer Antwort und vor allem, wenn wir diese bekommen, auch stichhaltigen Beweisen bedürfen. Wir haben nun das unschätzbare Glück ein Exemplar dieser Spezies in den Händen zu haben. Ach mein Kind, ist das nicht wunderbar?"

„Ja Vater, das ist es und ich werde dir dabei helfen alle Beweise zusammen zu tragen, egal wie lange es dauern wird."

Tamarun erwachte in einem dunklen Raum. Er war benommen und äußerst verwirrt. Er spürte alsbald die Kette an seinem linken Bein und die, die um seine Handgelenke lag. Voller Entsetzenblickte er sich um und fragte sich, wo er sich befand. War er von den Menschen hierhergebracht worden, um gefoltert zu werden? Er stand vorsichtig auf, als er bemerkte, dass die Fußfessel ihm Raum für Schritte gab und so durchmaß er mit kleinen Schritten den Raum. Groß war dieser nicht! In der einen Ecke fand er eine Vertiefung. In dieser führte ein etwa handbreit großer Schacht senkrecht nach unten. Auf einmal bemerkte er, dass er nicht länger alleine in dem Raum war. Er blickte hinüber zu der Gestalt, die regungslos im Raum stand und ihn zu beobachten schien. Auf einmal wurde es heller im Raum, denn die Person hatte eine Laterne angezündet. Tamarun erkannte nun den Menschen, der ihm ins Gesicht geschlagen und ihm diesen widerwärtigen Trank eingeflößt hatte. Der Mann, denn die anderen Menschenmänner Professor genannt hatten, meinte zu ihm: „Toilet bowl" und Tamarun verstand, dass er in das Loch seine Notdurft verrichten konnte.

„Was wollt Ihr von mir?", fragte Tamarun zuerst im Maori, besann sich dann jedoch darauf, dass der Mensch die maorischen Worte nicht verstanden hatte und stellte seine Frage in Englisch: „What do you want with me?"

Der Mensch machte einige Schritte auf ihn zu. „Du bist von mir auserwählt worden mein Forschungsobjekt zu sein. Ich will die Geheimnisse der Unsterblichkeit deiner Rasse erkunden. Mit dir und den Versuchen an dir, werde ich Großes erreichen!"

Tamarun ahnte was das für ihn bedeutete. Diese Menschen würden ihn quälen um an ihr Ziel zu kommen. Doch noch hoffte er von den Seinen befreit zu werden. Er ahnte nicht, dass seit seiner Gefangennahme Monate vergangen waren und er sich nicht mehr in seiner Heimat befand. Er wusste auch nicht, wie er sich dem Fremden gegenüber verhalten sollte. Er versuchte vor dessen Hand, die nun nach ihm griff, zurückzuweichen.

„Wage es nicht vor mir zurückzuweichen, du wirst es bereuen! Sei dir ebenso gewiss: Hier findet dich niemand. Dein Volk kann dir nicht zur Hilfe kommen, denn du nicht mehr in deinem Land."

Tamarun schluckte. „Nicht mehr in meinem Land?", brachte er fragend und ungläubig über die Lippen.

„Du bist in meiner Heimat, Tausende von Seemeilen von der Deinen entfernt. Niemand außer mir und meinen engsten Vertrauten weiß überhaupt von deiner Existenz und dass du dich in unseren Händen befindest. Du wirst dich damit abfinden müssen. Und du allein bist es, welcher die Auswirkungen zu tragen hat, wenn du mir einen Grund lieferst um dich hart anzupacken, solltest du nicht kooperativ sein."

Cläre war begierig darauf, den Elf untersuchen zu dürfen. Da lag er nun und konnten sich weder wehren noch weglaufen. Sie untersuchte ihn mit akribischer Genauigkeit, strich mit den Fingern durch sein Haar. Sie war beeindruckt von seinem langen silberblonden Haar, seinen türkisfarbenen Augen und von seiner blassen Haut. Sie untersuchte ihn sorgfältig und machte bei dieser Gelegenheit seinen Oberkörper frei, hörte seine Herztöne und die Lunge ab, untersuchte seine Ohren und prüfte seine Reflexe an Armen und Beinen. Sie prüfte an verschiedenen Stellen seine Schmerzunempfindlichkeit indem sie ihn zwickte oder ihn mit einer Nadel malträtierte. Als Wissenschaftlerin der Medizin hegte sie ebenfalls die Hoffnung, der angeborenen Unsterblichkeit der Elfen gemeinsam mit ihrem Vater auf die Spur zu kommen. Schon früh hatte ihr Vater ihr Geschichten über die Unsterblichen vorgelesen, später hatte er dann ihre wissenschaftliche Lernbegierde geweckt und daher war sie auch mit Freuden der Medizin und Wissenschaft verfallen. Die Begeisterung war nun jedoch größer als bei anderen Versuchsobjekten, denn der Elf konnte im Gegensatz zu anderen sprechen, wie sie wusste. So nahm sie sich vor, ihm auch die deutsche Sprache beizubringen, damit dieser sich auch in ihrer Sprache verständlich machen konnte.
Anfangs wehrte sich Tamarun - der immer in Ketten gehalten wurde - mutig gegen alles, was man versuchte ihm aufzuzwingen. Der Professor versuch-

te ihn immer wieder zu befragen. Reagierte Tamarun nicht auf die Fragen so erntete er dafür Schläge, die ihm von Mathias verpasst wurden. Danach erklärte ihm der Professor: „Du kannst mir glauben, dass ich das hier lieber auf freundliche Weise tun würde. Aber ich werde alles tun, was nötig ist, um zu erreichen, was ich mir zum Ziel gesetzt habe."

Doch was auch immer dieser Professor erreichen wollte, Tamarun hatte nicht vor, ihm dabei zu helfen.

Nach einer weiteren solcher Drohungen ihm etwas anzutun, wenn er nicht antworten wolle, hatte man ihn auf eine Liege geschnallt. Der Professor krempelte seine Ärmel hoch. „Glaub mir, Elf, ich bekomme was ich will, also sag: Wie kann einer der Euren die Unsterblichkeit auf ein sterbliches Wesen übertragen? Wenn du es mir nicht sagst, dann wird die Erforschung dir heute umso mehr wehtun, da ich langsam doch die Geduld mit dir verliere."

Als Tamarun wieder nicht antwortete, seufzte der Professor auf. „Gib mir das Skalpell dort."

Er sah Tamarun noch einmal in die Augen. „Nun überlege es dir, denn sonst musst du wohl oder übel ertragen, was wir für Versuche mit dir machen werden."

Tamarun schwieg jedoch und so setzte der Professor das Skalpell an und schnitt ein Stück Fleisch aus dem Unterarm. Der Schmerz war groß, sein Blut floss.

„Nun, wir werden dann erst einmal sehen, wie lange die Heilung einer Verletzung bei dir braucht."

Tamarun schloss die Augen und versuchte seinen Peiniger zu ignorieren.

Die Wunde hatte sich innerhalb weniger Zeit geschlossen und war am nächsten Tag so gut wie verheilt. Daraufhin hatte Tamarun sich geweigert, weiterhin Nahrung zu sich zu nehmen.

„Sterben - also deine Seele gehenlassen - willst du also, dies durch Auszehrung deines Körpers, Elf?", hatte Cläre nach sechs Tagen gefragt. „Nein mein Hübscher, das wirst du nicht. Wir werden dies zu verhindern wissen, denn du *bist* ein zu wertvolles Forschungsobjekt für uns, als das wir dies zulassen würden. Wir werden so lange an dir experimentieren, bis wir wissen, was wir wissen wollen!"

Der Professor hatte ihn auf den Untersuchungstisch festgeschnallt. Cläre hatte seinen Kopf angehoben und ihm einen Löffel Brei an die Lippen gehalten. Wie erwartet hatte Tamarun sich erneut verweigert und dabei die Zähne und Lippen fest aufeinandergepresst.

„Gut, wie du willst. Auch, kein Problem. Es geht auch anders", hatte der Professor erklärt. „Cläre, halte ihm die Nase zu!"

Als Tamarun dann schließlich nach Luft schnappen musste, hatte der Professor ihm jedoch nicht nur einfach den Löffel in den Mund gesteckt, sondern einen Schlauch und ihm diesen dann den Schlund hinab bis in den Magen geschoben. „Nun wirst du eben von uns zwangsernährt!", hatte er erklärt. Der Schlauch wurde danach wieder entfernt und zu jeder Mahlzeit erneut eingeführt.

Nachdem Tamarun diese Tortur einige Tage durchgestanden hatte, hatte er letzten Endes kapituliert und freiwillig die Mahlzeiten, die man ihm gebracht hatte, zu sich genommen.

Professor Hoburg beobachtete sein Versuchsobjekt, wie er Tamarun nannte, über weitere Tage. Zuerst musste Tamarun zwei Wochen in völliger Dunkelheit verbringen, danach setzten sie ihn ebenso lang dem Licht aus. Man ließ ihn nicht schlafen. Der

Professor protokollierte dabei jede noch so kleine Geste.

„Wie ich mir schon gedacht habe!", meinte Hoburg. „Anscheinend könnt ihr Elfen euch auch bei Licht ausruhen und so etwas wie einen Erholungsschlaf finden, doch die völlige Finsternis ist es, die euch mehr zu schaffen macht. Vielleicht solltest du doch mit mir reden, wenn du nicht möchtest, dass ich dieses Wissen gegen dich nutze. Du bist ziemlich stur, Elf. Du könntest dir weitere Versuche und damit Leiden ersparen."

Tamarun sah ihn nur verächtlich an.

„Na gut, es wird somit nur ein wenig länger dauern, bis ich dich dazu bringe, mir das zu geben, was ich will. Aber es wird gelingen, da bin ich mir sicher."

Hoburg, wie auch seine Tochter, sprachen mit Tamarun nur noch Deutsch. Tamarun hatte die Sprache schnell gelernt und nun sprach er sie auch gut, doch er gab weiterhin nichts über sein Volk preis. Nicht nur den Professor, sondern auch Cläre ärgerte dies und noch mehr, wenn Tamarun meinte: „Niemand hat das Recht andere zu entführen und gefangen zu halten, nur weil sie anders sind. Ihr Menschen seid schlecht und der, den du deinen Vater nennst, hat mich aus Aotearoa - dem Land der langen weißen Wolke - entführt. Ich verachte euch zutiefst dafür!"

Da Tamarun auch weiterhin nicht bereit war Auskunft darüber zu geben, warum sein Volk unsterblich war, unternahm der Professor weitere Versuche. Er begann an dessen Sehkraft zu forschen und stellte dabei fest, dass der Elf in der Dämmerung genauso gut wie bei Licht sehen konnte. Eine Erklärung für diese enorme Schärfung des Sehsinnes fand er jedoch bei diesen Versuchen nicht. Die Fähigkeit Gerüche wahrzunehmen ein ebensolches Phänomen. Dieser Geruchssinn war ebenso ausgeprägt wie alle anderen Sinne des Elfen, die mehr denen der Tiere anstelle derer der Menschen glichen. Dennoch: Um einen Geruch aufzunehmen musste Tamarun nicht eines Tieres gleich schnuppern. Die Versuche an seinem Gehör zeigten, dass dieses so empfindlich war, dass Tamarun bestimmte Töne, die von außerhalb des Raumes kamen, auch noch sehr gut wahrnehmen konnte, wenn selbst manche Tiere sie nicht mehr zu hören schienen. Als die Versuche abgeschlossen waren, begann Hoburg durch Mathias Mithilfe am Temperaturempfinden von Tamarun zu forschen. Mathias steckte den Elfen dafür zunächst mehrmals in ziemlich heißes Badewasser.

„Na Mistkerl, wie geht es dir?", meinte Mathias eines Morgens.

Der Gehilfe des Professors blieb seit zwei Tagen außerhalb der Reichweite der Kette stehen, da Tamarun ihn nach den Torturen mit heißem Wasser versucht hatte, anzugreifen. Der Angriff war zwar misslungen, hatte dem Gehilfen jedoch einen Nasenbruch beschert, da es Tamarun gelungen war, ihn am Bein fassend noch zu Fall zu bringen, bevor er ganz aus seiner Reichweite entkommen war.

„Hier ist Brot und Wasser, du Tier. Iss!", näselte Mathias.

Tamarun bedachte ihn mit einem schon als unverschämt zu bezeichnenden Lächeln.

„Was grinst du Dreckskerl so blöde?!"

„Du näselst gerade so schön, wenn auch deine Beleidigungen mir gegenüber - wie immer - ein klein wenig zu derb sind. Das tut weh, nicht?", dann nahm er das Brot, aß es und trank das Wasser.

Tamarun machte sich schon lange keine Sorgen mehr darüber, ob man ihm etwas in sein Getränk hineingeschüttet oder der Nahrung etwas zugesetzt hatte, dass ihm den Willen rauben konnte. Er hatte gerade den letzten Bissen geschluckt, da fuhr Mathias ihn an: „Los komm her, du Scheusal! Wird es bald!?"

„Was habt Ihr nun schon wieder mit mir vor?", fragte

Tamarun, blieb jedoch auf seinem Stuhl sitzen. Er weigerte sich, einfach so zu gehorchen, denn etwas Gegenwehr hatte er immer noch in sich. Dass dies allerdings keine gute Idee gewesen war, stellte er schnell fest, denn Mathias eilte nun trotz des mit Bedacht gehaltenen Abstands auf ihn zu, um ihm dann die Hand nun mit voller Wucht ins Gesicht zu schlagen.

„So! Das tut nun wohl auch weh! Und nun wirst du mitkommen, denn wir machen mit dir eine neue kleine Wasserprobe." Mathias löste die Ketten von der Wandhalterung. Mit den Worten: „Los jetzt, bevor ich mich vergesse, Subjekt", zerrte Mathias Tamarun in den Nebenraum, wo der Professor und dessen Tochter schon auf sie warteten.

„Zieh dich aus Elf, und steige in den Wasserbehälter dort", meine Hoburg und sah Tamarun nicht einmal an.

„Nein!"

Cläre und Mathias stürmten gleichzeitig auf Tamarun zu. Er stürzte zu Boden und sie rissen ihm regelrecht die Kleidung vom Leib. Danach steckten sie ihn mit auf den Rücken gefesselten Händen in den mannshohen Wasserbehälter und ließen so viel kaltes Wasser ein, dass Tamarun gerade noch so mit der Nase aus dem Wasser herausschaute.

Drei Stunden stand er nun schon in dem eiskalten Wasser, bis er leicht zu zittern begann. Nach einer weiteren Stunde bat er: „Bitte... lasst... mich .... hier raus"

„Es ist vermutlich auch für dich kein angenehmes Gefühl im kalten Wasser zu stehen. Dennoch, der Versuch geht weiter. Mund auf!", befahl der Professor und schob ihm das Thermometer zwischen die Lippen. „Clärchen notiere: 33,5°C Köpertemperatur und er zittert leicht."

Cläre sah ihren Vater fragend an. „Lassen wir ihn noch drin und seine Temperatur weiter absinken?"

„Ja!" Dann wandte er sich an Mathias: „Mathias, wir brauch noch Eis, hole welches aus dem Eiskeller. Der Eishändler hat in der Frühe drei neue Blöcke gebracht und einen habe ich von ihm für das Kühlen unseres Fisches zerstoßen und in Eimer füllen lassen."

Mathias lachte, während er sich auf den Weg machte und meinte: „Wenn der alte Amrun wüsste für was für einen Fisch er das Eis zerschlagen hat, dann würde er aber Augen machen!"

„Lass dies dumme Geschwätz und spute dich!", meinte Cläre daraufhin.

Zwei weitere Stunden ließen sie ihr nun immer stärker frierendes Opfer in dem Eiswasser ausharren. Mathias hatte auf das Geheiß des Professors immer wieder Eis gebracht und dem Wasser hinzugegeben. Ab und zu hatte Cläre einen Eimer Wasser aus dem Behälter abgeschöpft, sonst wäre Tamarun das Wasser wohl schon in Mund und Nase gelaufen. Seine Lippen waren mittlerweile blau, seine Muskulatur wies die ersten Lähmungserscheinungen auf.

„Seine Körpertemperatur ist unter 25,5 °C gesunken, doch er ist immer noch bei Bewusstsein. Sein Puls ist etwas langsam geworden." Cläre sah ihren Vater fragend an und meinte: „Vater, sollten wir ihn nun nicht doch besser rausholen? Nicht, dass ihm seine Extremitäten noch absterben." Sie bedachte dabei durch den durchsichtigen Behälter seine unteren Extremitäten mit einem merkwürdigen Blick. „Sein Penis und sein Hodensack sind ziemlich geschrumpft", bemerkte sie und trat dann zu ihrem Vater.

„Die Kälte lässt sie schrumpfen, das ist ein natürlicher Vorgang!", erklärte ihr Vater.

In diesem Augenblick schloss Tamarun die Augen und sein Kopf kippte nach vorne. Da Cläre und ihr Vater die Köpfe über den Aufzeichnungen zusammengesteckt hatten, bemerkten sie dies nicht und Mathias war noch einmal losgelaufen um noch mehr Eis zu holen. Wasser drang Tamarun in Mund, Nase und Augen. Er bekam keine Luft mehr. Doch er verspürte keine Panik, auch wenn er langsam ertrank. Wie viele Sekunden blieben ihm noch, bis er endlich sterben konnte?

Cläre drehte sich nun herum und bemerkte so gleich was geschehen war. „Vater, der Elf, er ist - oh je, ich befürchte er atmet nicht mehr!", rief sie und eilte zum Behälter um auf den Tritt hinauf zu hasten und Tamaruns Kopf aus dem Wasser empor zu reißen. Vater und Tochter zogen Tamarun gemeinsam aus dem Behälter und legten ihn auf den Boden. Cläre begann sofort Tamaruns Brustkorb zu massieren. Dabei hauchte sie ihm immer wieder ihren Atem in den Mund. Kurz darauf japste Tamarun nach Luft und spie Wasser aus. Als er wieder gleichmäßiger atmete, meinte der Professor nur: „Das Ergebnis des Versuches sagt uns also, dass Unsterbliche auch an Unterkühlung oder durch Ertrinken sterben können. Die Form einer Unsterblichkeit an sich existiert somit nicht, denn auch die Elfen können aufhören zu existieren. Doch sie können ewig leben, wenn ihnen keine Unfälle passieren oder man sie zu töten versucht. Sie sind somit unendlich Langlebige und dafür gibt es ja wohl einen Grund und den müssen wir herausfinden!"

Tamarun begriff mit Entsetzen, dass man ihn aus dem Wasserbehälter geholt hatte. Cläre nahm ein großes Handtuch und rubbelte Tamarun, der immer noch auf dem Boden lag, trocken und wickelte ihn dann in eine Decke ein. Mit Mathias Hilfe brachten sie ihn in seinen Raum zurück, legten ihn auf die Schlafstätte und ketteten ihn wieder an. Cläre war auf einmal ganz hingerissen vom Anblick des wie Alabaster wirkenden Elfenkörpers. Sie musste sich von dessen Ansicht fast schon gewaltsam losreißen und deckte ihn erst einmal zu. Nach kurzer Zeit brachte sie ihm Tee und er bekam eine warme Suppe zu essen. Cläre warf noch zwei weiterer Decken über ihn, da es ihm entsetzlich kalt war, dann ging sie und man ließ ihn in Ruhe.

Tamarun war verzweifelt, seine Hoffnung auf ein friedvolles Ende war zerschlagen. Er konnte nur hoffen, dass diese Qualen und Versuche irgendwann ein Ende fanden oder er dabei doch noch starb.

Menschliche Begierde

„Vater, ich habe über Etwas nachgedacht!", meinte Cläre am Abend. „Glaubst du, dass ein Elfmann eine Menschenfrau schwängern kann?"

Ihr Vater sah von seinem Buch auf und warf ihr einen fragenden Blick zu. Sie wich seinem Blick aus und errötete leicht, erklärte aber dennoch: „Es könnte doch sein, dass sie auch so ihre Unsterblichkeit an Nachkommen weitergegeben könnten? Ich denke da an die Sagen, die du mir als Kind immer vorgelesen hast. Man hat in den Mythenbüchern über verschiedene Völker doch Halbelfenwesen erwähnt, wenn ich mich recht erinnere. Auch von Werkatzen und Gestaltwandlern sowie anderen Halbwesen war die Rede gewesen. Also Geschöpfe - halb Mensch, halb... - was weiß ich -, die sich aus Paarungen zweier Gattungen entwickelt haben."

Hoburg zog die Stirn nachdenklich in Falte und meinte: „Interessieren würde mich das auch, mein Kind. Wir wissen, dass seine männlichen Attribute denen von Menschenmännern durchaus gleichen. Auch ist durch die Forschung bereits bekannt, dass wenn man zwei verschiedene Rassen einer Spezies kreuzt, dabei Mischlinge mit Merkmalen beider Eltern herauskommen können - so wie etwa bei Hunden. Genauso verhält es sich auch bei uns Menschen. Wenn Menschen sich mit verschiedenen Merkmalen paaren, dann entsteht auch ein Mischling, welcher beide Merkmale in unterschiedlich starker Ausprägung besitzt. Das ist schon bei jeden Kind das geboren wird so, denn es hat Merkmale von Mutter und Vater und deren Familien."

Der Professor grübelte eine Weile nach, bis er meinte: „Unsere Anatomie und die Blutzusammensetzung ist der des Elfen gleich. Doch ob eine Vereinigung mit ihm zur Befruchtung einer weiblichen Eizelle einer Menschenfrau und somit zu einer Schwangerschaft führen würde, dies ist nicht gewiss. Die Frage wäre auch: Wer sollte sich zu so einem Versuch bereit erklären?"

Cläre sah ihren Vater ein wenig verlegen an. „Also was ich dir eigentlich mit meiner Frage sagen wollte, Vater, ich bin zu dem Entschluss gekommen, dass ich in den nächsten Tagen sein Ejakulat untersuchen werde, um die Lebensfähigkeit der Spermien darin zu erforschen."

Ihr Vater schnaubte ein wenig, als er fragte: „Wie willst du das denn machen? Willst du etwa zu ihm hingehen und sagen: „Gib mir dein Ejakulat, damit ich es untersuchen kann?"

Cläre grinste, woraufhin ihr Vater meinte: „Ich denke, er wird dir nicht gerade behilflich dabei sein. Er macht doch schon bei den einfachsten Versuchen gewaltige Probleme und verweigert jegliche Kooperation!"

„Man könnte ihn betäuben!"

„Chloroform verabreichen? Das würde ihn nur einschläfern!"

„Ich dachte eher an Laudanum: Opium macht wollüstig und mit den richtigen Griffen kann jeder einen Mann erregen. Es könnte auch bei ihm Wirkung zeigen."

Der Gedanke war für den Professor zuerst abwegig, ließ ihm dann jedoch keine Ruhe. „Ja, vielleicht sollten wir diese Möglichkeit in Betracht ziehen!" Hoburg gähnte, denn der Tag war lang für ihn gewesen. „Kind, lass uns morgen Abend weiter darüber reden. Du weißt, ich muss früh aus dem Haus. Ich habe in den Morgenstunden einen Vortrag vor meinen Studenten zu halten."

„Ja, Vater, ich weiß, so lass uns nun schlafen gehen. Ich wünsche dir eine angenehme Nachtruhe. Auch ich werde mich zu Bett begeben, denn der Tag war anstrengend."

Ihr Vater und Mathias hatten nach dem Morgenmahl das Haus verlassen, um erst am späten Nachmittag wieder heimzukehren. Cläre ging hinunter in das Kellergewölbe, um Tamarun Tee mit 10 Tropfen Laudanum versetzt und etwas zu essen zu bringen. Als sie dies getan hatte, begab sich ins Labor und holte von dort einen Glasbehälter.

Die Frage, als Cläre zu ihm in den Raum zurückkehrte, kam für Tamarun völlig unerwartet und er schrak zusammen.

„Wie sieht es mit dem Geschlechtstrieb bei euch Elfen aus?"

„Geschlechtstrieb?", fragte Tamarun.

„Ich denke du hast mich schon verstanden! Ich meine damit den Fortpflanzungstrieb!"

Hörbar entrüstet schnappte Tamarun nach Luft. „Ich wüsste nicht, was dies Euch anginge, Menschin."

„Jetzt hört mir mal gut zu, du unverschämter Kerl: Ich will eine Antwort auf meine Frage und ich werde sie bekommen, so oder so. Du wirst mir nun antworten oder ... es büßen."

Tamarun seufzte tief, dann besann er sich eines Besseren und antwortete: „Der Fortpflanzungstrieb schlummert bei uns, bis wir einen passenden Partner gefunden haben, mit dem wir uns vereinigen wollen und dem wir unser Herz schenken möchten."

„Dieser *passende Partner*... muss dies eine Elfe sein oder könnt ihr auch mit weiblichen Wesen anderer Rassen Nachkommen zeugen?"

Tamarun schüttelte hastig den Kopf. „Nein! Das ist ausgeschlossen!", stieß er hervor.

Aber Cläre hatte die Unsicherheit und die Angst in seiner Stimme gehört. Sie lachte kalt: „Ich denke... du lügst mich an!"

Das Laudanum begann langsam bei Tamarun zu wirken, es machten ihn ruhiger, obwohl er innerlich tobte und am liebsten geschrien hätte, da er begriff, dass sie ihm etwas verabreicht hatte, dass seine Sinne verwirrte.

Cläre saß noch eine Weile abwartend neben ihm und betrachtete sein Gesicht, dann aber zog sie behände die Decke von Tamaruns Körper. „Wir haben vor, deinen Samen zu untersuchen", erklärte sie ihm. „Du wirst nun schön brav sein und dafür sorgen, dass ich welchen bekomme."

„Das werde ich nicht!", stieß er hervor.

Cläre runzelte ungehalten die Stirn. „Oh du einfältiger Dummkopf, glaube mir, du wirst mir geben was ich von dir verlange! Entweder freiwillig oder ich werde...", sie sprach nicht weiter, sondern zog rasch die Ketten fest, sodass Tamarun fast unbeweglich auf seinem Lager fixiert war.

Was sollte er tun? Er war an seine Schlafstätte gekettet und diese Frau öffnete nun seine dünne Leinenhose.

„Nein!", rief er verzweifelt, „Fass ...fass mich nicht an!"

Sein Missfallen interessierte Cläre jedoch nicht im Geringsten. Beinahe zärtlich erkundete sie mit ihren Fingern seinen entblößten Unterleib und er starrte mit einer Mischung von Angst und Wut auf ihre Finger. Ein Schauer breitete sich über seinen gesamten Körper aus und das Gefühl schien ihn zu lähmen, als sie seine Männlichkeit umfasste. Die Demütigung war schlimmer, als wenn sie ihm Schmerzen zugefügt hätte. Tamarun schloss verzweifelt die Augen. Reglos und starr presste er die Lippen aufeinander, als sie begann ihre Hand an seiner Männlichkeit auf und ab zu bewegen.

Die Wirkung, die Cläre mit dem Laudanum hatte und mit ihrem Handeln erzielen wolle, blieb nicht aus: Kurz darauf stand sein Geschlecht kerzengrade, die Vorhaut war zurückgerutscht und seine blaurote Eichel stach hervor.

„Sehr schön!", kommentierte Cläre seine für ihn ungewollte Erregung, „Siehst du, nun bekomme ich doch, was wir brauchen!"

Tamaruns Augen waren voller Verstörung weit aufgerissen und er stöhnte unwillkürlich gequält auf, als sie mit ihrer Daumenkuppe über seine Eichel fuhr. Bis er sie sagen hörte: „So, nun wollen wir doch mal sehen, was wir aus dir herausbekommen."

Verzweifelt riss er an seinen Fesseln, doch diese wollten nicht nachgeben. In diesem Moment wünschte Tamarun sich, er würde sterben. So wie es seine Seele in ebenjenem Moment tat. Sein Körper gehorchte ihm nicht mehr, sondern jenem *Monster*, welches ihn nun mit kalten Augen taxierte.

„So gefällst du mir. Du darfst ruhig kommen, mein hübsches Versuchsobjekt."

Wieder entfuhr seinen leicht geöffneten Lippen ein gepeinigtes Stöhnen. Dieses Mal noch etwas lauter. Cläre griff rasch nach dem Glasbehälter. Seine türkisenen Pupillen weiteten sich und sein Körper fing an zu zittern, als Cläre ihn unaufhörlich einem Orgasmus entgegentrieb. Sein Körper zuckte schmerzhaft unter der Eruption des Höhepunkts und dieser fegte unaufhaltsam über ihn hinweg.

„Ja, so ist es gut", meinte Cläre und fing jeden einzelnen Tropfen auf, den er ihr gab. Sie hielt den Becher hoch und besah sich die ansehnliche Menge perlweißer Flüssigkeit. Dann stellte sie das Gefäß zur

Seite. „Na siehst du, es ging doch!", war alles, was sie noch sagte, ehe sie die Decke über
ihn warf und verschwand.

Als sich die Nebel in Tamaruns Kopf lichteten, begann er haltlos zu weinen. Dies war die schrecklichste Erniedrigung gewesen, die er jemals in seinem Leben hatte erfahren müssen! Am ganzen Körper zitternd, versuchte er sich zusammen zu rollen. Er fühlte abgrundtiefen Hass gegen diese Menschen und Scham. Warum hatte sie das getan? Diese Frau hatte dabei Gefühle in ihm ausgelöst, die er niemals so hatte haben wollen. Seine Seele war in tausend Teile zersprungen. Warum lebte er überhaupt noch? Nichts hätte er lieber gewollt als in diesem Moment zu sterben.

Am Nachmittag kam der Professor von seiner Vorlesung zurück. Er betrat das Labor und fragte unvermittelt: „Was machst du da?"

„Sein Ejakulat untersuchen."

„Du hast es bekommen?", fragte er verwundert.

Eine leichte Röte zog sich über Cläres Gesicht, doch ein triumphierendes Funkeln trat in ihre Augen. Sie sagte einfach nur 'Ja!', mehr nicht. Nur dieses eine Wort.

Ihr Vater bemerkte, dass da noch etwas war, denn die Wangen seiner Tochter leuchteten rot und sie hatte den Blick gesenkt.

„Was ist geschehen, Tochter?", frage er daher.

„Vater, ich habe mir den Samen des Elfen mit meiner eigenen Hände Arbeit besorgt. Aber genug davon, du musst dir das unbedingt anschauen!", lenkte sie stattdessen ein und ihr Vater sah in das Mikroskop. Ein Kollege, wie der Professor ihn nannte, Johan Ham, hatte im Jahr 1677 die Spermatozoen entdeckt. Antoni van Leewenhoek hatte im Jahr 1680 an den Spermien von Mensch und Tier geforscht.

Doch was Hoburg hier sah, das ging wohl über dessen Forschung weit hinaus. „Das ist beeindruckend!", meinte er. Dann jedoch wurde seine Miene plötzlich ernst. „Gibt es sonst noch etwas, mein Kind? Du wirkst mir heute sehr aufgewühlt!"

„Vater, dieser Elf hat einen wahrhaft anmutigen Körper, der selbst im mir Begierden erweckt, die ich dachte nicht mehr empfinden zu können. Er sieht ... *beeindruckend* aus. Ich wäre nur zu gern bereit für deine Forschung ein Opfer zu bringen! Ich würde mich für die Empfängnis bereitstellen, wenn dies möglich ist."

„Du willst was?!", rief ihr Vater. „Oh Kind, ich habe Angst, dass du des Versuches wegen unmäßig wirst und dich zu sehr der Begierden hingeben könntest. Es heißt in einigen Mythen über die Elfen, dass die Liebe mit ihnen wie ein tödliches Gift wirken kann!"

„Vater, als ich ihn so vor mir liegen sag, da geriet mein Blut wahrhaftig in Wallung. Doch was soll schon geschehen, wo er doch uns gehört? Verlassen kann er mich nicht und stell dir vor, ich bekomme wirklich ein Kind von ihm! Es wäre dein Enkelkind."

„Du willst das wirklich, wagen?"

„Ja, Vater!"

Vom Laudanum berauscht, das ihm am Morgen der Professor, damit er keinen Verdacht schöpfte, selbst verabreicht hatte, bemerkte Tamarun nicht, das Cläre in den Raum trat. Er spürte eine Berührung an seinem rechten Oberschenkel. Sie stand auf einmal da und lächelte böse, als sie meinte: „Ich weiß genau, was du brauchst, mein Hübscher."

Langsam, qualvoll langsam fuhr sie mit ihrer Hand nun an dessen Innenseite entlang.

Er versuchte sich zu bewegen, doch die Fesseln, die man ihm nach dem Frühstück angelegt hatte, ließen dies kaum zu. Er war ihr und ihrem Sadismus machtlos ausgeliefert.

„Ein wirklich prachtvolles Glied hast du, das muss ich dir zugestehen, Elf!" Sie begann ihn zu masturbieren. Sie allein bestimmte, was mit ihm passierte. Er war für sie nur der Körper eines Versuchsobjektes und wurde zu ihrem Lustsklaven. Er japste, sein Brustkorb hob und senkte sich schnell, sein Herz raste. *Bitte lass es endlich aufhören!", flehte er in seinem Geist.*

Ein dumpfes Pochen breitete sich in seinen Lenden aus - eines, das er erneut nicht wollte - und verzweifelt schloss er die Augen. Er wollte seine Ruhe, wollte nicht mehr benutzt werden, wollte am liebsten tot sein.

Cläre zog sich aus.

Er zerrte an seinen Fesseln.

„Wenn du nicht augenblicklich Ruhe gibst, dann wirst du es bereuen! Du machst es nur schlimmer, wenn du dich wehrst!"

Er hatte keine Wahl.

„Du bleibst jetzt brav liegen und hast dabei das grenzenlose Vergnügen mir beiwohnen zu dürfen." Sie wiederholte das Spiel der Masturbation und setzte sich dann auf sein erigiertes Geschlecht. Er spürte ihren prüfenden Blick auf sich. „Wie schön du bist!", flüsterte sie. Ihre Hand wanderte über seinen Kopf, sie spielte mit seinem Haar und näherte sich langsam seinem Gesicht. Sie fuhr mit ihrem Finger die Konturen seiner Lippen nach. Verzweifelt wandte Tamarun sein Gesicht zur Seite. Cläre gab ihm dafür eine schallende Ohrfeige und fauchte: „Du könntest dir viel ersparen, wenn du kooperativer wärst. Eins schwöre ich dir, mein kleiner Langlebiger: Nun wirst du erleben, was eine Menschenfrau wie ich einem Elfen wie dir zu bieten hat!", Sie griff ihn an den

Schultern und begann ihr Becken langsam vor, zurück und dann in Kreisbewegungen zu bewegen. Ihre Bewegungen wurden schneller und immer heftiger.

Cläre hatte ihre sexuelle Erfahrung schon vor drei Jahren mit einem Kommilitonen gehabt und danach waren sie kaum noch aus dem Bett gekommen, wenn sie sich gesehen hatten. Somit hatte sie genügend Erfahrung in der körperlichen Liebe gesammelt. Bartel, ihr potenter Liebhaber, war jedoch nach dem Abschluss des Studiums nach Erfurt an eine Klinik gegangen und nach einigen Wochenendbesuchen hatten die beiden sich aus den Augen verloren und ihre Liebe war erkaltet.

Cläre schrie nun vor Lust laut auf. Tamarun spürte deutlich, wie sich seine Hoden zusammenzogen und schloss erneut verzweifelt die Augen. Cläre verlangsamte ihre Bewegungen und ließ ihre Scheidenmuskeln in dem sie diese immer wieder anspannte und lockerließ spielen, denn sie wusste genau das sie ihn so beeinflussen und quälen konnte, dann hauchte sie: „Bettle mich an, dass du kommen darfst."

Tamarun schüttelte heftig den Kopf, während stumme Tränen auf seine Wangen traten und als sie sich daraufhin doch wieder bewegte, wand er sich im Schauer seines Orgasmus. Cläre lächelte kalt in sich hinein, denn noch hatte sie nicht genug. Ihre Hand griff kurz darauf erneut nach seinem erschlafften Glied. „Wir haben noch einiges vor mit dir... und vor allem ich!" Sie machte sich keine Gedanken darüber, wie er sich dabei fühlte. Solange der Elf nicht tot war, würde sie seinen kleinen Freund, wann immer sie wollte, zum Leben erwecken und ihren Spaß an ihm haben. „Du gehörst jetzt ganz mir. Du wirst für immer mein sein und du wirst nun auch viele solcher Qualen durch mich erleiden.", sagte sie.

Monate später meinte sie belustigt: „So viel Zorn und Scharm, und kein bisschen wahre Lüsternheit in dir? Schade, dass du nicht bereit dazu bist, es freiwillig mit mir zu tun und ich immer wieder nachhelfen muss. Ansonsten könntest du es vielleicht auch genießen…"

Zeitweise hatte Tamarun sogar das Gefühl, dass sich der Professor selbst im Raum befand und sie beobachtete. Wenn es so war, dann schien es Cläre nicht im Geringsten zu stören. Sie machte Tamarun das Leben mit ihrer Lust über vierzig Jahre lang zur Hölle. Ein Kind empfing sie jedoch nicht von ihm.

Einmal in der Zeit beschwerte sich Cläre bei ihrem Vater. „Dieser Elf vermag anscheinend wirklich kein Vergnügen an der sexuellen Lust zu empfinden. Kein leidenschaftlicher Zug scheint ihn zu durchfurchten, auch nicht, wenn man ihn mit Laudanum anregt."

„Ach Kind!", meinte ihr Vater nur. „Du hingegen empfindest zwar Vergnügen bei dem Akt der Vereinigung, jedoch gewiss auch keine Liebe für ihn. Vielleicht liegt es ja daran!"

„Er zeigte aber sehr wohl körperliche Reaktion darauf. Ich verstehe es nicht… selbst wenn sich keine Lust einstellt, er kommt dennoch.", schmollte Cläre und der Professor sah seine Tochter nachdenklich an.

„Vielleicht ist er für den Akt noch zu jung!"

„Oder ich kann keine Kinder bekommen!", entgegnete Cläre und zog dabei ein äußerst besorgtes Gesicht.

Cläres Trauer

„Oh mein Kind, ich kann meinen Schmerz nicht ausdrücken", meinte Cläre zu ihrer Nichte Elise, die ihren kleinen unehelichen Sohn Albert im Arm hielt und der ebenso die Tränen der Trauer über die Wangen liefen.

Die Frauen standen schwarz gekleidet am Grab von Cläres Vater, denn der Professor war vier Tagen zuvor im Alter von achtundachtzig Jahren verstorben und gerade neben ihrer Mutter im Grab beigesetzt worden.

Erreicht hatte Hoburg in seinem Leben viel - doch das Wissen über die Unsterblichkeit, dieses Geheimnis war ihm verborgen geblieben.

Als sich Elises Tränenfluss etwas gelegt hatte, meinte sie sanft und leise: „Der Tod meines Großonkels betrübt mich sehr, Tantchen. Aber so traurig es klingt: Wir wissen doch, dass geliebte Menschen nun einmal sterben."

Die junge Frau hatte früh ihre Eltern verloren und noch bevor sie heiraten konnten, war der Mann, dessen Kind sie im Arm hielt, bei einem Grubenunglück ums Leben gekommen.

„Tante, Großonkelchen hatte ein erfülltes Leben gehabt und auch einiges von der Welt gesehen, was uns wohl verborgen bleibt. Das sollte uns trösten."

„Das tut es auch, Nichte! Aber es wird einsam für mich werden im Hause ohne ihn!"

„Was hältst du davon, wenn wir ein paar Tage bei dir bleiben?"

Cläre nickte nur zustimmend und verfing sich dann in Erinnerungen... Sie war nun selbst schon fünfundsechzig Jahre alt. Kinder, das wusste sie, würde sie keine mehr bekommen. Ihr Versuchsobjekt, der Elf, lebte weiterhin angekettet im Kellergewölbe unter dem Haus. Sie war nun jedoch alleine mit den Forschungen, denn auch Mathias war schon verstorben. Der dumme Kerl war bei einem Bergunfall ums Leben gekommen. *'Was musste man auch in seiner Freizeit in den Bergen herumklettern und sich dabei mit zweiundvierzig Jahren in den Tod stürzen, wenn man als Forscher große Erfolge hätte haben können?'*, fragte sie sich nach all den Jahren immer noch.

Am späten Abend, nachdem alle Trauergäste sich verabschiedet hatten und ihre Nichte Elise und der Kleine schliefen, ging Cläre hinunter in das Kellergewölbe, da sie die Einsamkeit oben im Haus nicht mehr ertragen konnte. Sie setzte sich zu Tamarun und seufzte: „Vaters Tod macht mich so unendlich traurig!"

„So traurig es für dich sein mag: Wir wissen Beide, dass ihr Menschen nicht alt werdet", meinte Tamarun mitleidlos. *War diese Menschenfrau nun dem Wahnsinn anheimgefallen, dass sie tatsächlich glaubte, er würde nach all den Jahren der Demütigung und grausamen Tortur noch so etwas wie Mitgefühl für sie empfinden?!* Ich kann keine Trauer wegen seines Todes empfinden, denn in meinen Augen war der Professor ein Monster!", erklärte er ungerührt.

Cläre sah Tamarun entrüstet an, als sie ihn anfuhr: „Ich denke du hättest es verhindern können das er stirbt!"

„Das glaubst du?!", meinte er. „Und selbst wenn es so wäre, so hätte ich wohl nicht bei Verstand sein müssen um meinem Peiniger zu helfen am Leben zu bleiben!"

Cläre sprang auf und funkelte Tamarun aus tränenverschleierten Augen wütend an, während sie hervorstieß: „Behaupte nie wieder, dass mein Herr

Vater ein schlechter Mensch war, denn tust du dies noch einmal, dann kastrier´

ich dich wie einen räudigen Kater! Ich warne dich, Elf!"

„Glaubst du wirklich diese Drohung macht mir noch Angst? Begreife du besser, dass er versagt hat, ebenso wie du, die glaubte es sei ein leichter Weg mit einem Elfen zu schlafen um ein Kind von ihm zu bekommen. Dies war ein ebenso lächerlicher Versuch, der sowohl dich sowie auch keinen anderen je ans Ziel bringen wird! Und das bleibt auch so, egal ob du mir drohst mir etwas anzuschneiden oder ob du drohst mich zu töten, Cläre. Du bist die Nächste die sterben wird und ich sehe, dass du davor wirklich Angst hast!"

Cläre war nun richtig wütend, ihr Gesicht lief rot an. Sie kniff die Augen zusammen und fuhr in an: „Immerhin hatte ich die bescheidene Befriedigung, dass mir die gemeinsamen Schäferstündchen mit dir Spaß gemacht haben, im Gegensatz zu dir, der du mir dabei als Spielzeug meiner Lust ausgeliefert warst und dienen musstest! Außerdem ist deine Unsterblichkeit die doch eine besonders grausame Bürde... Du hast so einen wunderschönen, strapazierfähigen Körper, kannst die unglaublichsten Untersuchungen und Sachen aushalten, die wir Menschen dir hier angedeihen lassen und dich besonders schnell wieder erholen. Aber was passiert? All dies nutzt dir kein bisschen, denn du wirst hier unten verrotten, wenn mich der Tod ereilt!" Daraufhin warf sie die Tür zu und verriegelte sie.

„Ich hoffe, du leidest an der grausamen Empfindung zu solch lustvollen Gefühlen zu alt geworden zu sein. Denn gib es zu: Du hast die Lust an der Sexualität schon lange verloren. Ich verspüre gerade den

unwiderstehlichen Drang mich darüber zu freuen",
hörte sie Tamarun vor der Tür noch sagen.

Cläre sah mit einer Mischung aus Verwirrung und
Verzweiflung auf die Tür und kämpfte die aufstei-
genden Tränen nieder. Erst jetzt wurde sie sich bewusst, dass sie Tamarun liebte. Sie jedoch würde ihn
solange sie noch lebte, weder überzeugen oder dazu
nötigen können, etwas für sie zu fühlen außer Verachtung und Hass.

Cläre - sich ihren Gefühlen und ihrer Schwäche
nun umso bewusster - forschte als berentete Ärztin
und Wissenschaftlerin natürlich weiter, was ihr jedoch kein zufriedenstellendes Ergebnis einbrachte.
Sie wusste, dass ihr die Lebenszeit unaufhaltsam
davonlief und so musste sie jemanden in das Ver-
suchsprojekt einweihen. Tamarun hatte sich nicht
verändert, er sah immer noch so jung aus wie am
ersten Tag, als ihr Vater ihr seine Entdeckung offen-
bart hatte. Der Elf hatte zwar an Gewicht verloren
und seine Augen waren stumpfer geworden mit der
Zeit, doch sein Gesicht war makellos und eben wie
das eines jungen Mannes. Cläre wusste: Sollte sie
sterben, dann hätte es sein können, dass man den
Elfen sowie die anderen Versuchsobjekte in dem
Gewölbe nicht fand. So kaltherzig war sie nun auch
wieder nicht, denn dann würde Tamarun dort qualvoll an Hunger und Wassermangel verenden. Das
wollte sie ihm nach all den Stunden, in welchen er
ihre Leidenschaft befriedigt hatte, nicht antun. So
kam nach ein paar weiteren Jahren dann auch der
Tag, an dem ihr Großneffe alt genug dazu war, um in
das Geheimnis der Forschung der Familie einge-
weiht zu werden. Der junge Mann war nun mittlerweile neunzehn Jahre alt und entwickelte reges Interesse an der Medizin und auch an den Forschungen

seines Urgroßonkels, wie Cläre mit großer Freude feststellen durfte.

„Wieso?", wollte die nun vierundachtzigjährige, noch agile Cläre wissen, die sich auf ihren Gehstock stützte. „Du denkst doch nicht etwa an die Forschungen meines Vaters? Dein Urgroßonkel und sein Tun haben dich doch zuvor nie so richtig interessiert, Albert!"

Der junge Mann lächelte. „Ich bin älter und vernünftiger geworden, Großtante. Mit Zunahme des Alters, da verändert sich auch das Interesse und man weiß Dinge zu schätzen, die Verwandte in ihrem Leben geleistet und erreicht haben. Ich bin zu dem Entschluss gekommen - und dieser basiert auf deinen Erzählungen - einfach mehr über das Schaffen meines Urgroßonkels erfahren zu wollen. Die Geschichten über die Unsterblichkeit sind sehr faszinierend und der Gedanke daran, diesen Thesen auf den Grund zu gehen, der hat etwas für sich. Außerdem hast du vollkommen Recht mit dem, was du über den Erhalt unserer Familie gesagt hast. Mutter und ich, wir sind nach dir die letzten noch lebenden Nachkommen unserer Familie. Dadurch, dass ich Mutters Mädchennamen zum Nachnamen habe, da sie meinen Vater nicht ehelichen konnte, bleibt sogar der Familienname deines Vaters der Nachwelt erhalten, Großtante. Die Forschungsergebnisse von meinem Urgroßonkel und von dir, sie sollten nicht einfach so verloren gehen. Ich würde gerne in die Forschung einsteigen. Ich möchte dich bitten, mich darin zu unterweisen und an deinem Wissen teilhaben zu lassen."

Cläre lächelte erfreut und zeigte ihrem Großneffen noch am gleichen Abend das Labor und auch die dortigen Versuche und Aufzeichnungen. Sie übergab dem jungen Mann die Forschungsergebnisse mit den

Worten: „Junge, ich enterbe dich, solltest du auch nur ein Wort über dieses Projekt der Öffentlichkeit preisgeben." Am Ende nahm sie in mit in den Raum, in dem Tamarun seit Jahren gefangen gehalten wurde.

Albert hielt sich an die Abmachung zu schweigen, denn er

mochte seine Tante nicht enttäuschen.

„Es fällt mir wirklich schwer dir das zu sagen, aber die Ergebnisse, die ihr bei den Versuchen mit ihm erringen konntet, die waren wohl nicht allzu befriedigend gewesen."

„Sei nicht albern, Albert. Dein Urgroßonkel und ich, wir haben einige Versuche gemacht und die Mehrzahl hat uns zu wesentlichen und neuen Erkenntnissen geführt. Wir haben verblüffende Einblicke in die Lebensdauer eines elfischen Organismus bekommen. Elfen überleben Seuchen und Krankheiten, an denen unsereins zu Grunde geht. Ich denke immer noch, dass dies an bestimmen Erbmolekülen liegt und wenn wir diese entziffern und voneinander trennen können, dann können wir mit deren Hilfe gewiss auch das Leben von Menschen verlängern. Über die Jahre habe ich mit dem Elfen den Beischlaf vollzogen, um von ihm ein Kind zu empfangen. Doch ich denke, dass wir Menschen mit den Unsterblichen keine Nachkommen zeugen können."

„Hast du sein Ejakulat über die Jahre hinweg auch immer wieder untersucht, Großtante?"

„Ja natürlich, und es befanden sich in seinem Erguss immer nur fruchtbare Spermien. Die Spermien selbst haben im Samenplasma bis zu zwanzig Stunden überlebt, während die von Menschen außerhalb des Körpers nur bis zu zwölf Stunden überleben. Sein Erguss betrug das Volumen eines menschlichen Samenergusses, wobei die Anzahl der menschlichen

Spermien dabei durchschnittlich 20 bis 150 Millionen beträgt. Bei ihm lag diese Anzahl zwischen zweihundert und dreihundert Millionen. Er ist durchaus zeugungsfähig."

„Vielleicht lag es an dir?"

„Unsinn, aber das dachte ich auch einmal. Darum habe ich mich untersuchen lassen. Bis zu den Wechseljahren bin

ich vollkommen gesund gewesen."

Als Cläre im Jahr 1923 mit neunzig Jahren verstarb, widmete sich Albert alleine den Versuchen an Tamarun, denn auch er wollte die Unsterblichkeit ergründen. Er behandelte Tamarun dabei weitgehend anständig. Doch auch er machte Versuche mit Tamarun und hielt diese, ebenso wie dessen Existenz und die Ergebnisse, geheim. Er schaffte es sogar dies gegenüber seiner Frau zu verbergen. Mediane war eine ängstliche Frau und nichts hätte sie in den Keller des Hauses hinuntergebracht und so ließ sie ihren Mann in seinem Laboratorium gänzlich in Ruhe und auch Robert, der Sohn der beiden, durfte den Keller nicht betreten, da es ihm seine Mutter verbot. Robert war dazu ein Problemkind, doch zu guter Letzt schlug auch er mit seinem Studium die Familienlaufbahn ein, er schaffte es jedoch nur mit Ach und Krach seinen Doktortitel zu erwerben.

Die Erforschung der Tollwut war eines von Professor Doktor Alberts letzten Projekten. Er infizierte Tamarun mit dieser gefürchteten Übertragungskrankheit. Die Symptome führten anfangs auch bei Tamarun zur Verwirrtheit, er sabberte und bekam Angst vor Wasser. Er bekam sogar jene Lähmungen, die nach ihrem Auftreten fast immer zum Tod es Infizierten führten. Nur wenige Menschen hatten einen Tollwutausbruch überlebt und alle Menschen die überlebt hatten, hatten permanente neurologische Schäden davongetragen. Doch nach zwei Wochen war Tamarun wider völlig in Ordnung und gesundet. Alberts Endtäuschung war jedoch groß, denn in Tamaruns Blut fand er keine Anhaltspunkte, was diese Heilung ausgelöst haben könnte. Somit war der Versuch - wie so viele zuvor - zwar gelungen und dennoch gleichzeitig fehlgeschlagen.

Als Professor Doktor Albert selbst alt wurde, übergab er das *Versuchsobjekt Elf* letzten Endes mit einem nicht gerade guten Gefühl an seinen Sohn Robert weiter. Aber was hätte er sonst mit einem Unsterblichen tun sollen, der über Jahre von seiner Familie im Kellergewölbe gefangen gehalten worden war?

Robert, im Gegensatz zu seinem ruhigen Vater, war ein sehr jähzorniger junger Mann. Das sollte Tamarun vor allem nach einem Schlaganfall von Professor Albert, den dieser im Alter von siebenundsechzig erlitt, zu spüren bekommen.

„Vater, was du davon hältst, das interessiert mich nicht, der Kerl da ist jetzt mein Eigentum! Ich mache mit ihm was ich will und ich hoffe, dass die Experimente, die ich an ihm machen werde, zu meiner Zufriedenheit verlaufen." Er drehte sich zu Tamarun um: „Du willst also wirklich nicht reden? Dann sieht es so aus, als müsse der Versuch anderswo gemacht werden." Er zerrte Tamarun so schwungvoll von dem Lager, dass dieser zu Boden ging, da seine Beine von der Fesselung steif und seine Muskeln geschwächt waren. „Mir reicht jetzt der Unsinn. Aufstehen!", befahl Robert und zog Tamarun am Arm hoch.

In Dr. Roberts Hand

Der junge Robert lechzte nicht so wie seine Vorgänger nach Wissen im wissenschaftlichen Bereich. Nein! Dieser junge Mann wollte einzig und allein seinen Spaß haben und glaubte sich dazu steht's durch rüdes Auftreten behaupten zu müssen. Darüber hinaus liebte Robert, je älter er wurde, ausgefallenen Sex.

Er konnte sich Dank des beruflichen Erfolges seines Vaters und dem Vermögen, welches dieser und die Familie in den Jahren angehäuft hatten, ein sorgloses und verwöhntes Leben leisten. Umso unüberlegter ging er mit allem um, als Vater und Mutter verstorben waren. Er sah Tamarun als nützlichen Gegenstand, den er *gebrauchte* um seine Frustration abzubauen, wenn er wieder einmal die Lust am Quälen empfand.

Robert hatte keine Frau an seiner Seite. Er war ungebunden, und wenn er Lust hatte, dann kaufte er sich die Liebesdienerinnen, die seine Spielchen akzeptierten und tolerierten, einfach mit dem dafür benötigten Geld ein.

Tamarun war bei aller Quälerei die Robert ihm angedeihen ließ nur froh, dass der Mensch bei seinen sexuellen Gelüsten ausschließlich auf Frauen stand.

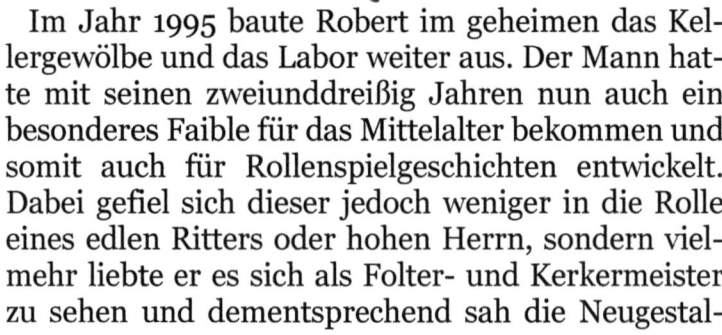

Im Jahr 1995 baute Robert im geheimen das Kellergewölbe und das Labor weiter aus. Der Mann hatte mit seinen zweiunddreißig Jahren nun auch ein besonderes Faible für das Mittelalter bekommen und somit auch für Rollenspielgeschichten entwickelt. Dabei gefiel sich dieser jedoch weniger in die Rolle eines edlen Ritters oder hohen Herrn, sondern vielmehr liebte er es sich als Folter- und Kerkermeister zu sehen und dementsprechend sah die Neugestaltung einer der Räume aus. Dennoch hatte er auch nichts gegen das Moderne, denn in der Mitte des Labors stand nun ein Computer, mit dem er die automatische Schiebetür zu Tamaruns Raum und auch die Türen der anderen Räume bedienen konnte. So gab es nun auf der Hinterseite des Labors an einer Wand Anschlüsse für Internet und Strom, ebenso wie Wasser- und Abwasserleitungen und ein Raum des Gewölbes, mutete einem mittelalterlichen Burgverlies an.

Robert, in der Gewandung eines Foltermeisters, trieb wieder einmal seinen Spott mit Tamarun, als er meinte: „Ich glaube es ist an der Zeit, dich mal wieder einer netten Tortur zu unterziehen, Elf."

Er kratzte sich am Kopf. „Mal sehen was für eine Methode ich heute bei dir anwenden werde um die Geheimnisse doch noch aus dir herauszukitzeln."

Robert hoffte mit diesen Torturen nicht nur seine Neugier über die Verwendung der mittelalterlichen Gerätschaften zu befriedigen, sondern dabei auch irgendwann die Wahrheit über die Unsterblichkeit an den Tag zu bringen. Er hatte mittelalterliche Daumenschrauben besorgt und Tamarun auf einen sogenannten Verhörstuhl aus dem 16. Jahrhundert fixiert und ihm das mittelalterliche Peingerät an den Fingern befestigt.

Tamarun musste in den nächsten Stunden einiges an Schmerz an den eingespannten Finger ertragen. Er ließ auch diese Qual über sich ergehen, ohne Robert etwas zu sagen. Zu Tamaruns Glück verzichtete Robert darauf, seine eingespannten Finger auch noch zu brechen.

Immer und immer wieder quälte er Tamarun mit verschiedenen Elementen der grausamen Befragung und Folter aufs Neue und Tamarun versuchte all dies regungslos über sich ergehen zu lassen.

Robert spannte ihn sogar einmal eine ganze Woche lang kniend in einen Pranger ein. So angekettet, die Arme und den Kopf nicht bewegen könnend, musste er darin ausharren, bis der Sadist ihn endlich, nachdem er ihn mit faulem Gemüse beworfen hatte, wieder daraus befreite. Nun hatte Robert ein neues Gerät erstanden und seine Vorfreude schien groß, als er Tamarun damit konfrontierte.

„Weißt du, die Foltergeschichten des Mittelalters, von denen ich dir berichtet habe, sind keine Ammenmärchen. Einige dieser Geräte, die an störrischen Wesen so wie du eines bist, benutzt wurden, sind wirklich sehr interessant. Du hilfst mir wahrhaft einen äußerst anschaulichen Eindruck von der Gefangenschaft im Mittelalter zu gewinnen. Ketzer wurden auf der Streckbank befragt, ebenso wie Hexen, und sie konnten von Glück reden, wenn sie nach einer solchen Befragung diese auf den eigenen Beinen wieder verlassen konnten. Es wird sogar behauptet, dass derjenige, der auf der Streckbank gepeinigt wurde, danach an Köpergröße gewonnen habe. Zugegeben: Du bist ein harter Brocken, doch am Ende ist jeder Wille zu brechen und jeder Mann zum Reden zu bringen. Man muss nur wissen wie." Robert lachte. „Ich werde dir schon noch die Flötentöne beibringen, dann wird dir nichts weiter übrig bleiben, als zu singen wie ein Vöglein im Walde. Ich werde die Forschungen meiner Familie mit Erfolg zu Ende bringen. Dieses Möbelstück hier ist ebenfalls, wie die bereits an dir erprobten, ein historisches Folterinstrument." Robert befestigte Tamarun mit Eifer auf seiner neuen Errungenschaft. Als der Elf auf den Brettern dahingesteckt lag, begann Robert das Rad zu drehen und den Körper zu überdehnen. Tamarun wurde erneut zum Spielball des unkontrollierbaren Triebes des Menschen. Er keuchte verzweifelt, während seine Gliedmaßen immer weiter auseinandergezogen wurden. „Nicht noch weiter! Aufhören...", flehte er kurz darauf.

Als Dr. Robert endlich damit aufhörte, ihn noch weiter auseinander zu ziehen, zuckten Tamaruns Muskeln unkontrolliert und er keuchte. Zufrieden grinsend beobachtete sein Peiniger seine Reaktion.

Kaum hatte Robert Tamaruns gestreckte Gliedmaßen gelöst, meinte er: „Dieser Raum wird der Ort sein, an dem du fortan noch häufiger Zeit verbringen wirst! Du wirst Bekanntschaft mit allen meinen neuen Geräten machen. Ich denke, ich werde die Erfahrungen als wissenschaftliche Analyse niederschreiben. Ich werde die eingesetzten historischen Methoden der Folter, deren Hergang und das Leiden des Opfers ebenso wie die Sinneseindrücke eines Foltermeisters darin genau beschreiben. Ich gebe dir jedoch erst einmal ein wenig Zeit, das eben Erlebte zu verdauen. Ich sollte dich vielleicht noch einmal warnen: Meine Geduld ist nicht sonderlich groß und laut der Legenden seid ihr Elfen dafür bekannt zwar relativ robust zu sein, aber geistig auch sehr verletzbar."

Am nächsten Tag wiederholte Robert sein makabres Treiben mit noch größerem Eifer. Er bearbeitete Tamaruns Fußsohlen zuerst mit einer Feder, dann schlug er mit einem Rohrstock auf diese ein.

Er bereitete Tamarun ein weiteres Martyrium, als er sich zu ihm beugte, dessen Kopf anhob und ihm eine Schlinge um den Hals legte. „Dies ist die frühste Version einer Garrotte!", meinte er mit einem lässigen Lächeln und blickte ihm tief in die Augen. Die existierenden Aufzeichnungen geben mir wenig Auskunft über Einzelheiten der Empfindung eines auf diese Weise Gefolterten. Du leistest nun also einen nützlichen Beitrag zum Verständnis der Art und

Weise, wie sich der auf die Folter gespannte Gefangene fühlte, wenn er so behandelt und den wachsenden Qualen der Todesangst ausgesetzt wurde. Nachdem sich diese Methode zur Erpressung eines Geständnisses als geeignet erwiesen haben soll, will ich sie nun an dir ausprobieren. Die Garotte diente zwar auch zur Hinrichtung, aber ich benutze sie erst einmal als luftverknappende Foltervorrichtung", und dann drehte er langsam mittels des Stocks die Schlinge immer weiter zu, während er erklärte: „Ich habe noch weitere Garotten, welche mit einer Winde, sogar einen Garottenstuhl erstehen können. Wir werden also noch eine Menge Spaß beim Ausprobieren haben." Er drehte weiter. „Luft ist ein wichtiges Lebenselixier für einen Elfen, wie ich gerade feststellen kann. Nur eine Minute zu lang kann unter Umständen bereits deinen Tod zur Folge haben. Wie fühlt sich das gewaltvolle Vorenthalten von Luft an? Ist das etwa Todespanik in deinen Augen die ich da sehe, Unsterblicher?"

Tamaruns Gesicht und Lippen liefen Blau an, er röchelte, rang vergeblich nach Luft. Seine Finger und Zehen zuckten und Speichel lief aus seinem Mundwinkel, bis er schließlich ohnmächtig zusammensackte. Robert löste die Schlinge, dann setzte er sich an seinen PC und schrieb: *Man muss allerdings berücksichtigen, dass auch körperliche Reaktionen bei Elfen niemals identisch sind, nicht einmal bei der gleichen Art der Folter. Doch sie können, so wie Menschen Todesangst empfinden.*

Eine seiner Lustgespielinnen, die Robert oft in den Abendstunden aufsuchte, brachte ihn mit ihrer Erzählung über den Ausbau eines Kellers im Freudenhaus auf eine weitere Idee. Die Bordellbesitzerin hatte für Kunden, die sich durch Schmerzen verwöhnen lassen wollten, eine neue Kollegin - eine Domina - eingestellt, die ihre Kunden in dem extra dafür eingerichteten Raum, nach deren Lust und Laune beglücken durfte.

„Das hört sich ja gut an", meinte Robert.

„Ach, findest du?"

Er grinste und meinte: „Hört sich so an als ob es dir etwas ausmachen würde einen Freier auf solche Art zu verwöhnen?"

„Und du glaubst nun das sei auch was für dich, mein Lieber?"

Robert lachte und ließ den Kopf in das weiche Kissen sinken, während sich Dolores, wie sie sich nannte, an ihm zu schaffen machte. „Ich dachte, du besitzt möglicherweise auch eine umfangreiche Kenntnis in diesen Liebeskünsten. Wäre diese Herausforderung nicht auch etwas für dich... nur mal so zum Zeitvertreib?"

„Dafür hat die Chefin unsere Neue eingestellt. Natürlich bietet Rina diese Rollenspiele an. Ich weiß auch, dass Lustspiele mit der Peitsche zu ihren beliebtesten zählen. Ich habe schon gesehen, wie sie für ihre Peitschenzüchtigung einen Kerl mit gefesselten Händen an den Flaschenzug gehängt hat. Nach den ersten harten Hieben auf dessen nackten Hintern bin ich allerdings gegangen. Es ist nicht so meine Sache, weißt du!"

„Meine auch nicht, denn ich lasse mich lieber verwöhnen, so wie gerade von dir und übernehme dann den aktiven Part. Wie du bereits sagtest: Jeder wie er es eben mag, aber vielleicht kann man sich dies ja mal ansehen.

„Geh später einfach mal zu Rina hinunter und frag sie. Vielleicht hat sie sogar einen Kunden, der dabei gesehen werden mag und du darfst zuschauen."

Robert hatte zugesehen. Rina hatte er erzählt er habe einen Freund der auf die Art von Lust stände. Auch, dass er diesem Freund etwas Besonderes schenken wolle. Rina hatte begeistert mit ihm geplaudert, auch hatte sie bedauernd geäußert, dass sie es schade fände, dass er nicht ihr Kunde werden wolle.

„Weißt du, so eine Mittelalterkammer verspricht althergebrachte Behandlungsmethoden, die vor Jahrhunderten erprobt und heute abgemildert zu erzieherisch äußerst wirksamen Behandlungen der Kunden und ihrer Vorstellung von Lustbereitung dienen. Die Chefin hat vor, noch zwei weitere Raumimpressionen in nächster Zeit einzurichten, die aus einer Kerkerzelle für meine Kunden - dazu will sie noch Kolleginnen einstellen, die mir als Folterknechte zur Hand gehen - und einem Elektro-Verlies bestehen sollen.

Dies ist für Kunden bestimmt, die einige Tage hier einen lustvollen Urlaub mit Erniedrigung und Schmerz verbringen wollen."

So waren sie dann auf das Elektro-Verlies und die Vorgänge dort zu sprechen gekommen. Und letzten Endes hatte Rina ihn in Punkto Stromstäbe beraten und ihm die Adresse eines Ladens, der solche führte, mitgegeben.

Als er nun nach Hause kam, hatte er ein solches Gerät in seiner Tragetasche und machte sich damit gleich auf den Weg nach unten in den Keller. In Tamaruns Raum angekommen baute Robert sich vor ihm auf, als er meinte: „Meine Verwandten und ich, wir haben eine Menge Zeit und Geduld in dich investiert, Elf. In den nächsten Tagen denke ich, wird es sich entscheiden, ob ich die Forschungen an dir weiter betreibe, oder ob ich sie beende. Falls du also nicht bald über die Möglichkeit einer Übertragung der Unsterblichkeit reden solltest und mich mit deinem Wissen beeindruckst, indem du mich aufklärst wie man sie erlangt, so werde ich es als meine Herausforderung ansehen zu ergründen, wie ein Unsterblicher seine Unsterblichkeit verliert!" Er grinst und meinte: „Ich habe als Anreiz heute eine kleine und besondere Überraschung für dich besorgt, Elf. Ich gedenke dabei Altbewährtes mit Neuem zu vereinen."

Robert zwang Tamarun dazu sich gänzlich zu entkleiden, danach legte er ihm alte Handketten an und führte ihn in die Folterkammer. Tamarun bemerkte sofort, dass es dort - denn Robert hatte ihn einige Tage in Ruhe gelassen - nun einige neue Gerätschaften gab. An der Decke mitten im Raum war ein Art Flaschenzug angebracht worden. Links neben der Tür stand die Folterbank und auf der anderen Seite der mittelalterliche Pranger, an dem er Tamarun schon gequält hatte. Dann fiel Tamaruns Blick auf die Wand. Dort hingen nun die verschiedensten Reitgerten und Peitschen in allen Größen und Ausführungen. Stählerne Handschellen, Kette, Zangen und Gewichte lagen auf einem der Wandregale. Robert nahm nun von der Wand eine merkwürdig aussehende Metallstange; diese hatte zwei Ösen an der Seite und eine in der Mitte. Er befestigte die mittlere Öse seelenruhig am Haken des Flaschenzugseiles. Dann hakte er die rechte Handfessel von Tamarun in die Metallstange ein. Er löste die Verbindungskette und verfuhr mit der linken Handfessel des Elfen genauso. Tamarun leistete keinen Widerstand, denn er wusste, dass er nicht entkommen konnte und er wollte den Menschen nicht noch mehr gegen sich aufbringen. Robert zog den Flaschenzug etwas an. Nun holte er noch eine weitere Stange, befestigte diese an Tamaruns Fußgelenken und mit einer kurzgliedrigen Kette schließlich am Boden. Danach zog er den Flaschenzug mit Hilfe einer Winde noch etwas weiter an. Tamarun hing nun, alle Viere gespreizt, wenige Zentimeter über dem Boden. „Du siehst richtig verführerisch aus!", meinte Robert lachend. „Nicht wahr, Elf, du liebst es doch zu leiden?! Ich muss auch zugeben: Du steckst Schmerzen wirklich gut weg." Er grinste. „Ich werde es zwar nie verstehen, aber du scheinst dich immer wieder danach zu sehnen, so behandelt zu werden", sagte er und benutzte Worte, die er von Rina der Domina bei der Erniedrigung ihres Kunden gehört hatte. „Ich habe sogar das Gefühl, du verfällst richtig in Verzückung, wenn du Schmerzen fühlen darfst. Weißt du, es gibt auch bei uns Menschen Männer die auf so etwas stehen. Sie gehen dazu zu Frauen, die ihr Handwerk verstehen und bezahlen sogar dafür. Du hast Glück, denn du bekommst diese Behandlung von mir für umsonst."

Er griff zu einer der Peitschen und ließ diese auf Tamaruns nackten Leib schnellen. „Es ist fast schon beneidenswert, wie viel du doch vertragen kannst."

Robert zündete sich etwas später eine Zigarette an und rauchte diese genüsslich, während er sein Opfer ausgiebig betrachtete. Tamarun zeigte keine Regung und dies machte Dr. Robert sichtlich wütend. „Dir zeig ich's, du elender Elfenbastard! Du glaubst wohl, du bist etwas Besseres, nur weil du die Möglichkeit hast, ewig zu leben!"

Als die Zigarette zu Ende geraucht war, nahm Robert die noch glimmende Kippe und drückte sie unbeeindruckt an Tamaruns geschundenen, abgemagerten Körper aus. Dann ging er und kehrte kurz darauf mit einem Gegenstand in der Hand zurück. Er hielt den neuerworbenen Elektroschocker in der Hand. Ein Instrument, welches Tamarun noch nicht kannte, doch das sollte sich sogleich ändern. „Wirst du mir nun über das Geheimnis der Unsterblichkeit berichten?"

„Kann... ich... nicht!", meinte Tamarun stockend.

„Siehst du das hier? Das hier ist ein neues Gerät und es ist sehr gut. Ich denke es wird dich zum Reden bringen. Also überlege dir gut, ob dein Schweigen diesen Preis wert ist."

Schicksalsergeben schloss Tamarun die Augen, als er das gefährlich aussehende, blaugrelle Blitzen des Elektroschockers sah. Ein leises Zischen ertönte als es auf seine Haut traf. Tamarun biss die Zähne unter dem schrecklichen Gefühl zusammen. Er konzentrierte sich auf jedes Quäntchen seiner Elfenenergie, die ihm über die Jahre noch geblieben war. Der Schmerz hörte abrupt auf, doch er fühlte sich furchtbar benommen.

„Diese verdammten Dinger haben wohl zu wenig Energie für dich", murmelte Dr. Robert.

Tamarun war geschwächt, doch zweifellos bald wieder im Vollbesitz seiner Kraft. Das musste er ändern. Robert machte sich auf ins Labor und erhöhte die Spannungen des Gerätes und kehrte zu Tamarun zurück. Zufrieden stellte er fest, dass Tamarun nun darauf reagiere und zwar ziemlich heftig.

„Nicht... bitte...", flehte Tamarun. Sein ganzes Sein bestand nur noch aus Schmerz. Er wimmerte, als Robert ihm das Gerät an die Oberschenkel hielt und dann abdrückte. Er konnte bei dem Schmerz nicht mehr einhalten und sein warmer Urin lief an seinen zitternden Oberschenkel hinab.

„Du Schwein!", schrie Robert angewidert und presste den Schocker an Tamaruns Geschlecht. Dieser zitterte kurz, seine Augen traten aus den Höhlen heraus, verdrehten sich, er röchelte und dann kippte sein Kopf zur Seite. Er war bewusstlos und kam auch mit dem nächsten Stromstoß, den Robert ihm in seinem Zorn versetzte, nicht wieder zu sich.

Dr. Robert machte sein bewusstloses Opfer los. Des Elfen Haut war an einigen Stellen vom Schocker und von den Peitschenstriemen gerötet, doch ansonsten war er unverletzt, auch wenn er nun in einer unnatürlich verrenkten Position am Boden in seiner Urinpfütze lag. Robert hatte mit seinem Elektroschocker ganze Arbeit geleistet. Er bugsierte sein Opfer in dessen Gefängnis zurück und hievte ihn dort auf das Bett. Mithilfe mehrerer Ledergurte fixierte er dessen Arme und Beine fest an der Liege. Auch seinen Körper sollte der Elf nicht bewegen können und so zog er weitere Bänder über den Bauch und über die Brust, um ihn an jeglicher Bewegung zu hindern.

Seelenruhig betrachtete Robert Tamarun. Es dauerte eine Weile doch dann bestätigte sich seine Ahnung: Die Verbrennungen und die Striemen waren bald verschwunden und Tamarun kam kurz darauf wieder zu sich.

„Wir sind noch lange nicht miteinander fertig, Elf! Ich hatte dir gesagt, wenn du mir nicht das gibst was ich will, werde ich dich töten. Überlege dir also gut, ob es sinnvoll ist weiterhin zu schweigen. Du bleibst hier vier ganze Tage so gefesselt, ohne Wasser und Essen. Ich denke dies ist für dich Zeit genug um noch einmal in Ruhe nachzudenken. In vier Tagen sehen wir uns wieder und dann bin ich gespannt, ob du reden oder lieber auf mittelalterliche Wiese sterben willst. Du siehst, viel Auswahl an Möglichkeiten bleibt dir nicht!" Nach diesen Worten fiel die Tür seines Gefängnisses scheppernd ins Schloss und Tamaruns Peiniger war verschwunden.

Dr. Robert packte ein paar Sachen und setzte sich in sein Auto, um sich vier Tage Erholung in der Schweiz zu genehmigen.

Der neue Laden

An einem anderen Ort in Heidelberg...

„Eine wirklich gute Idee!", meinte Marie zu ihrem Freund Simon. Sie setzte wieder einmal ihr bezauberndes und gleichzeitig durchtriebenes Lächeln auf, wie ihr Freund bemerkte, und er wusste schon sehr genau, was sie ihn gleich fragen würde.

„Fährst du mich hin? Du weißt, mein Auto... ich kann meinen Knulli doch erst um dreizehn Uhr aus der Werkstatt holen."

Simon schmunzelte bei der Nennung des Namens, mit dem seine beste Freundin ihr Auto bedacht hatte, in sich hinein.

„Wenn du mich also hinfährst, dann könnte ich schon mal mit der Planung anfangen. Sehen, was ich noch für Regale brauche und so weiter."

Simon grinste, als er meinte: „Wenn ich ein Hetero wäre, dann könnte dieser betörender Blick von dir mich glatt zu mehr verführen. Aber zum Glück stehe ich ja mehr auf das Lächeln eines hübschen Burschen."

„Du bist ebenso unmöglich wie ich, Simon!", kicherte Marie. „Sag mir jedoch lieber, ob du mich nun fährst?"

„Natürlich, war ja auch meine Idee, dass du dir den Schlüssel vom Besitzer schon früher besorgen solltest."

„Auf was warten wir dann noch?", sie schnappte ihre Jacke, die Tasche und schob ihren Freund aus der Tür auf den Hausflur hinaus, dann schloss sie ihre Wohnungstür ab.

Marie ließ sich von Simon zu ihrem neuen Ladenlokal fahren. Simon fand davor jedoch keinen Parkplatz und so ließ er Marie in zweiter Spur aussteigen.

„Danke, du Traum von einem männlichen Wesen!", rief sie ihm zu, als sie auf den Bürgersteig hastete.

„Schon in Ordnung, meine Süße!", meinte er. „Wir sehen uns am Samstag, außer dein Knulli - was für ein Name für ein Auto - wird nicht fertig, dann ruf mich an. Ich bekomm es schon irgendwie hin, dich abzuholen und die Farben für den Laden mit dir zu kaufen!"

„Na halt mir erst mal die Daumen, dass ich den Schlüssel überhaupt schon bekomme." Marie winkte Simon noch kurz nach, als dieser nach einem Hubkonzert einiger ungehaltener Autofahrer hinter sich eiligst davonfuhr. Die junge Frau machte sich nun schnurstracks auf, um in das Haus neben dem Laden zu gehen und dort beim Vermieter wegen des Schlüssels nachzufragen. Sie klingelte und die Tür wurde sogleich geöffnet. „Ah, meine neue Mieterin!", wurde sie von dem älteren Herrn und Hausbesitzer freudestrahlend begrüßt.

„Guten Tag, Herr Huberts, ich wollte Sie fragen ob ich den Schlüssel vielleicht heute schon haben könnte? Ich weiß, der Mietvertrag beginnt erst in drei Tagen, doch Sie sagten ja ich könnte..."

Herr Huberts hatte den Schlüssel im selben Augenblick schon in der Hand und meinte: „Junge Dame, machen wir kein großes Palaver darum, das ist doch selbstverständlich und ich hatte es Ihnen ja bereits angeboten. Ich bin doch auch froh, wenn der Laden bald wieder offen ist", der Mann beugte sich ihr ein wenig entgegen und meinte dann leise: „Ein Blumengeschäft, das hat hier in der Gegend einfach gefehlt. Meine Frau liebt Blumen über alles und so muss ich auch nicht mehr so weit laufen, um welche für sie zu besorgen."

Marie hatte den Schlüssel bekommen, den Laden noch einmal ausgemessen und eine Liste erstellt was sie alles zur Renovierung ihres Geschäftes benötigte. Sie wollte natürlich auch wissen, was sich noch alles im Keller, der zu dem Laden gehörte, befand. Immerhin benötigte sie auch dort, da dieser ihr als Lager für Werkstoffe dienen sollte, noch einige Regale. Sie wusste von der Besichtigung her, dass sich dort noch ein paar Schränke und Holzregale befanden die ganz brauchbar gewesen waren und die der Vormieter - ein Zeitungs- und Schreibwarenhändler - ihr diese kostenfrei überlassen hatte. Dafür war sie bereit gewesen, die Teile selbst zu entrümpeln, die sie dann nicht brauchte. Sie notierte: *Sperrmüllabfuhr anrufen und nach schnellem Termin fragen.*

Zweimal im Jahr stand diese den Bürgern kostenlos zu und im Notfall, wenn es zu lange dauerte, musste sie die Teile eben kostenpflichtig in einem der Recyclinghöfe in Kirchheim und Wieblingen abgegeben.

Sie fand unten im Keller einiges an altem Gerümpel vor. So schob sie kurz darauf auch einen leeren, halb verfallenen Schrank zur Seite, denn der sollte auf alle Fälle schnellstens aus dem Keller raus. Hinter diesem enddeckte sie zu ihrem Erstaunen eine schmale Eisentür mit Riegel. Die Tür war nur durch diesen verschlossen. Marie zog den Riegel zurück und öffnete vorsichtig die Tür, denn vor Ratten und Mäusen hatte sie Angst. Zu ihrem Glück befanden sich dort keine, dafür aber ein schmaler Gang und den musste Marie sich nun unbedingt ansehen. Einen Lichtschalter schien es nicht zu geben. Sie hatte eine alte Taschenlampe in einem der Regale liegen sehen. Sie griff nach dieser und zu ihrem Glück waren die Batterien noch voll, wie sie mit Begeisterung feststellen konnte, denn die Lampe leuchtete. Vielleicht, dachte sie bei sich, führte der Gang in den Innenhof, dann hätte sie es nicht so weit und müsste nicht ums Haus herumlaufen, um an die im Hinterhof stehenden Mülltonnen zu kommen, wenn sie hier unter etwas auspackte oder für den Laden vorbereitete. Also machte sie sich kurzerhand auf und begann ihre Erkundungstour.

Der Gang war länger als sie zuerst geglaubt hatte. Marie wollte auch schon umkehren, da erreichte sie endlich eine weitere Tür. Diese war ebenfalls von ihrer Seite her verriegelt. Vorsichtig schob sie auch diesen Riegel zurück und machte die Tür auf. Tageslicht ließ die nun geöffnete Tür, wie sie erhofft hatte, jedoch nicht in den Gang hinein. Sie sah sich einer Wand gegenüber. *'Zugemauert, eine Sackgasse! Was nun? Na dann, zurück in meinen Keller'*, sagte sie sich. Sie setzte einen Fuß vor den anderen, wollte die Tür gerade schließen, als sie mit der Schulter gegen etwas stieß. „Aua!", fluchte sie und rieb sich die schmerzende Stelle, doch im gleichen Augenblick bewegte sich die Wand hinter der Tür und war wie durch Geisterhand verschwunden. Marie war verdutzt; sie hatte anscheinend eine Geheimtür entdeckt. Mit der Taschenlampe leuchtete sie in das Dunkel des Raumes hinein, der sich vor ihr aufgetan hatte. Was sie nun sah ließ ihr das Blut in den Adern gefrieren. Ihr Gesicht mit den eben noch vor Aufregung so rosigen Wangen wurde augenblicklich von einer Blässe eingenommen, die ihren Schrecken und ihr Unbehagen wiederspiegelte. Denn der Raum erinnerte sie an ein Verlies und in dessen Mitte stand eine Liege, auf der etwas lag und daran mit Lederbändern fixiert war. „Ach du große Scheiße!!", entglitt es ihr. Das konnte doch nicht wahr sein! Sie kniff die Augen zusammen, um zu ergründen, ob sie nicht halluzinierte oder ob ihre Augen ihr vielleicht einen Streich spielten. Doch als sie ihre Augen wieder öffnete, war der Mann - denn ein solcher musste es sein - immer noch da. Der Kerl dort steckte bestimmt in irgendwelchen Schwierigkeiten und nicht nur er, vermutete sie, wenn sie jemand entdeckte. *„Ruhig bleiben. Nicht in Panik verfallen!"*, dachte sie bei sich selbst. Sie musste die Polizei rufen. Wer immer das getan hatte, war bestimmt noch da und wenn nicht, so würde dieser jemand bestimmt bald wiederkommen, um nach seinem Opfer zu sehen.

Tamaruns Qualen durch Roberts Behandlung lagen schon einige Stunden zurück. Er dämmerte apathisch vor sich hin, nur froh, dass Dr. Robert ihn in Ruhe ließ. Vier Tage hatte dieser gesagt. Tamarun wusste, dass der Mann sein Wort hielt, wenn er ihn nicht sogar noch länger ohne Flüssigkeit und Nahrung sich selbst überlassen würde. Robert war ein wahrer Sadist. Tamarun hoffe inständig, dass diese Qualen bald aufhörten, denn so war die Unsterblichkeit wie die Menschen seine Langlebigkeit nannten, nicht lebenswert. Das Einzige, was sich über die Jahre in diesem Kerkerraum verändert hatte, war die Einrichtung gewesen. Ein neuerer Tisch mit einem neuen Stuhl stand nun darin, ebenso ein Eimer für die Notdurft, aus einem Material, dessen Namen er nicht kannte und in dem sich eine blaue Flüssigkeit befand, die den Geruch seiner Ausscheidungen bannte. Im Augenblick, so auf sein Lager gefesselt, konnte er Stuhl, Tisch und vor allem die Notdurft jedoch nicht erreichen. Dies ging nur, wenn sein Peiniger ihm den Bewegungsradius dazu ließ. Ein Entkommen war ihm durch eine Fußkette, die an der Wand befestigt wurde, unmöglich gemacht worden. Die Türe seines Verlieses war, wie er wusste, nur irgendwie automatisch von außen zu öffnen, nachdem Robert den schweren Riegel, der über Jahre zusätzlich durch ein Schloss gesichert war, abmontiert hatte.

<hr/>

Tamarun konnte sich an eine Zeit mit merkwürdigen Geräuschen erinnern, die in seinen Kerker gedrungen waren. Er wusste, dass sie von außen gekommen waren und ab und zu war es sogar kurz nach einem solchen Geräusch vorgekommen, dass der Boden gezittert hatte und Gesteinsstaub von der Decke auf ihn hinab gerieselt war. Doch waren diese Beben selten gewesen und auch schnell wieder verschwunden. Er konnte nicht wissen, dass es damals einige wenige Bomben des zweiten Weltkriegs waren, die diese Laute und Beben verursacht hatten. Denn die Neckarstadt blieb weitestgehend von den Zerstörungen des Zweiten Weltkriegs verschont. Nach Kriegsende wurde die Stadt zum Standort des Hauptquartiers der amerikanischen Landstreitkräfte in Europa.

<hr/>

Tamarun war durch ein schabendes Geräusch, das von einer der Wände gekommen war, aus seiner düsteren Lethargie gerissen worden. *'Was war das?'*, fragte er sich und wunderte sich, dass niemand zuvor Licht angemacht hatte. Verwirrt blickte er in den kleinen Lichtkegel, der nun von der Wand her zu ihm herüber leuchtete. Tamarun schloss die Augen bis auf einen winzigen Schlitz und blieb ganz ruhig liegen. Er tat so, als würde er schlafen. Im nächsten Augenblick erkannte er die Person, die dort stand. Dies war nicht Dr. Robert, sondern eine junge Menschenfrau. Und diese stand da und schaute - nein, starrte - ihn zu seiner Verwunderung mit vor Schreck geweiteten Augen an.

'Meine Güte...' dachte Marie, *'der Mann muss mich bemerkt haben*!', denn nun hob er den Kopf so gut er

konnte, drehte ihn in ihre Richtung und meinte: „Oh, eine Menschenfrau. Seid Ihr von Dr. Robert geschickt worden um mich zu quälen, oder dürft Ihr mich besteigen, wie Cläre es einst tat, um eure Begierde durch meinen Körper zu befriedigen? Ihr Menschen seid allesamt Bestien! Macht nicht den Fehler und glaubt nach den langen Jahren meiner Gefangenschaft etwas aus mir herauszubekommen. Ihr werdet mich zwar weiter missbrauchen können, doch nur um festzustellen, dass Ihr das gewünschte Ergebnis ebenso wenig erreicht wie all die anderen, die es vor Euch versucht haben! Ihr werdet gewiss auch keine Nachkommen mit mir bekommen." Er blickte Marie nun aus seinen türkisfarbenen Augen hasserfüllt an.

Marie glaubte ihren Ohren nicht zu trauen. Was hatte er gesagt? *Ihn besteigen*?! Umso irritierter starrte sie ihn nun ihrerseits an, denn sie verstand die Welt nicht mehr. *'Der ist ja verrückt! Nichts wie weg von hier'*, dachte sie. Doch als habe er ihre Gedanken erahnt, richtete er das Wort erneut an sie. Sein Gesicht schien dabei im Lichtkegel ihrer Taschenlampe wie festgefroren, doch seine Stimme hatte einen so melodischen und jugendlichen Klang, dass sie blieb und nicht einfach davonlief.

„Ihr Menschen seid wirklich schreckliche Geschöpfe! Ein Wesen wie mich über Jahre in einem Kerker fest zu ketten, das ist bestialisch! Ich wünschte Ihr müsstet, so wie ich, in diesem engen, meist dunklen und völlig kahlen Verlies, leben!"

Marie wusste noch nicht einmal warum, doch sie begann ihm mit zitternder Stimme zu erklären: „Ich... ich habe in einem der Häuser hier einen Laden gemietet und bin nur durch einen Zufall in diesen... Keller gelangt. Ich habe nicht vor über jemanden herzufallen oder gar mit Euch irgendetwas zu machen. Und mit dem horizontalen Gewerbe, mit dem habe ich nun wirklich nicht das Geringste zu tun! „Ich werde jetzt in mein Geschäft zurückgehen und die Polizei rufen. Die kann sich dann um Ihr Problem hier kümmern!", denn sie hatte gerade gemerkt, dass sie dummerweise ihr Handy im Laden liegen lassen hatte. Das bereute sie nun. *'Doch ob ich hier überhaupt ein Netz bekommen würde und es funktioniert hätte, das ist sowieso fraglich'*, schoss es ihr durch den Kopf. „Nach dem Gesetz darf man nämlich niemanden gegen seinen Willen einsperren, selbst wenn er...", - *verrückt ist* - wollte sie nun lieber doch nicht sagen, den Gedanken behielt sie vorsichtshalber für sich, „...mit der Wirklichkeit nicht so ganz klar kommt!"

„Ach, Ihr Menschen habt Gesetze in diesem Land, die so etwas verbieten? Das wusste ich nicht! Gelten die auch für ... wie nennt ihr mein Volk - Elfen?"

Marie starrte den jungen Kerl auf der Liege fassungslos an. Sie musste ein Auflachen unterdrücken, da in ihr der Verdacht aufkeimte, dass dieser Mann, wer immer er auch war, sie gerade veralbern wollte. Sie fragte sich wo die versteckte Kamera und das Fernsehteam waren, dass sie wohl alsbald darüber aufklären würde, dass sie einer solchen für eine TV-Sendung auf den Leim gegangen war. Doch nichts dergleichen geschah. Wobei: wer hätte auch ahnen können, dass sie ausgerechnet heute die Schlüssel für den Laden erbat, die Tür fand und schließlich an diesem Ort landete? Daher meinte sie in ziemlich ungehaltenem Ton: „Was glauben Sie eigentlich? Halten Sie mich etwa für naiv oder leichtgläubig? Diese Geschichte ist einfach nur... lächerlich. Wenn Sie eine ganz besondere Vorliebe für solche Spielchen haben, dann lassen Sie mich da bitte raus!"

Nun wurde es Tamarun zu viel und er begann sich zu verteidigen: „Haltet Ihr mich für einen Lügner, Menschin? Glaubt Ihr etwa, es ist ein amüsantes Spiel gefangen zu sein und ich würde dies hier mögen?"

Marie wollte ihm immer noch nicht so recht glauben und tat es irgendwie doch. Doch Misstrauen angesichts seiner unglaublichen Geschichte blieb: „Was erzählen Sie mir da eigentlich für einen Unsinn und dass Sie eines dieser mystischen Wesen sein sollen? Die Geschichten über Elfen, das sind doch nur Legenden und sie entstammen der Fantasie von Märchenerzählern und Buchautoren."

„Legenden? Fantasie?", meinte er schnaubend und betrachtete nun eingehend Maries Gesicht. Sowohl im Blick seiner türkisenen Augen, als auch in seiner Stimme lag etwas Ehrliches. „Manche dieser Legenden enthalten mehr Wahrheit, als Ihr glaubt!"

Marie musste sich eingestehen: Seine Augen hatten schon eine äußerst merkwürdige Farbe. Sie glitzerten extrem und sie hatte außerdem noch nie jemanden mit einer türkisfarbenen Iris gesehen - auch erinnerten sie die Form seine Augenbrauen, an die eines Ägypters. Und je länger sie ihn ansah, desto mehr verlor sie sich nicht nur in seinen Augen.

„Mein Name ist Marie Brem", stellte sie sich ihm vor. „Wie heißen Sie denn und wie lange werden Sie schon hier festgehalten?", erkundigte sie sich auch gleich darauf und wunderte sich noch im selben Augenblick, warum sie diese Frage überhaupt stellte.

„Man nennt mich Tamarun. Tamarun Angotal, aus dem Hause Kharal."

Tamarun wusste nicht genau wie viele Jahre er schon in Gefangenschaft verbracht hatte. Er konnte in dem Blick, den die Frau ihm zuwarf, Unglauben erkennen. Dennoch war da auch so etwas wie Neugier in ihrem Gesicht zu lesen. Die nicht gerade sehr große rothaarige Frau war jung und hatte grüne Augen. Unter anderen Umständen hätte er vielleicht sogar für sie etwas empfinden können. Er fragte sich, wie er jetzt auf einen solch absurden Gedanken kam. So beeilte er sich fortzufahren: „Welches Jahr haben wir?", und versuchte sich von seinen Gedanken nichts anmerken zu lassen.

„Wir haben das Jahr 2012", antwortete Marie.

Tamarun musste kurz überlegen. Was hatte Hoburg damals gesagt? *1860* und da war er schon eine Zeit lang in dessen Gefangenschaft gewesen. „Ich bin vor 152 Jahren in dieses Verlies gebracht worden. Verdammt! Dann bin ich jetzt 832 Jahre alt." Und dann blitzten seine Augen auf und er schimpfte: „Dieser verdammte Professor Paul Hoburg! Er alleine ist an meiner misslichen Lage schuld. Er hat mich aus dem Land der weißen Wolke vor langer Zeit entführt!"

„832 Jahre!", stieß Marie ungläubig aus.

„Ihr klingt ein wenig überrascht!", meinte Tamarun, „und seit darüber hinaus sehr unbedacht laut! Ich meine dafür, dass Robert angeblich nichts von Eurem Hiersein weiß!"

Sie schlug sich die Hand vor den Mund, da sie ihre Unbedachtheit bereits selbst erkannt hatte.

„Aber ja, so jung bin ich!", bestätigte Tamarun ihr dann. „Doch ich denke ihr Menschen würdet sagen, ich bin seit einer Ewigkeit hier. Eben 152 Jahre!"

Marie hatte sich etwas gefasst, als sie beharrlich meinte: „Ich schätze Sie sind eher so um die „23 bis höchstens 25 Jahre alt", also ungefähr in meinem Alter. Und auch aus Neuseeland sind Sie bestimmt nicht, denn dazu ist ihr Deutsch viel zu gut und akzentfrei."

„Ich könnte auch aktzentfrei in Englisch, Maori oder Elfich mit Ihnen sprechen, wie hätten Sie es gerne?", konterte er darauf unverdrossen.

„Wollen Sie mich jetzt auf den Arm nehmen?"

„Das geht so wohl schlecht. Würde Sie das denn überzeugen?", hakte er nach. „Wenn ja, würde ich es tun, aber dazu müsste ich diese Fessel erst einmal los sein!" Tamarun sah Marie fragend an, da sie nichts sagte, nun aber doch ein wenig lächelte. Letzten Endes sprach er weiter und versuchte sie von der Ehrlichkeit seiner Worte zu überzeugen.

Marie hörte ihm gerade nicht wirklich zu, denn sie war mit ihren Gedanken noch bei der Behauptung, er sei ein Elf. Natürlich kannte sie Geschichten über dieses mystische Wesen aus der Sagen- und der Legendenwelt. Auch die Geschichte der Maori und auch, dass diese ihre Heimat Neuseeland 'Land der weißen Wolke' nannten, wusste sie. Aber solche Dinge waren wohl vielen Leuten alleine schon vom Schulunterricht her geläufig. Sie hatte auch in einem Zeitungsbriecht mal gelesen, dass der Rat der Maori gegen ein Bauprojekt Einspruch eingelegt hatte, da ein Tunnel genau durch ein Sumpfgebiet gebaut werden sollte, in dem ein Sumpfwesen, ein so genannter *Horotiu* - aus der Gattung der Taniwah, leben sollte. Taniwhas, so wusste sie durch den Bericht, sollten drachenartige Wesen sein, die in Bächen, Flüssen, Sümpfen und den Seen Neuseelands wohnten. Diese Wesen dienten den Menschen als Schutzwesen, so genannten Kaitiaki. Sie waren aber auch als teils gefährliche, raubtierartige Ungeheuer bekannt und wurden zu solchen, wenn man sie verärgerte. Ähnlich respektvoll wie in Neuseeland gingen die Behörden von Island mit dem heute noch starken Glauben an Naturgeister um. Dort führten die Behörden sogar durch ein Medium Untersuchungen durch, um zu überprüfen, ob die Orte nicht schon zuvor von Elfen oder anderen Naturgeistern in Anspruch genommen worden waren. Doch bis heute glaubte sie bei diesen Erzählungen von Elfenpopulationen nie an einen wahren Kern. Für sie hatten diese Wesen immer nur in alten Märchen, Mythen oder Erzählungen existiert.

Nun jedoch sollte sie durch Tamarun eines Besseren belehrt werden. Es gab sie, die Elfen. Doch bis sie das wirklich vollkommen begreifen sollte, würde es noch eine ganze Weile dauern. Sie hatte im Augenblick nur ein greifbares Gefühl, das immer stärker wurde und das sagte ihr, dass sie ihm helfen musste.

Fluchthilfe

„Ich kann Sie nur bitten, mir zu helfen- sofern Euer Erscheinen nicht eines von Doktor Roberts bösartigen, perfiden Spielen ist", fügte er an. „Wenn es dies nicht ist, dann bleibt Ihnen dazu ein wenig Zeit. Auch wenn mein Zeitgefühl über die Jahre gelitten hat, so sagte er doch, er käme erst in vier Tagen zurück, dann bekäme ich laut ihm erst wieder etwas zu trinken und zu essen und meine nächste Abreibung. Vielleicht jedoch auch meine Letzte! An Drohungen hat sich dieser Dr. Robert bis jetzt immer gehalten. Darin ist er wirklich sehr zuverlässig, dieser bösartige Mensch. Ich denke...", er unterbrach sich selbst, als er sagte: „Da an der Tür ist ein Schalter, mit dem man Licht machen kann. Knips ihn an, Menschenfrau, dann seht Ihr mich besser als mit dieser kleinen Leuchte."

Es war ein eigenartiges Gefühl, was seinen Körper durchzog, als er ihr bei Licht direkt in die Augen sah. Sein Leben war über lange Zeit leer an guten Emotionen gewesen, doch nun da sie da war schien sich ein warmes Licht in seinem Körper entzündet zu haben. Nur jemand der einem Elfen etwas bedeutete, der konnte so ein angenehmes Gefühl auslösen. Aber... er kannte diese Menschenfrau nicht länger als ein paar Minuten. Es war höchst seltsam.

Er sah ihr ein weiteres Mal direkt in die Augen und Wärme durchzuckte seinen Körper erneut. Die Möglichkeit durch sie die Freiheit zu erlangen war gekommen und nun hoffte er, dass sie nicht wieder verschwand und wenn doch, machte es wohl auch keinen Sinn mit diesem Schicksal zu hadern. „Es ist so wie ich es gesagt habe!", sagte er. „Nun ist es an Ihnen mir zu glauben ...oder auch nicht!"

„Ich weiß zwar auch noch nicht so recht wie ich Ihnen helfen kann und ob ich Ihnen diese absurde Geschichte glauben soll, aber ich werde versuchen Sie aus dieser misslichen Lage zu befreien", erklärte Marie. „Die Polizei einzuschalten, das wäre das Beste!"

„Damit diese Männer die der Behörde und Gerichtsbarkeit dienen, mich wieder einsperren lassen, weil sie mich, so wie Sie es tun, Marie, für geistig verwirrt halten?", fragte er und klang dabei alles andere als verwirrt, so dass Marie nichts erwiderte.

Tamarun sah wesentlich besser als die Menschen im Dunkeln, doch Licht machte eine Betrachtung wesentlich einfacher und man konnte Farben und Gesichtsregungen deutlich klarer wahrnehmen. Die junge, rothaarige Menschenfrau war zierlich gebaut und sah eher ein wenig schwächlich aus. Was Tamarun jedoch an ihr gefiel:

Sie hatte trotz ihrer Ängste und Bedenken seiner Geschichte gegenüber auch eine große Portion Mut bewiesen. Und nun war sie an sein Gefangenenlager herangetreten.

„Ihr sagt, Ihr seid ein Elf?", fragte sie und krauste die Stirn. Tamarun nickte.

„Haben Elfen so etwas wie einen Ehrenkodex?"

„Wenn Ihr damit meint, dass wir ehrlich darin sind Versprechen und Schwüre zu halten, dann besitzen wir das, was Ihr einen Ehrenkodex nennt."

„In den Mythen heißt es: Elfen tun Menschen nichts, die ihnen Gutes tun."

„So ist es!"

Marie beugte sich ein wenig zu ihm hinunter und sah ihm tief in die Augen. Sein Blick war ehrlich, stellte sie für sich fest.

„Also... wenn ich Sie jetzt losmache, dann tun Sie mir nichts?"

„Warum sollte ich? Sie sind nicht dieser Robert.

Dass Sie mir Glauben schenken ist meine einzige Hoffnung auf Befreiung aus meiner schon so lange währenden misslichen Lage. Doch ob Sie es tun, das liegt, wie ich schon sagte, alleine an Ihnen. Ich jedenfalls würde Hochachtung für sie und ihren Mut empfinden."

„Na gut! Ich vertraue mal auf mein Gefühl, das mir sagt, dass das was man mit Ihnen hier gemacht hat nicht richtig ist und dass Sie ein ganz netter Kerl sind, der ohne Eigenverschulden in eine missliche Lage geraten ist."

Marie löste die Lederriemen an den Gelenken sowie den Brustgurt. Als sie die Decke wegziehen wollte, um auch den Bauchgurt zu lösen, hielt er ihre Hände fest und meinte: „Ich habe keine Kleidung an! Das kann ich nun selbst tun. Danke!"

Tamarun war heilfroh darüber, dass Dr. Robert ihm die Fußkette nicht wieder angelegt hatte, denn sonst wäre seine Befreiung wohl nicht so leicht gelungen.

Marie sah sich in dem Raum um, doch es war keine Kleidung zu finden. Also gab es keine Möglichkeit in einen anderen Raum zu gelangen und dort nach etwas zum Anziehen für ihn zu suchen. Jedoch Befürchtung jederzeit entdeckt zu werden war sehr groß und machte ihr Angst. Sie versucht dann doch die Tür, die anscheinend aus dem Raum herausführte zu öffnen, doch diese war fest verschlossen. Sie mussten also für sein Kleidungsproblem eine andere Lösung finden. Doch wenn stimmte, was dieser Tamarun ihr gesagt hatte, dann blieb ihnen wirklich ein wenig Zeit, um eine Flucht zu organisieren. Sie sah Tamarun daher unverwandt an: „Ich denke ohne Kleidung für Sie können wir erst einmal nicht von hier verschwinden. Wir würden gewiss auffallen."
Sie beobachtete Tamarun dabei, wie er sich langsam

aufsetzte und vorsichtig von der Liege aufstand, während er die Decke festhielt, um seine Blöße zu bedecken.

„Könntet Ihr Euch mal kurz umdrehen?", bat er.

„Warum?", fragte sie argwöhnisch.

„Ich würde die Decke ganz gerne anders legen und sie vor allem gut verknoten."

„Ach so, natürlich! Aber was halt sie davon, ich mache das Licht einfach mal kurz wieder aus!"

„Das geht natürlich auch!", sagte er mit einem seltsamen Ton in der Stimme.

Marie betätigte den Schalter und während sie darauf wartete, dass er ihr sagte sie könne das Licht wieder anmachen, berührte auf einmal seine Hand die ihre. Sie bemerkte das leichte Zittern, aber die Hand war nicht kalt. Er konnte somit nicht frieren. Dann kam ihr plötzlich ein Gedanke: Tamarun zitterte vielleicht aus Angst, dass sie sich nach dem Ausschalten des Lichtes in Luft aufgelöst haben könnte. Marie fragte sich jedoch auch, wieso sie gerade auf diesen Gedanken gekommen war. Sie betätigte den Schalter erneut und machte das Licht wieder an. Tamarun stand direkt vor ihr und lächelte, als er leise meinte: „Sie sind noch da. Also wenn Sie das ernst meinen, dass Sie mir hier heraus helfen wollen, Marie, dann sollten Sie vielleicht doch besser alleine gehen und mir vielleicht etwas zum Anziehen besorgen."

„Tamarun, ich denke wichtig ist, da Sie sich hier nicht auskennen, dass wir jetzt besser zusammenbleiben.

Der Gang", sie deutete mit der Taschenlampe zur Öffnung in der Wand, „führt in das Haus, in dem ich meinen Laden habe. Die Wand können wir ebenso wie die Tür vom Gang aus verschließen und auch die

Eisentür, die von dort in meinem Keller führt, können wir von innen verriegeln.
Ich denke, da wären Sie erst einmal sicherer als hier."

„Sie haben da wohl recht!"

„Also gehen wir nun besser."

„Wir machen das Licht am besten wieder aus und Sie ihre Handlampe an."

Nacheinander schlüpften sie einige Sekunden später durch die Öffnung in der Wand.

„Nun müssen wir diese Wand und dann die Tür wieder verschließen." Marie wollte den Hebel bedienen, doch Tamarun war ihr zuvorgekommen. Als die Wand sich wieder vorgeschoben hatte, machte sie die Eisentür zu und er schob den Riegel vor.

Marie dachte bei sich: *Dieser Doktor wird sich sicherlich wundern, wo sein Opfer abgeblieben ist, wenn er zurückkommt!* Sie war sich sicher: Hätte der Mann von dieser Geheimtür gewusst, dann hätte er Tamarun wohl nicht in den Raum gesperrt ohne diesen noch besser zu sichern. Als sie den Ladenkeller erreicht hatten, verschloss Marie dort ebenfalls die Tür und schob mit Tamaruns Hilfe den alten Schrank und noch einige andere Gegenstände davor. Nun sah sie ihn wieder an. Dieser Mann mit seinen hellblonden, langen Haaren und den türkisfarbenen Augen sah mit seinem nackten Oberkörper und der um die Lenden gewundenen Decke zwar ziemlich dünn aber dennoch auch atemberaubend aus. Seine Haare umrahmten sein wunderschönes Gesicht und als er jene nun nach hinten strich, da sah Marie, dass seine Ohrmuscheln wirklich spitz nach oben standen. Himmel, der Kerl sah besser aus als jeder Mann, den Marie bis zu diesem Tage kennen gelernt hatte!

Tamarun lächelte Marie aus seinen türkisfarbenen, schmalen Augen unbeholfen an, als er ihre Musterung bemerkte.

„Ein großes Stück Jade für Eure Gedanken!", meinte er.

„Gilt dieser Edelstein bei den Maori nicht als Sinnbild für das Gute, Schöne und Kostbare?", fragte sie, weil ihr nichts Besseres einfiel.

„Ja, das tut er! Der harte, grüne Edelstein, den Maori Pounamu nennen, wird von ihnen hochgeschätzt. Pounamu findet man allerdings nur auf der Südinsel entlang der Westküste. Das Gebiet wird in der Sprache der Maori als *Te Wai Pounamu* bezeichnet. In Eure Sprache übersetzt würde dies *'Das Land des Grünstein Wassers'* oder wenn sie *Te Wahi Pounamu* sagen *'Der Grünstein Ort`* heißen. Eure Augen, Marie, erinnern mich sehr an einen dieser besonders schönen grünen Steine, frei von Mängeln - ein Kahurangi, was so viel wie *'Die Klarheit des Himmels'* bedeutet, so wie Eure Haare mich an die Lava des Mount Tongariro erinnern."

Marie war ein wenig verwirrt von seinen Worten, auch wenn die Vergleiche ihr schmeichelten. Da sie dies jedoch nicht zugeben wollte, meinte sie lächelnd: „Wenn Ihr so weitermacht und schleimt, Tamarun, dann erlebt Ihr mich vielleicht sogar dabei, dass ich wirklich in die Luft gehe wie ein Vulkan!"

Er reagierte sehr ernst darauf, indem er sagte: „Dass Menschen immer gleich drohen müssen, selbst wenn man es nett meint!"

„Ich denke wir und vor allem Ihr habt gerade andere Probleme, als Euch über meine nicht einmal ernst gemeinte Bemerkung zu sorgen. Ihr müsst hier weg, wenn ich auch glaube, dass Ihr hier erst einmal sicher seid. Ihr braucht Kleidung und ich brauche mein Gefährt, dass ich erst...", sie sah auf die Uhr, „... wenn überhaupt in einer guten Stunde wiederbekomme. So wie Ihr momentan seid, kann ich Euch unmöglich durch das Treppenhaus führen um Euch in meinem Laden zu lassen. Dieser Dr. Robert könnte Euch auch dort entdecken, da der Laden in erster Linie aus Schaufenster besteht, also müsst Ihr erst einmal hierbleiben."

Marie hatte Tamarun wenig später schon in ihrem Keller eingeschlossen, ihm aber unter Schwüren versprochen zurückzukommen, nachdem sie ihr Gefährt besorgt hatte. Und sie hatte ihm ebenso geschworen, ihn von diesem Ort wegbringen zu wollen. Natürlich war er äußerst beunruhigt gewesen, als sie ihn erneut eingeschlossen hatte. Marie hatte Tamarun auch gesagt, dass der Gedanke ihn zurücklassen zu müssen und die Polizei nicht zu verständigen, sie beunruhige.

Tamaruns Herz hatte ihm gesagt, dass er ihr vertrauen konnte, auch wenn er immer noch nicht begriff wieso. „Vertrauen ist wichtig", flüsterte er zu sich selbst. „Und ich werde Lady Marie beweisen, dass ich ihr gegenüber auch genügend Vertrauen aufbringen kann!"

Marie lief die Treppe hinauf und dann in ihren Laden. Sie holte erst einmal tief Luft. Tamarun hatte doch wirklich gesagt, sollte dieser Dr. Robert ihn nicht mehr brauchen, dann würde er ihn gewiss umbringen. Doch dieser wollte erst in etwa drei Tagen wieder nach seinem Opfer sehen. Seine Erklärung war auch, dass es sich bei Dr. Roberts Person um einen Wissenschaftler handelte, der an ihm die Unsterblichkeit erkunden wollte, so wie es dessen Vorfahren an ihm zuvor schon versucht hatten. Marie wusste: Immer wieder hatten Menschen im Namen der Wissenschaft Versuche und schlimme Verbrechen begangen, doch sie hatte nie geglaubt, dass so etwas heute noch und in ihrer Heimatstadt Heidelberg geschehen konnte. Doch anscheinend hatte sie sich da gewaltig geirrt. Elf oder nicht, es war erschreckend wie sehr der Mensch in so vielen Dingen einem Raubtier ähnelte, wo er doch glaubte allen Lebewesen auf Erden durch seinen Verstand und Forschungsdrang etwas voraus zu haben! *'Soll ich vielleicht Simon anrufen?'*, fragte Marie sich im nächsten Augenblick. Sie ließ es jedoch und steckte ihr Handy wieder ein. Als sie ihren Laden verließ, sah sie wie zwei Polizisten die Straße entlang schlenderten und auf sie zukamen. Der ältere der beiden Beamten lächelte und fragte höflich: „Sind Sie die neue Besitzerin?"

„Ja! Warum fragen Sie? Ist etwas nicht in Ordnung?"

Der Beamte lachte. „Ziemlich argwöhnisch, junge Dame. Aber nichts für Ungut, reine Neugier, denn man munkelt, es soll ein Blumenladen werden."

„Wird es!"

„Schön und doch auch schade, denn bei dem alten Besitzer tranken wir immer mal einen Kaffee auf der Runde durch das Viertel."

Marie lächelte, als sie meinte: „Den könnten Sie natürlich auch bei mir bekommen!"

„Ist das ein Angebot oder ein Versprechen?", fragte sein Kollege.

„Beides, sobald ich den Laden geöffnet haben. Doch nun... ich muss los, denn zuvor gibt es noch eine Menge zu besorgen und zu erledigen. Am Wochenende wird gemalert und dann eingerichtet, so dass ich hoffentlich in zwei Wochen eröffnen kann."

Marie lächelte und dankte mit einem „Mahlzeit", als die beiden Beamten sie freundlich lächelnd ansahen und ihr trotzt der Arbeit, die ihr bis zur Eröffnung bevorstand, einen angenehmen Mittag wünschten.

Sie hatte den beiden Gesetzeshütern jedoch kein Wort über ihre Entdeckung gesagt. Sie ging einfach weiter und sah sich die Häuser genauer an, an denen sie vorbeilief, und bog dann um die nächste Ecke. Sie lief den kurzen, aus drei Häusern bestehenden Häuserblock der Seitenstraße entlang und bog am Ende ab, um dort die Häuserfront soweit zurückzulaufen, bis sie in etwa auf der rückwärtigen Höhe ihres Ladens angelangt war. Dann sah sie das Haus zu dem der Keller, den sie entdeckt hatte, passen konnte. Es war eine kleine Stadtvilla mit hohen Mauern aus Naturstein, die von Grün überwuchert wurden. Ein großes Eisentor führte in den dortigen Hof. Langsam ließ Marie den Blick über das Schild an der Klingel gleiten. Auf diesem stand: *Dr. Robert Hoburg.* Sonst nichts. An der Mauer befand sich jedoch ein Schaukasten mit alten Fotos. Diese zeigten einen Mann und darunter stand: *Dies ist das Geburtshaus des Naturforschers Professor Dr. Paul Hoburg. Das Haus ist seit 1799 in Familienbesitz der Familie Hoburg. Aus der Familie gingen weitere Professoren für Genetik- und Vererbungslehre hervor.* Marie war sich nun sicher: Tamarun, der gerade in ihrem Keller saß und dort auf ihre Rückkehr wartete, hatte sie in diesem Punkt schon einmal nicht angelogen. Man hatte ihn vielleicht wirklich als Versuchsobjekt im Keller unter der Villa festgehalten, um an ihm zu forschen. Ob nun Elf, wie er behauptete, oder nur ein wenig verwirrt: Er musste so schnell wie möglich auch aus ihrem Keller weg. Marie atmete noch einmal tief durch und dann drückte sie auf die Schelle.

Wenn man geöffnet hätte, dann wäre ihr schon etwas als Ausrede für ihre Störung eingefallen. Doch es tat sich nichts und auch kein Auto stand in der

Einfahrt. Dieser Dr. Hoburg war also wirklich nicht da. Erleichterung machte sich in ihr breit und sie ging weiter. Sie wollte nun zuerst ihr Auto aus der Werkstadt hohlen und hoffe inständig, dass
der Wagen auch wirklich fertig war, als sie nun ein Taxi herbeiwinkte, das gerade an ihr vorbeifahren wollte.

Nachdem sie ihr Auto wiederhatte und um weitere 700,- Euro ärmer war, fuhr sie eiligst in Knulli zu ihrer Wohnung. Sie musste noch ein paar Kleidungsstücke für Tamarun besorgen. Als es langsam schon dunkel wurde, machte sie sich dann auf zu ihrem Laden zurück. Zum Glück bekam man in den frühen Abendstunden dort auch einen Parkplatz und so parkte sie ihren Knulli in der Parkbucht vor dem Laden. Marie hatte ein weiteres Mal überlegt, ob sie Simon nicht doch besser anrufen sollte, doch den Gedanken dann erst einmal wieder verworfen. Dennoch: Sie hatte vor ihn anzurufen, wenn sie Tamarun aus dem Keller geholt und in ihre Wohnung gebracht hatte. Simons Vater arbeitete bei einer Behörde und hatte dadurch auch sehr gute Auslandskontakte. Sie hoffte, er würde Tamarun vielleicht helfen können.

„Tamarun, ziehen Sie erst mal diese Sachen hier an!", meinte Marie, als sie die Kellertür aufgeschlossen und wieder hinter sich zugezogen hatte. Tamarun nahm die Kleidung entgegen und zog sich in den Schatten eines Regals zurück.

Während er sich anzog, erklärte Marie: „Die Welt draußen sieht inzwischen wohl anders aus, als Sie diese in Erinnerung haben. Also nicht erschrecken, denn dann denke ich, dass es für Sie zu einer Herausforderung wird, sich in ihr zu bewegen, Tamarun"

„Sie glauben mir immer noch nicht, aber Sie nehmen mich doch mit, oder?", hakte er unsicher nach.

„Ja natürlich! Ich habe es Ihnen doch sogar geschworen, Tamarun."

Auf einmal hörte sie ihn schimpfen: „Wo ist diese vermledeite Kordel zum Zubinden der Hose?"

„Das ist eine Jeans und die hat einen Reißverschluss zum Verschließen."

„Was bitte ist ein Reißverschluss?"

Marie verdrehte die Augen. Entweder stellte er sich dumm oder er wusste es wirklich nicht und so erklärte sie ihm geduldig wie bei einem Kleinkind: „Der Reißverschluss ist das Ding mit den Krampen, oder verständlicher ausgedrückt *Zähnen,* im Schlitz und das Metallblättchen am Schlitten daran benutzt man zum Hochziehen, damit die Zähne sich beim Schließen ineinander verhaken oder beim Öffnen durch Runterziehen wieder gelöst werden. Aber bitte tun Sie dies ohne rohe Gewalt anzuwenden, denn Sie könnten sich was einklemmen oder der Verschluss kaputtgehen."

„Aha, dieses winzige Ding also... Oh, ich denke ich habe dieses Beinkleid zu. Das ist eine gute Erfindung und endlich einmal etwas Vernünftiges was Menschen hervorgebracht haben."

Marie musste lächeln und dachte bei sich: *Der Elf und der Kampf mit dem Reißverschluss wäre bestimmt ein netter Romantitel. Roman! Was sie gerade erlebte hätte bestimmt einen wunderbaren Roman abgegeben!* Sie kannte solche Geschichten, in denen junge Frauen heldenhaft den armen Gefangenen befreiten, doch dies hier war gewiss keine Geschichten aus einem Fantasy- und Abenteuerroman oder einem Krimi. Und doch kam sie sich gerade vor wie in so einem Buch.

„Sie haben wirklich vor Ihr Wort zu halten, Marie?", hörte sie Tamarun noch einmal nachfragen.

„Ich habe doch gesagt, dass ich Sie von hier fortbringe. Ach... und dieser Dr. Robert ist wirklich nicht zuhause." Tamarun, der nun angezogen aus dem Schatten des Regals getreten war, versteifte sich und sah sie erschrocken an.

„Woher wissen Sie das?"

„Ich habe nachgesehen!", erklärte Marie. „Und ich bin, bevor ich herkam, noch einmal an der Villa vorbeigefahren. Es steht noch kein Auto in der Einfahrt. Mich persönlich beruhigt das schon mal ein wenig."

„Auto?"

„Ja, Auto! Also das Fahrzeug - *Gefährt* - das ich abgeholt habe, um Sie von hier fortbringen zu können."

Nun war es Marie, die Tamarun anstarrte. *Mensch! Der sieht in den Sachen ja wirklich schnuckelig aus!* Ihr schwarzes T-Shirt war etwas kurz für seinen Oberkörper und so konnte man seinen Bauchnabel sehen. Die Jeans war auch ein bisschen kurz, doch die Turnschuhe, die Simon bei ihr stehen gelassen hatte, die schienen ihm zu passen. Simon war zwar kleiner als Tamarun, doch nicht umsonst hatte sie ihren Freund schon oft wegen seiner Schuhgröße gefoppt. Gegen ihre 37 ½ konnte man eine 43 schon als Paddelboote bezeichnen. Dann riss sie sich zusammen. „Kommen Sie, Tamarun. Gehen wir bevor dieser Doktor Ihr Verschwinden entdeckt." Marie nahm ihn einfach bei der Hand und zog ihn hinter sich her. Oben angekommen sah Tamarun sich in Maries Laden um.

„Was bietest du noch mal für Waren an? Sagtest du nicht etwas von ... Blumen? Ich sehe keine..."

„Ich habe den Laden gerade erst gemietet. Er muss noch hergerichtet werden." Marie grinste: „Wie mir aber scheint sind wir nach dem Schleimen mit den Jadeaugen nun auch beim *Du* angekommen. Also lassen wir die Förmlichkeit!"

Sie ging nicht weiter auf Tamaruns irritierten Blick ein, denn sie wusste nicht ob er an ihrer Geschäftsidee zweifelte oder derart verwirrt dreinblickte, weil sie ihm so bereitwillig das Du angeboten hatte. Sie raffte noch schnell ihre Sachen zusammen, die sie in eine Ecke gestellt hatte, schob ihn dann aus der Ladentür hinaus und schloss ab.

Marie ließ Tamarun vorgehen. Das hieß sie wollte es eigentlich, doch er blieb stehen, als wäre er vor eine Wand gelaufen.

„Was ist?", fragte sie.

„Da!", er deutete in Richtung Straße und Fahrbahn. Seine Augen waren vor Entsetzen geweitet, als habe er Monster gesehen.

„Dieser Robert etwa?", fragte sie.

„Nein... diese Gefährte, die die Menschen in sich verschluckt haben."

„Das sind Autos.", sagte Marie ruhig. „Komm, geh weiter!"

Mit der Funkfernbedienung öffnete sie ihren vor dem Geschäft geparkten Wagen. „Tamarun, verdammt warum bleibst du schon wieder stehen? Rasch, wir müssen hier erst einmal weg!" Marie zerrte ihn mehr zum Auto, als dass er lief und öffnete die Beifahrertüre. Wieder zögerte er.

„Na los, mach schon! Steig endlich ein! Ich habe es dir doch erklärt: Das ist mein Auto. Es ist so etwas Ähnliches wie... wie eine Kutsche!", fiel ihr die Erklärung ein.

Tamarun wirkte wahrhaft so, als habe er noch nie ein Auto gesehen.

„Deine Kutsche also... und wo bitte sind die Pferde?", erkundigte er sich.

„Die sind unter der Haube, bestehen aus Metall und man nennt sie in ihrer Gesamtheit Motor."

Marie schüttelte leicht den Kopf, als er endlich im Auto saß. Sie schlug die Beifahrertür zu, nachdem sie sich versichert hatte, dass sie ihn dabei nicht einklemmte und lief um das Auto herum, um auf der Fahrerseite einzusteigen. Als sie im Auto saß, meinte sie: „Nun schnall dich schon an."

„Was?"

„Der Gurt dort. Leg ihn dir über die Schulter und gib mir das Silberteil da."

„Warum willst du mich jetzt wieder fesseln?", fragte er.

„Tamarun, das sind keine Fesseln, das ist ein Sicherheitsgurt. Es ist die Pflicht der Fahrgäste eines Autos ihn anzulegen bevor man losfährt, denn sonst kommt die Polizei und man muss eine Strafe zahlen. Also los, gib mir das Silberteil, ich schnall dich dann an."

Marie schnallte erst ihn an, dann sich und sagte schließlich: „Ich habe mich auch angeschnallt, siehst du?"

„Ja!"

„Siehst du den roten Knopf da?"

„Ja!"

„Wenn man auf ihn drückt, dann löst sich der Gurt von selbst!"

Als Tamarun auf den Knopf sogleich drücken wollte, hielt sie ihn jedoch mit den Worten: „Nicht wieder lösen, sonst kann ich das Auto nicht starten!", davon ab und dann startete sie den Motor.

Tamarun saß stocksteif während der ganzen Fahrt neben ihr. Verkrampfte krallte er seine Hände in den Bezug des Sitzes und in seinen Augen konnte man wahre Panik erkennen.

Marie war heilfroh, als sie einen Parkplatz vor ihrem Haus fand. Sie befürchtet fast, dass Tamarun, hätten sie noch ein Stück weiterfahren müssen, vor lauter Furcht einen Herzschlag erlitten hätte oder auf die Idee gekommen wäre, in Panik aus dem fahrenden Wagen zu springen. Als sie ihn losschnallte, da er keine Anstalten dazu machte es selbst zu tun, dann ausstieg und ihm die Beifahrertür öffnete, stieg er schwankend aus. Er zitterte wahrhaft am ganzen Körper, was Marie dazu verleitete scherzhaft zu bemerken: „Also Junge, so schlecht fahr ich ja nun auch nicht!"

Tamarun machte große Augen, sah sie mit hochgezogenen Augenbrauen daraufhin fragend an, sagte aber nichts.

Simons Misstrauen

Ohne weitere Probleme erreichten sie das dritte Stockwerk im Wohnhaus, in dem sich Maries Wohnung befand und sie schloss die Tür zu ihrer Zweizimmerwohnung auf. Im Flur zog Marie ihre Schuhe aus. Tamarun tat es ihr nach, indem er Simons Sportschuhe auszog.

„Komm, Tamarun, ich zeige dir erst einmal meine Wohnung, damit du dich zurechtfindest. Das hier sind Lichtschalter."

Tamarun sah sie mit einem Blick an, der zu sagen schien: ‚Ich bin doch nicht blöd! ' und meinte dann: „Die kenne ich! Wenn sie auch dort, wo ich gefangen gehalten wurde, anders aussahen."

„Das hier...", sie öffnete die Tür, „... ist das Bad!"

Tamarun sah die Waschmaschine fragend an.

„Die Maschine kennst du wohl auch nicht?", erkundigte sich Marie. Tamarun schüttelte verneinend den Kopf.

„Es ist eine Maschine, in der man Wäsche waschen kann."

„Und das da?", er zeigte auf das Hängeklosett.

„Ich glaube man nannte es in früheren Zeiten... Abort - die Toilette."

Tamarun äußerte daraufhin trocken: „Ich müsste mich mal erleichtern."

„Na dann tu es, ich gehe raus. Ach, Tamarun, du musst nur den Deckel aufmachen!"

„Hältst du mich für dumm?"

„Nein, ich halte dich nicht für dumm! Aber wie mir scheint bist du mit vielen Dingen, die für uns das Selbstverständlichste sind, eben nicht vertraut."

„Das Ding in meinem Kerker, das sich Campingklo schimpfte und das mir Dr. Robert in den Raum gestellt hatte, nachdem das Loch im Boden verschlossen worden war, das hat ebenfalls einen Deckel zum Öffnen gehabt, auch wenn es nicht an der Wand hing!"

„Ist ja schon gut! Jedenfalls der Kasten an der Wand ist die Spülung und die hat so ein Campingklo nicht."

„Auch kein Pull?"

„Nein, die Exkremente laufen mit dem Wasser, das aus der Spülung kommt, automatisch ab."

Tamarun verdrehte die Augen, als er äußerte: „Wenn du mir noch mehr Vorträge hältst, dann läuft bei mir auch was automatisch ab!"

Marie verließ kichernd ihr Badezimmer und schloss die Tür. Sie bemerkte kurz darauf: Tamarun schien die Spülung für die Toilette zu faszinieren und es schien ihm Spaß zu machen, diese in Dauerbetrieb zu halten. Als ihr seine Spielerei zu viel wurde, ging sie einfach ins Bad und holte ihn mit den Worten: „Einmal draufdrücken, das langt! Außerdem kostet jede Spülung Geld.", heraus. Sie zeigte Tamarun nun die Küche, in der ein Holztisch mit zwei Stühlen, der eine in Weiß, der andere in einem Brombeerton, stand. Sie besaß außerdem einen neuen Elektroherd, eine Mikrowelle sowie einen großen Kühlschrank, wobei Tamarun die Geräte ansah, als seien sie ein Wunder. Dann führte sie ihn ins angrenzende Wohnzimmer, in dem zwei Regale voll mit jeglicher Art von Büchern standen. Sie besaß ein gemütliches, hellgraues Sofa und dazu einen Sessel mit Liegefunktion. Der Fernseher hing an der Wand. Der DVD-Player, den sie sich erst gekauft hatte, stand noch auf dem Boden vor ihrer modernen Schrankwand. Simon wollte ihr den Player in den nächsten Tagen anschließen. Im Schlafzimmer standen ein gemütliches, 140cm breites Bett, eine hübsche weiße Kommode, ein Nachttisch und ihr Kleiderschrank.

„Setz dich, ich hole uns was zu Trinken und dann müssen wir uns unterhalten!", meinte Marie.

Als sie wiederkam, schenkte sie Tamarun und sich Wasser ein und begann: „Ich denke du hast bestimmt keine Papiere, aber wir brauchen welche für dich."

Er zog fragend die Augenbrauen empor und legte die Stirn in Falten. „Pa...pie...re?"

„Ja, Doku... Pergamente, die dir das Reisen erlauben."

„Erlauben? Oh, ich verstehe! Ihr Menschen müsst euren Herrscher fragen, ob ihr euch von seinem Herrschaftsbereich in einen anderen Herrschaftsbereich begeben dürft."

„Nicht den Herrscher, aber die Behörde verlangt einen Ausweis oder Pass, wenn man von einem Land ins andere möchte. Es gibt so eine Art Reiseministerium, die diese Pässe ausgibt."

Ah!", meinte Tamarun. Er schien verstanden zu haben was sie meinte.

„Ich habe einen guten Freund. Ich denke, er kann uns vielleicht helfen, solche Papiere für dich zu bekommen!" Marie griff zum Telefon. Tamarun beäugte sie dabei irritiert, als sie mit dem flachen Gegenstand sprach. Natürlich wusste er nicht was sie da in der Hand hielt, denn er hatte weder ein Telefon, noch ein Handy zuvor gesehen.

Simos Stimme erschien am anderen Ende der Leitung.

„Hallo Simon!"

„Hallo Süße, was gibt's? Hast du dein Auto wieder und vielleicht auch den Ladenschlüssel?"

„Ja, hat alles prima geklappt. Aber... ich muss dir etwas erzählen und du wirst nicht erfreut sein, fürchte ich..." Und dann erzählte sie ihm die ganze Geschichte so knapp es ihr möglich war.

Simon hielt die Geschichte zuerst für einen Scherz, die Marie ihm da am Telefon mitteilte. Doch dann meinte er auf einmal geschockt: „Was hat du da eben gesagt? Der Kerl, er ist also bei dir?"

„Ja!"

„Was zum Teufel hat dich veranlasst, dem Kerl diese Story abzukaufen und ihn dann auch noch mit zu dir in die Wohnung zu nehmen? Mädchen, bist du des Wahnsinns? Den einzigen Rat, den ich dir geben kann, ist: Ruf um Himmelswillen sofort die Polizei an!"

„Auch, wenn es dir nicht gefällt, musst du akzeptieren, dass ich das nicht tun werde, Simon. Ich brauche deine Hilfe. Versteh doch! Tamarun muss so schnell wie möglich hier weg und zwar in seine Heimat und zu den Seinen! Wenn dieser Doktor Robert ihn findet... Ich möchte mir nicht ausmalen, was dann passiert. Simon, bitte! Du bist mein bester Freund! Hilf mir und damit auch ihm. Der arme Kerl ist total verstört. Du hättest sehen sollen wie panisch er in meinem Auto saß."

Simon musste nun doch kurz kichern.

Marie schnaubte ins Handy: „Simon, spar dir jegliche Bemerkung über meinen Fahrstil! Schon vergessen? Du bist der, der ständig die Strafzettel und die Punkte in Flensburg kassiert. Immerhin habe ich im letzten Jahr zwei Punkte als Freundschaftsdienst auf meine Kappe genommen, damit du deinen Führerschein behalten kannst."

Simon seufzte theatralisch: „Da appelliert wohl gerade jemand an mein schlechtes Gewissen. Also gut, ich werde versuchen in der Angelegenheit etwas für dich zu tun. Vielleicht kann mein Vater da ja wirklich was machen. Nur weiß ich noch nicht... wie ich ihm das überhaupt erklären soll."

„Meldest dich, wenn du was erreichen konntest?", bat Marie ihn.

„Ja, ich kümmere mich gleich darum.", damit legte Simon erst einmal auf.

Simon zögerte nur einen Moment. Einen gültigen Pass benötigte dieser Tamarun also und dann brauchte er noch ein Visum für beide. Sein Vater würde ihm bestimmt helfen, wenn er es ihm erklären konnte, denn sein alter Herr mochte Marie sehr. Simons Vater hatte immer gehofft, dass er und Marie ein Paar würde. Das Dumme war nur: Simon stand eben auf Männer und sah Marie als eine Art Schwester und Seelenfreundin an. Er nahm sein Handy in die Hand. Die Geschichte war doch einfach zu verrückt, wie sollte er das seinem Vater am Handy begreiflich machen? Er stand auf, ging zum Fenster und öffnete es. Er brauchte erst einmal frische Luft. Langsam geriet er nun auch wieder wegen Marie in Panik. *„Himmel, was wenn der Kerl ein Verrückter ist, der Maries Gutgläubigkeit nur ausnutzt und ihr was antut? Oder was wenn dieser Doktor Robert herausbekommt- wenn die Geschichte überhaupt stimmte - wo dieser Tamarun abgeblieben ist? Vielleicht ist der ja ein Verrückter!"*

Die Papiere waren ihm mit einem Schlag völlig egal. Er würde nun erst einmal zu Marie fahren. Er wollte einfach wissen, was dieser Tamarun für ein Vogel war. Also stieg er in sein Auto und fuhr zu Maries Wohnung. Nachdem er sein Auto abgestellt hatte, rief er vor ihrer Haustür stehend bei ihr an. Marie nahm direkt nach dem ersten Klingeln der Hörer ab.

„Ja?"

„Ich bin es, Simon und ich st..."

Sie lachte leise. „Du willst mir bestimmt sagen, dass du vor meiner Haustür stehst, habe ich Recht?"

„Ja und ich komme jetzt rauf, also mach mir ja die Tür auf!" Ohne auf ihre Zustimmung zu warten, hastete er, nachdem sie den Türdrücker der Treppenhaustür betätigt hatte, die Treppe hinauf.

Kaum war er in Maries Wohnung, da schnappte er sich auch schon den Kerl, der im Wohnzimmer auf dem Sofa seiner Freundin saß. „So, Junge, nun reden wir erst mal Tacheles!"

„Was wollen Sie von mir?", fragte Tamarun und wirkte ziemlich panisch. Das Drohgehabe von Simon sah schon etwas ulkig aus, da Tamarun nun um einen Köpf größer auf ihn hinuntersah.

„Was ich von dir will, Junge? Okay, ich sag es dir: Versuchst du meine Freundin an der Nase herum zu führen, oder sie gar zu verletzen, dann bekommst du Ärger und zwar mit mir! Das Mädchen liegt mir sehr am Herzen, denn sie ist so etwas wie eine Schwester für mich. Ich hoffe du verstehst mich deutlich genug?"

Das entschlossene Aufblitzen in Simons Augen sagte Tamarun ganz klar, dass er mit ihm mehr Ärger bekommen konnte, als er bereits jemals gehabt hatte, wenn er nun einen Fehler machte.

„Und ich werde dich nicht wieder loslassen, bevor ich nicht genau weiß, was mit dir los ist!", zischte Simon in einem überaus abfälligen Ton. „Los, ich will die Geschichte, die du Marie erzählt hast, von dir selbst in allen Einzelheiten hören."

„Ich bin Tamarun, ein Elf und wurde von Professor Paul Hoburg aus Neus...", Tamarun unterbrach sich selbst, sah Marie an und fragte: „Wie heißt das Land der weißen Wolke bei euch noch mal?"

„Neuseeland."

„Also, man hat mich vor über einhundertfünfzig Jahren von dort entführt. Der Professor und seine Nachkommen wollten über die Jahre meiner Gefangenschaft wissen, wie man unsterblich werden kann."

Simon ließ Tamarun los und griff zu seinem Handy. „Das ist verrückt! Der Kerl ist verrückt und ich rufe die Polizei, das wird mir hier nämlich zu bunt!", erklärte Simon. Seine Finger schwebten schon über der Tastatur und er wollte gerade die Zahlen 110 drücken, als Marie ihn inständig bat es nicht zu tun und ihm beteuerte, dass Tamarun ihm bestimmt die Wahrheit sagte.

Wie zwei Kampfhähne standen sich die beiden Männer nun mit funkelnden Augen gegenüber. Tamaruns türkisfarbene Augen waren auf die braunen von Simon gerichtet, als er mit leiser Stimme sagte: „Ich verstehe, dass auch Sie an meiner Geschichte Zweifel hegen, Freund von Marie!"

Tamarun wusste: Es bedurfte für Simons Überzeugung nun eines Beweises und so griff er nach dem Messer, das auf dem Tisch lag, und jagte sich dessen Spitze in die Hand.

„Verdammt! Du Idiot! Was sollte das?", fuhr Simon Tamarun an. Er hatte sofort begriffen, dass Tamarun nicht vorgehabt hatte, ihn oder Marie damit anzugreifen. Mechanisch spulte sich vor Simons Augen ein Programm ab, denn er hatte seinen Zivildienst immerhin als Hilfssanitäter absolviert. Blutung stoppen, Notarzt rufen und dann ab in die Klinik.

Der Kerl vor ihm war doch wirklich verrückt! Nicht gemeingefährlich gegen andere, aber offenbar gegen sich selbst. So jemand brauchte dringend Hilfe. Vielleicht hatte dieser Dr. Robert ihn ja in Verwahrung gehabt, damit der Mann sich nicht selbst verletzte oder sogar tötete? *'Man weiß nicht was ihm wider-fahren ist!'*, dachte Simon und empfand nun trotz seines Ärgers Mitleid.

Doch Tamarun meinte ruhig: „Sieh' bitte hin, Freund von Marie", und er hielt Simon seine Hand unter die Nase. „Das ist der einzige Beweis den ich geben kann, dass ich das bin, was ich gesagt habe: ein Elf."

Simon war außer sich, als er auf Tamaruns noch blutende Hand starrte und er schimpfte dabei: „Macht es dich an, dich zu verletzen oder was ist das sonst für ein krankes Spiel?"

„Morgen, glaube mir, wird von der Verletzung überhaupt nichts mehr zu sehen sein. Durch Natur-kräfte heilen solche Wunden bei uns schnell. Sie sind nur gefährlich für uns, wenn sie lebensnotwendige Organe betreffen oder wenn Gliedmaßen abgetrennt werden. Und falls nun auch bei dir die Frage auf-kommt: Wir Elfen sind langlebig, nicht unsterblich und nein, diese Langlebigkeit kann man nicht ein-fach übertragen." Tamarun bemerkte nun erst Ma-ries geschockten Gesichtsausdruck. „Verzeih, Marie, aber dein Freund hegt ein solches Misstrauen! Wie soll ich ihm sonst beweisen, dass dieses unbegründet ist? Außerdem... ich glaube auch du zweifelst noch und so könnt ihr beide euch nun von der Wahrheit meiner Worte überzeugen."

Simon war sichtlich geschockt, als er sah wie die Blutung stoppte und die Wunde sich schnell schloss. „Öhm, na gut, ich glaub' es ja!", meinte er verdattert, wenn er auch jetzt an seiner eigenen Wahrnehmung zu zweifeln begann.

„Du solltest vielleicht auch einmal auf deine Freundin hören und ihr vertrauen, so wie ich!", meinte Tamarun belehrend.

„Simon wollte mir nur helfen!", verteidigte Marie ihren Freund nun. „Na und du, Simon, das hast du ja wunderbar hinbekommen! Ihr beide benehmt euch wie Volldeppen!"

Tamarun sah von Marie zu Simon und blickte dann Marie fragend an, als er meinte: „Bevor ich jetzt so ein beleidigtes Gesicht ziehe wie dein Freund hier, erlaube mir die Frage: Was ist ein *Voll...depp...en*?"

Marie lachte nun herzlich, winkte mit der Hand ab und meinte: „Vergiss einfach was ich gesagt habe. Es ist unwichtig."

„Mir ist nichts unwichtig was du, meine Retterin, sagst!"

Marie seufzte: „Nun setzt euch erst mal! Ich hole ein Tuch und du, Tamarun, darfst dein Blut von meinem Tisch wischen. Dann geh ins Bad und wasch dir die Hände." Bereits auf dem Weg in die Küche fragte sie: „Oder verschwindet das auch so wie die Verletzung?"

Tamarun schüttelte den Kopf, dann sah er betreten zu Boden. Zum Glück war sein Blut nicht auf ihren Boden, sondern nur auf die Tischplatte, die man reinigen konnte, getropft. Als Marie ihm den Lappen hinhielt meinte er: „Verzeih, ich wollte dich nicht erschrecken!"

„Ja, schon gut, mach das nun sauber und ich mach uns schnell was zu essen, dann reden wir."

„Was ist denn genau passiert? Ich weiß, ich hatte meine Zweifel, aber es wäre gut, wenn ich genauer darüber Bescheid wüsste", meinte Simon. Und Tamarun begann erneut zu erzählen.

Simons Augen zogen sich kurz darauf vor Entsetzen zusammen. „Ist das wirklich war?", fragte er Tamarun. Dieser nickte nur.

„Was die mit dir angestellt haben, das ist unfassbar!" Simons Stimme klang nun sehr mitfühlend, als er fragte: „Und das hast du über so lange Jahre hinweg ertragen müssen? Mein Gott, ist das schrecklich!"

„Zeit ist für unser Volk nicht von Belang, wenn sie in
Freiheit an uns vorbeizieht. Die Quälereien dieser Menschen waren schlimm für mich und ich bin einfach froh und sehr dankbar, dass Marie mich aus dieser Gefangenschaft gerettet hat. Ich hatte wohl sehr großes Glück gehabt, dass ihre Neugier größer war als der Drang vor der Dunkelheit in diesem Gang zurückzuschrecken und ihr Mut sie zu mir geführt hat. Nun will ich nur eines: Nach Hause zu meiner Sippe zurück! Verstehst du das, Simon?"

Simon nickte. Er wusste nicht genau warum, aber auch er vertraute Tamarun nun.

„Ich fahre zu meinem Vater und kläre das persönlich mit ihm. So eine Geschichte ist nichts, um über ein Telefonat erklärt zu werden. Ich erzähle ihm aber nur, dass du ein Freund von Marie bist, aus Neuseeland stammst und hier in Schwierigkeiten steckst. Ich erzähle ihm, dass eine Bande von Schleusern dich auf dubiose Weise und ohne Papiere von Neuseeland nach Deutschland gebracht hat. Dass du nun wieder zurück in deine Heimat möchtest ohne in die Fänge der Abschiebebehörde zu gelangen. Gelogen ist das ja noch nicht einmal wirklich bei deiner Geschichte."

Er sah Marie nun an. „Falls Vater dich daraufhin kontaktiert, tu mir einen großen Gefallen und bleib genau bei der Geschichte. Sag ihm, er schickt die Papiere wieder zurück, sobald er in Neuseeland ist und er muss das dann auch tun. Denn ich möchte mit Paps nicht noch mehr Schwierigkeiten haben und ich will auch nicht, dass er von dritter Seite welche bekommt. Marie, du weißt: Er hat schon genug zu verkraften wegen meines etwas anderen Lebensstils."

„Na klar bleib ich bei der Geschichte und werde dafür sorgen, dass der Pass und das Visa wieder bei ihm landen. Ich bin ja froh, wenn er uns überhaupt helfen wird und kann."

„Gut, dann mache ich mich nun los!", meinte Simon.

Auf dem Flur meinte Simon leise: „Okay und jetzt kneif mich mal, damit ich mir sicher bin, dass das keiner meiner merkwürdigen homosexuellen Träume ist."

„Ich tu es nur, wenn du mich auch kneifst", meinte Marie und zwickte ihm kurz in den Oberarm.

„Jetzt bin ich mir schon mal bei einem sicher- und zwar, dass ich einen blauen Fleck bekomme", meinte Simon gespielt beleidigt. „Zu dem Jungen gibt es nur eine Assoziation, die mir zu seinem Aussehen einfällt: *göttlich*! Und diese Augenfarbe..."

„Ich sag' dir, es ist extrem unwahrscheinlich, dass er auf Männer steht."

„Ja ich weiß, denn wenn du es nicht bemerkt haben solltest: Er konnte seinen Blick nicht von dir lassen." Er gab Marie einen Kuss auf die Wange. „Pass auf euch auf und lass um Gotteswillen keine mehr hier herein, denn du nicht kennst."

Nachdem Simon gegangen war und Maria hinter ihm die Wohnungstür mehrfach abgeschlossen und mit dem Türriegel gesichert hatte, sah sie ihm vom Fenster aus nach und winkte ihm, als er noch einmal nach oben sah bevor er in sein Auto stieg.

„Wir sollten schlafen gehen!", meinte sie, als sie sich vom Fenster abwandte.

Tamarun sah sie sichtlich geschockt an und wiederholte die Worte leise: *„Wir sollten schlafen gehen."*

Er begann zu zittern und sein Herz pochte immer heftiger. Er hasste es, doch die Erinnerung am Cläre und an das was sie mit ihm gemacht hatte, war bei Maries Worten wieder in ihm hochgekommen.

Marie begriff, als sie ihn in diesem Zustand sah, dass er gerade etwas ganz gehörig falsch verstanden hatte.

„Tamarun, du denkst doch nicht etwa ich habe dir geholfen und will nun zum Dank Sex mit dir?"

Sie setzte sich neben ihn, dann legte sie vorsichtig ihre Hand auf die seine. „Die Zeit war wohl sehr hart für dich?", meine sie behutsam. „Vielleicht solltest du auch darüber reden. Es ist wichtig, wenn man missbraucht wurde um diesen Schrecken zu verarbeiten. Ich höre dir zu!"

„Ja, es war hart. Diese Cläre Hoburg, sie hat sich an mir immer wieder vergangen. Es war zwar schlimm als dieser Robert auftauchte und er mich in diesem Raum misshandelte, wo Geräte aus dem Mittelalter standen. Doch Schmerz ist einfacher zu ertragen. Er hat diese Geräte an mit ausprobiert, mich gepeitscht und diesen Stromstab benutzt um mich zu quälen. Aber diese Frau und was sie tat war für mein Seelenheil schlimmer als jeder Schmerz, den Robert mir zugefügt hat." Er schaute Marie nun mit Tränen in den Augen an. „Ich möchte nur noch eines: All dies vergessen können und... nach Hause.", sagte er leise.

„Tamarun, du legst dich in meinem Schlafzimmer hin. Du bist erschöpft und brauchst Ruhe. Und keine Widerrede! Los, ab ins Bett mit dir!"

Sein Blick verriet ihr immer noch Unbehagen und dann meinte er auch schon. „Ich möchte nich..."

Weiter kam er allerdings nicht, denn Marie unterbrach ihn: „Du brauchst dir keine Sorgen zu machen. Ich schlafe hier auf dem Sofa, da schlaf ich des Öfteren sowieso ein. Man schläft wirklich gut auf dem Teil. Und nun komm." Marie schnappte ihn an der Hand, zog ihn vom Sofa hoch und mit sich. Sie betrat mit ihm das Schlafzimmer, dann nahm sie eines ihrer Kissen und eine Decke, die auf dem Bett lag, und brachte sie in ihr Wohnzimmer. Sie kehrte noch einmal zu Tamarun zurück, da er unschlüssig auf dem Bett saß und vor sich hinstarrte.

„Nicht erschrecken, ich mache nur den Rollladen runter, dann ist es hier im Raum etwas dunkler. Versuch zu schlafen, ich bin drüben in der Wohnstube. Ruf einfach nach mir wenn etwas nicht in Ordnung ist. Gute Nacht!"

Tamarun blickte Marie nachdenklich nach. Er wusste nicht wie er diese Frau einschätzen sollte. Die Menschen, die er während seiner Gefangenschaft kennen gelernt hatte, schienen ihm alle ziemlich wahnsinnig gewesen zu sein. Marie war jedoch vollkommen anders: Sie war fürsorglich, besorgt, freundlich und kümmerte sich um ihn, obwohl sie sich erst seit ein paar Stunden kannten. Hier gab es keine Ketten, keine verriegelten Türen, denn Marie hatte diese einen Spaltbreit offengelassen. Er sah es am Lichtschein, der von dem anderen Raum her in das Zimmer hereinfiel. Und vor allem: Es gab auch keine Folterwerkzeuge. Aber konnte er Marie wirklich vertrauen? Und was genau war mit diesem Simon? Tamarun rollte er sich auf Maries Bett zusammen und zog sich die Decke über den Kopf. Er dachte an seine Heimat und versuchte so, mit aller Macht all die Jahre der Qualen aus seinem Bewusstsein zu verdrängen. Manchmal hatte er so in den Visionen seiner Erinnerungen den Wind in den Blättern der Bäume rauschen gehört. In den letzten Jahren hatte er jedoch oft auch sterben wollen, aber seine Unsterblichkeit und seine Entführer hatten dies nicht zugelassen. Nun war frei und doch war er wieder von Menschen abhängig, auch wenn es anscheinend wirklich gutherzige Menschen waren. Über diese Überlegungen hinweg fiel er letztendlich dann doch in seine Ruhetrance.

Marie sah wenig später noch einmal nach ihm. Dort lag er, zusammengerollt in Embryostellung, die Knie nah an den Körper gezogen. Etwas Besonderes umgab ihn und der Raum war mit einer unsichtbaren Energie angefüllt, wie Marie sie noch niemals zuvor gespürt hatte. Sie ging zu ihm, um die Decke, die von seinem Körper herab gerutscht war, nach oben zu ziehen. Sie konnte einfach nicht anders. Er sah so friedlich aus, wie der dalag und schlief. Als sie sich selbst dabei ertappte, wie sie ihm eine Haarsträhne aus der Stirn streichen wollte, schüttelte sie den Kopf und lächelte. „Schlaf gut, mein hübscher Elf!", und mit diesen Worten verließ sie ihr Schlafzimmer und legte sich auf ihr Sofa zum Schlafen nieder.

Als Tamarun erwachte, wusste er nicht ob er wirklich frei war oder ob er sich alles nur in seiner Trance eingebildet hatte. Langsam öffnete er die Augenlieder und blickte sich im Raum um. Es war wahrhaftig nicht der Kerker, sondern es war wirklich das Schlafgemach von Marie, in dem er am Abend zuvor eingeschlafen war. Die meiste Zeit seiner Gefangenschaft hatte Tamarun in Dunkelheit oder dem Dämmerlicht einer Kerze oder einer Öllampe verbringen müssen. Später dann, wie man ihm erklärt hatte, war es eine Glühlampe gewesen, die sein Gefängnis erhellt hatte. Doch Sonnenlicht hatte keinen Weg in seinen Kerker hineingefunden. Selbst bei seiner Befreiung war es dunkel gewesen. Man hatte sein Leben zerstört, in dem man ihm seiner Freiheit beraubt hatte. Es gab nichts was ihm geblieben war, außer der Hoffnung eines Tages vielleicht doch die Freiheit wieder zu erlangen. Natürlich hatte er versucht gegen diese Menschen aufzubegehren, doch letztlich hatten sie ihm nicht einmal den Tod gegönnt. Doktor Robert hätte dies vielleicht in seinem Zorn irgendwann geändert... Tamarun schrak im nächsten Augenblick aus seinen Gedanken hoch, als die Tür geöffnet wurde.

„Guten Morgen!", begrüßte Marie ihn freundlich und schenkte ihm ein warmes Lächeln.

Er blickte sie fragend an, als sie den Vorhang aufzog, das Rollo hochzog und so das Tageslicht, das er so lange und so schmerzlich vermisst hatte, ohne Vorwarnung in den Raum hereinließ.

Marie öffnete das Fenster und meinte freundlich: „Wir haben herrlichstes Wetter heute und ein bisschen frische Luft hat noch keinem geschadet. Los, aufstehen, Tamarun! Ich mache uns Frühstück, denn ich denke, du hast bestimmt auch Hunger!"

Langsam wich sein Bedenken, dass Maries Hilfe vielleicht doch nur eine Falle für ihn gewesen sein könnte und er wurde neugierig was vor dem Fenster lag. So stand er auf und machte ein paar Schritte auf das offene Fenster zu während Marie verschwand, um das Frühstück zuzubereiten. Tatsächlich: Es war helllichter Tag, die Sonne lachte von einem blauen, wolkenlosen Himmel hinunter und ein für ihn völlig fremder Ausblick tat sich vor ihm auf. Das Sonnenlicht blendete ihn und offensichtlich gab es hier einen Fluss, dessen Wasser das Sonnenlicht reflektierte. Die Welt da draußen, sie mutete so fremd und unbekannt an und dennoch fand er sie wunderschön. Gut, diese merkwürdigen Kutschen, die sich auf dem Pfad am Fluss entlang bewegten, die nahmen dem Bild etwas von seiner Schönheit. Aber er wusste nun, dass sie in der Zeit, in der er sich nun befand, zu den Menschen als Fortbewegungsmittel dazu gehörten. Er hoffte nur, dass sein Volk diese Dinger nicht auch schon nutzte, um sich in ihrer Welt fortzubewegen.

Auf Entdeckung in Heidelberg

Nachdem Marie Tamarun während des Frühstücks erklärt hatte, dass er von nun an überall hingehen konnte, wenn er das wolle, ging es ihm immer besser. Doch ihre Warnung, sich dabei nicht entdecken zu lassen, ließ seine Euphorie wieder sinken. Sie gab sich jedoch sehr viel Mühe und erklärte ihm, dass der Fluss, den man von ihrer Wohnung aus sah, der Neckar war und dass die Stadt, in der sie sich befanden, ,Heidelberg' hieß.

„Marie, würdest du mir die Stadt vielleicht zeigen?", fragte er. „Ich denke um sie mir anzusehen, da brauche ich schon deine Hilfe!"

„Aber ja! Doch ich denke wir sollten besser erst am Abend gehen. Mir wäre zumindest wohler dabei! Nicht, dass dieser Doktor nach dir sucht und dich dann auf der Straße erkennt. Davon abgesehen herrscht zur Abendzeit auch nicht mehr so viel Verkehr auf den Straßen."

Sie unterhielten sich noch eine ganze Weile, dann erhob Marie sich. „Wenn du was trinken möchtest, dann bediene dich einfach, ich bin in der Küche." Mit diesen Worten verließ sie den Wohnraum. Bald darauf stieg Tamarun ein äußerst verführerischer Duft in die Nase und kurz darauf stand Marie mit einem Tablett voller Essen im Raum. Sie stellte es ab und ihm einen Teller vor die Nase. „Ich hoffe so etwas schmeckt dir, denn ich hatte nur Gemüse, Eier, Käse und Nudeln da. Ich esse nicht oft Fleisch, musst du wissen."

„Wir Elfen essen Fleisch auch nur selten", meinte er.

Mit einem zufriedenen Lächeln sah Marie ihn an als sie bemerkte, dass er das Essen sichtlich genoss.

„Das war wirklich sehr schmackhaft!“, kommentierte er seinen letzten Bissen.

„Freut mich, dass es dir geschmeckt hat.“ Marie räumte die leeren Teller ab während Tamarun vor sich hinlächelte, denn Marie war in seinen Augen eine ausgezeichnete Köchin.

„Ich hoffe du hast noch ein wenig Platz für den Nachtisch. Ich habe für uns vor der großen Erkundungstour der Stadt noch einen Schneeballen.“

„Ähm... was ist denn *Schneeballen*?“ Er blickte sie interessiert an.

„Tja, also Schneeballen, so nennt man dieses Gebäck hier. Das Rezept ist schon über dreihundert Jahre alt.“

Tamarun grinste.

„He, ich sagte das Rezept nicht das Gebäck selbst ist so alt!“

„Ich habe das schon verstanden. Nur was sind schon dreihundert Jahre? Aber gut, wenn für einen Menschen dreihundert Jahre eine lange Zeit sind und drei oder vier Generationen bedeuten können, dann mag das Rezept wirklich alt sein.“

„Nun hatte ich meine Belehrung von dir und du die Chance mit Weisheit zu prahlen. Jetzt bekommst du von mir die Antwort, die du ja haben wolltest und zwar die zu diesem Gebäck hier. Es besteht aus Mürbteigstreifen, die zu Kugeln gepresst werden. Es gibt sie mit Zucker & Zimt und einer ganzen Menge verschiedener Glasuren und sogar welche mit Füllungen. Ich habe einen mit Marzipanfüllung, also lass ihn uns einfach teilen und essen, dann geht's los!“

Als es dunkel wurde, reichte Marie ihm lächelnd die Hand. „Du solltest wirklich besser an meiner Seite bleiben, wenn wir draußen sind. Nicht, dass du mir verloren gehst!"

„Hoffentlich nicht! Du weißt: Ich kenne mich nicht aus."

Marie musste schmunzeln. Er sah richtig süß aus mit ihrer Mütze auf dem Kopf und der Kapuzenjacke, die Simon für ihn mitgebracht hatte, denn ihr *Bruderfreund*, wie Tamarun ihn an diesem Tag begrüßt hatte, hatte es sich nicht nehmen lassen am späten Mittag bei ihnen nach dem Rechten zu sehen. Tamarun sah vermutlich für die anderen Passanten ein wenig merkwürdig aus, da er trotz der nun herrschenden Lichtverhältnisse eine stark getönte Brille trug, aber Marie wusste nur zu gut, dass seine türkisfarbenen Augen trotz der Dämmerung wohl jedem aufgefallen wären. Brillen mit getönten Gläsern waren jedoch modern und einige trugen sie auch noch im Dunkeln. Sie zeigte Tamarun die Ruine des Heidelberger Schlosses hoch oben über dem Neckartal, gelegen am Königsstuhl. Sie erzählte ihm die Hintergrundgeschichte und dass dort bis zum Dreißigjährigen Krieg viele der bedeutendsten deutschen Höfe residiert hatten, dass das Schloss im pfälzischen Erbfolgekrieg nahezu komplett zerstört und geplündert worden war und dass später einige Teile wiederinstandgesetzt worden waren.

Sie zeigte ihm auch die Seilbahn, mit der man hinauf zum Königsstuhl gelangen konnte und erklärte ihm, dass dies der höchsten Punkt Heidelbergs sei und dass diese Bahn als die älteste, elektrisch betriebene Standseilbahn bezeichnet wurde. Danach zeigte sie ihm die Altstadt mit ihren vielen kleinen Gassen und dem großen Marktplatz. Schließlich kehrten sie wieder in Maries Wohnung zurück.

Die Nacht verbrachte Marie, wie auch die letzten

Beiden, wieder auf ihrem Sofa schlafend. Als es hell wurde machte sie sich leise daran, das Frühstück für Tamarun und sich zu zubereiten. Ihr schwirrten immer noch unzählige Fragen im Kopf herum. Wie sollte sie sich verhalten? Wie würde Doktor Robert reagieren, wenn er Tamaruns Verschwinden aus dem Keller seiner Villa bemerkte, wenn er dies vielleicht nicht sogar schon getan hatte? Was sollte sie tun, wenn der Mann herausbekam, dass ausgerechnet sie Tamarun zur Flucht verholfen hatte und wo er sich nun aufhielt? *Es wird sich schon alles regeln*, sagte sie sich ständig und beruhigte sich damit jedoch kein bisschen.

Als ihr Handy klingelte, schrak sie so sehr zusammen, dass sie eine Tasse fallen ließ. Erleichtert atmete sie auf, als sie sah, dass es Simons Nummer war, die das Display anzeigte. Kurz darauf erschien Tamarun in der Küche. Er war wohl durch die herabgefallene Tasse geweckt worden. Marie war gerade dabei die Scherben zusammen zu fegen und meinte: „Guten Morgen, Tamarun. Simon hat gerade angerufen", und dann nahm sie eine neue Tasse aus den Schrank. „Er sagt, die Papiere sind in zwei Tagen da. Dann können wir fliegen."

Verwirrt sah Tamarun sie an und fragte: „Fliegen?"

„Ja, fliegen."

„Wie fliegt ihr?", erkundigte er sich und nahm vorsichtig einen Schluck Tee aus der Tasse, die Marie vor ihn gestellt hatte.

„Ich habe dir doch von den Flugzeugen erzählt!"

Er schnaubte abfällig: „Ihr Menschen und euer merkwürdiger Hang zu Maschinen. Was auch sonst!"

„Du solltest und musst dich langsam daran gewöhnen. Die Welt hat sich in den Jahren deiner Gefangenschaft nun einmal ziemlich verändert. Das Glei-

110

che gilt auch für deine Heimat Neuseeland. Das Land wird dir fremd sein, genauso fremd wie wir uns bei unserer ersten Begegnung waren."

„Ich bin dort kein Fremder."

„Ach nein? Was bist du denn dann?"

Spöttisch sah er sie an. „Ein Elf, dessen Sippe dort ist und seit ewigen Zeiten schon dort lebt! Und nun bin ich noch etwas: dein Freund, der dir vertraut. Also lass uns über diese Sachen nicht uneins werden."

„Ja, mein Freund, und trotz allem was du mir von dir erzählt hast, weiß ich immer noch nicht viel von dir. Ich weiß auch nicht, was die Deinen über uns Mensch denken und ob du Familie dort hast oder nicht. Du weißt mittlerweile, dass ich keine Eltern mehr habe, dass sie bei einem Verkehrsunfall starben und ich damals in ein Heim gekommen bin, da es keine Verwandten mehr gab, die mich hätten aufnehmen können. Und dass ich in diesem Heim gelebt habe bis ich achtzehn Jahre alt war. Das habe ich dir alles erzählt."

Erst jetzt fiel ihm auf, dass er noch nicht von seinen Eltern gesprochen hatte. Schwer seufzte er, nahm vorsichtig einen weiteren Schluck von seinem noch etwas zu heißen Tee und begann zu erzählen: „Mein Vater und meine Mutter sind in einem Trollkrieg umgekommen als ich noch ein kleiner Elfling war. Mein Ohm und meine Muhme haben sich ab dieser Zeit um mich gekümmert und mich erzogen." Er verzog schmerzlich das Gesicht. „Du musst wissen, bevor das mit meiner Entführung passierte, da hatte ich mit meinem Ohm einen heftigen Streit. Es ging darum, dass ich mich vermählen sollte, um die Familie, sollte ihnen etwas geschehen, erhalten zu können. Meine Muhme konnte nach einer Verletzung nämlich keine Kinder bekommen. Meines

Ohms letzte Worte waren, dass ich schon sehen würde was ich davon hätte, wenn ich immer nach meinem Kopf handeln würde." Er grinste schief und meinte: „Witzig, oder? Aber er hatte wohl recht!" Tamarun holte tief Luft. „Ich habe die Elfen, die mich bei sich aufnahmen wie einen eigenen Sohn und mich beschützten und liebten mit meinem Verhalten verletzt! Sie hätten somit sogar das Recht mich aus unserer Elfensippe zu verstoßen. Ich weiß nicht einmal, ob sie wissen, dass ich nicht einfach gegangen bin." Er sah auf einmal so traurig und einsam aus, als er sich mit der Hand durch die Haare fuhr, dass sich Maries Herz schmerzhaft zusammenzog.

Sie stand auf, beugte sich zu ihm und hauchte ihm ohne darüber nachzudenken einen Kuss auf die Wange. „Es wird alles wieder gut, bald bist du ja wieder bei ihnen!"

Ein wenig verwirrt blinzelte er sie wegen des Kusses an, denn von der Stelle, an der ihre Lippen seine Haut berührt hatten, lief nun ein Prickeln durch seinen gesamten Körper, doch dann fasste er sich schnell wieder und schenkte ihr ein dankbares Lächeln.

Tamarun sah Marie an, als sie sich wieder gesetzt hatte und fragte unverhohlen: „Hattest du schon einmal einen Mann?"

Marie zuckte innerlich zusammen. Tamarun hatte gerade einen sehr wunden Punkt bei ihr angesprochen. Aber es tat vielleicht auch gut, sich mit ihm darüber zu unterhalten und so beschloss sie ihm die Wahrheit über eine für sie weitere schreckliche Erfahrung in ihrem Leben zu erzählen. „Ja... ich hatte schon einmal einen Freund. Knapp fünf Monate war ich mit Oliver zusammen, den Mann, den ich für meine große Liebe gehalten habe. Er wollte mit mir ins Bett, ich aber noch nicht mit ihm. Ich war irgendwie noch nicht bereit dazu, doch dann habe ich gemerkt, dass es ihm zu lange dauerte und so ließ ich mich eines Abends schließlich auf ihn ein. Nach unserer ersten Nacht, die alles andere als schön für mich war, meinte er, ich könnte froh sein, dass er sich überhaupt die Mühe gemacht hatte, mit einer so unbedarften Jungfrau wie mir zu schlafen. Der Sex mit mir hätte ihm nicht einmal annähernd das gebracht, was er sich vorgestellt hatte und er ließ mich daraufhin ohne ein weiteres Wort sitzen!"

Marie zuckte mit den Schultern, als Tamarun durch die Zähne zischte: „Der Kerl war ein Schwein!"

„Da magst du Recht haben. Und ich war unglaublich blind und naiv. Es macht jedoch keinen Sinn, sich ständig mit der Vergangenheit zu beschäftigen. Jedenfalls... seit diesem Zeitpunkt haben mich Männer nicht mehr interessiert."

„Was ist mit deinem Freund Simon? Er ist doch auch ein Mann und ihr versteht euch gut!"

Marie lächelte, als sie meinte: „Simon? Oh ja, er ist großartig. Er ist ein ganz lieber Kerl. Er ist so etwas wie ein Bruder für mich und ich bin, wie er sagt, eine Schwester für ihn. Auch er hat schon so manche Enttäuschung erlebt. Wie soll ich es sagen? Er steht auf Männer, wenn du weißt was ich damit meine."

„Oh ja, ich weiß was du damit meinst", murmelte Tamarun. „Ich habe es bemerkt...", fuhr er zögerlich fort. Wie würdet ihr Menschen das nennen? Ich passe wohl in sein *Jagdschema*."

„Gibt es so etwas auch bei euch?"

„Ja!"

„Diese Abweichung von dem als normal geltenden Zusammenleben zwischen Mann und Frau wird von manchen potenziell als Bedrohung angesehen. Wird sie bei euch auch so verachtet?"

„Nein und es gibt damit auch sonst keine Probleme, denn es würde sich keiner wagen einem anderen etwas aufzudrängen was dieser nicht will."

„Simon würde sich auch niemanden aufdrängen. Er ist einfach nur glücklich, wenn man ihn akzeptiert wie er ist."

„Und du bist seine beste Freundin, da du das kannst!" Tamarun sah sie lächelnd an und fragte: „Hast du denn sonst keine Freunde?"

Marie schüttelte den Kopf. „Nein, keine richtigen. Ein paar Bekannte, mehr aber auch nicht. Simon ist eine große Ausnahme, da die meisten Menschen mir einfach zu oberflächlich sind."

Flug in die Heimat

650,00 Euro pro Person und Flug und 50,- Euro für die Zugfahrt von Heidelberg nach Frankfurt, um von dort aus abfliegen zu können, dazu das Geld für den Aufenthalt, waren nach der Anmietung des Blumenladens und der Reparatur an ihrem Auto eine ziemliche finanzielle Belastung für Maries Konto. Aber sie wollte, nur um einen Teil des Geldes zu sparen, Tamarun nicht alleine nach Neuseeland fliegen lassen. Sie bezweifelte, dass er überhaupt alleine bis zum Flughafen kam und ob er dann dort auch tatsächlich allein in den Flieger gestiegen wäre... Es wäre wohl eines Wunders gleichgekommen bei seiner Abneigung gegen die technischen Errungenschaften der Menschen.

Marie hatte sich daher vorgenommen mit ihm in seine Heimat zu fliegen. Sie hatte mit dem Reisebüro eine Sonderkondition aushandeln können und so war nun das Rückflugticket für sie im Flugpreis von 1500,- Euro mit inbegriffen.

Ihre Ladeneröffnung würde sich zwar um einen ganzen Monat nach hinten verschieben müssen, doch daran war nun einmal nichts zu ändern. Simon hatte versprochen, sich um die Malerarbeiten und die Einrichtung während ihrer Abwesenheit zu kümmern. Er war es auch gewesen, der in den Laden gefahren war um festzustellen, ob vielleicht jemand versucht hatte vom Gang aus in den Keller zu gelangen. Doch der Schrank und die anderen Dinge, die Tamarun und sie vor Tagen davorgeschoben hatten, standen immer noch unverrückt an der Wand. Er war auch an der Villa gewesen und hatte dort in der Einfahrt nicht mal ein Auto entdecken können, sondern nur bemerkt, dass der Postkasten von Zeitungen und Post überquoll. Und somit war es wohl das Beste einfach so zu tun als sei nichts geschehen und mit dem Laden weiter zu machen.

<hr />

Das Verhältnis zwischen Marie und Tamarun wurde unterdessen immer vertrauter und er ihr gegenüber immer lockerer in seinem Verhalten. Tamarun war im Bad, als Marie hereinkam. Sie hatte die Wanne für ihn eingelassen.

„Tamarun, willst du nicht in die Wanne? Ein Bad tut gut!"

Er sah sie empört an. „Ich glaube nicht, dass ich das jetzt gerade möchte!"

„Warum nicht?"

„Was für eine Frage, du bist hier!"

„Oh Entschuldigung, ich werde natürlich sofort rausgehen, mein Herr!"

„Dann lass mich alleine, Mylady!", konterte er.

Erst als Marie gegangen war, zog Tamarun sich aus und stieg dann vorsichtig ins Wasser. Er hatte sich bisher die ganzen Tage über am Waschbecken gewaschen, denn das Bad in einer Wanne hatte für ihn nichts mit guten Erinnerungen zu tun. Nun hatte er es zwar gewagt, sie zu besteigen, saß jedoch steif darin, denn die Erinnerungen an das, was man mit ihm in einer solchen Art von Wanne alles angestellt hatte, die waren schlagartig vor seinem inneren Auge erschienen. Tamarun atmete tief durch und versuchte sich zu beruhigen, denn das Wasser war angenehm warm und duftete herrlich nach Kiefer, da Marie einen Badezusatz hineingegeben hatte. Sie hatte ihm auch gezeigt, dass er die Temperatur selbst wählen konnte, indem er kaltes und warmes Wasser mit Hilfe der Hähne mischte. Rot stand für heiß und blau für kalt, hatte sie ihm erklärt. Er atmete noch einmal tief durch und legte sich dann doch ganz hinein. Kurz darauf schloss er die Augen und versuchte das warme Wasser mit dem Wohlgeruch, der sich im Raum verbreitete, einfach nur zu genießen. Er hatte früher im Elfenreich immer gerne gebadet. Nach einer Weile seufzte er: „Ach, tut das gut!", und merkte dabei nicht einmal, wie die Türe sich öffnete.

Marie lächelte, als sie ihn so entspannt in der Wanne liegen sah. Mit Freude bemerkte sie auch, dass er am Oberkörper etwas zugenommen hatte. Sie hatte ein großes Handtuch für ihn aus dem Schlafzimmerschrank geholt und legte es ihm auf den Hocker, der direkt an der Badezimmertür stand. Dummerweise blieb sie jedoch mit dem Fuß beim Verlassen des Raumes am Hocker hängen und schon dieses kleine Schiebegeräusch riss Tamarun jäh aus seinen Träumereien. Er sah sie zuerst entsetzt an, griff dann spontan nach dem Schwamm, nahm diesen und schleuderte ihn in ihre Richtung. Marie, die dem Raum gerade wieder verlassen wollte, bekam das nasse Geschoss genau ins Kreuz.

Sie drehte sich um und sah Tamarun irritiert an. Es dauerte nur einen Augenblick, dann schimpfte sie verärgert los: „Was soll das? Warum schmeißt du mit dem nassen Schwamm nach mir?"

Tamarun blickte sie sich keiner Schuld bewusst an und meinte: „Wie hättest du auf mich reagiert, wenn du an meiner Stelle nackt in der Wanne liegen würdest und ich ungefragt hereingekommen wäre? Du hattest immerhin versprochen draußen zu bleiben!"

„Verdammt, Tamarun, ich habe dir nur ein großes Handtuch hingelegt, damit du dich nachher abtrocknen kannst."

„Dann geh jetzt bitte, damit ich das Wasser noch etwas genießen kann."

„Mach ich, du Macho, und wenn ich mich abgetrocknet habe, dann kann ich mich endlich um unser Essen kümmern. Ich danke dir, dass ich mich jetzt erst noch einmal umziehen darf!" Sie schmiss beim Rausgehen die Tür hinter sich zu, doch bereits im Flur war ihre Wut verraucht und sie musste grinsen.

Tamarun trocknete sich kurz darauf ab, wickelte das Handtuch fest um seinen Körper und huschte ins Schlafzimmer. Marie hatte ihm, wie er bemerkte, eine Hose und ein Hemd aufs Bett gelegt und da die Sachen nicht nach Simons Parfum rochen, musste es wohl neue Kleidung sein. Er zog sich an, stellte fest, dass ihm die Kleidung sehr gut passte und machte sich auf den Weg um sich bei Marie zu bedanken. Er fand sie in der Küche bei den Vorbereitungen für das Essen.

Ein wenig schuldbewusst sah er sie an, als er meinte: „Das mit dem Schwamm vorhin, das tut mir leid!"

„Ist schon gut. Mir auch! Ich habe einfach nicht nachgedacht, dass es dich erschrecken könnte, da ich nur das Handtuch für dich, dass ich vergessen hatte, auf den Hocker legen wollte."

„Marie, was ist ein Macho?"

„Ach, als Machos werden Männer bezeichnet, die sich egoistisch, hart und oberflächlich geben. Die Kerle halten sich für cool und haben meist nur Sex im Kopf. Vor allem aber gilt ein Mann als Macho, wenn er sich von Frauen bedienen lässt, keine Gefühle zeigt und glaubt den Starken heraushängen lassen zu müssen."

Tamarun zog die Augenbrauen zusammen und machte ein mehr als gekränktes Gesicht, so dass Marie mit ihrer Erklärung fortfuhr: „Und man benutzt das Wort umgangssprachlich allzu oft, wenn man wütend ist - auch dann für so liebe, nette Kerle wie dich!"

„Das Wort sollte mich also verletzen und für meine Handlung bestrafen?"

„Ja!"

„Gut für dich, dass ich es nicht kannte!", meinte er und grinste.

„Was soll denn das jetzt heißen?"

„Einen Elfen beleidigt man nicht ungestraft!", meinte er grinsend.

„Kann man ihn vielleicht mit Essen besänftigen?"

„Lass mal sehen!" Tamarun sah in die Wok-Pfanne und lächelte. „Ich denke schon, wenn das Essen so gut duftet und aussieht wie dieses hier."

Tamarun half Marie nun dabei das Essen auf den Tisch zu tragen und als sie fertig gegessen hatte, kümmerten sie sich gemeinsam um den Abwasch, dann gingen sie ins Wohnzimmer um TV zu schauen.

Marie schaute Tamarun nach einer Weile an und fragte: „Hast du Lust auf ein Glas Wein?"

„Wein?"

„So nennen wir gegorenen Traubensaft!"

Tamarun nickte.

„Lieber roten oder weißen Wein?"

„Ich denke, ich bevorzuge roten Wein. Weißt du, in der Region Waitangi haben sie damals einen besonders guten angebaut. Den habe ich, wenn ich unser Reich verließ und dorthin kam, gerne getrunken."

Tamarun sah Marie nach als diese aufstand, um den Wein zu holen und musste sich eingestehen, dass er von ihr schon sehr beeindruckt war. Diese Frau war in allem anders als Cläre. Marie war freundlich, sie umsorgte ihn und er konnte sich gut mit ihr unterhalten und Späße machen. Und auch wenn sie mal etwas ungehalten wurde, sie wurde nie grob ihm gegenüber.

***

Der Morgen war noch nicht richtig angebrochen als Tamarun leise ins Bad schlich. *,Puh, das war knapp!'*, sagte er zu sich selbst, als er sich erleichterte. Er lächelte, als er sachte mit dem Zeigefinger auf die Spülung tippte. Er dachte an die erste Benutzung des WC, als Marie ihn befreit und ihn mit in ihre Wohnung genommen hatte. Nur dank ihr war er frei und noch heute würden sie aufbrechen um in seine Heimat zu gelangen. Bei dem Gedanken, dass Marie ihn jedoch dann dort verlassen würde, machte sich Trauer in ihm breit, denn er würde ihr gemütliches Heim wohl nie mehr wiedersehen. Und vor allen würde er auch sie wohl nie wiedersehen. Der Gedanke daran jagte ihm einen schmerzhaften Stich durch die Brust und er seufzte schwermütig auf. Eigentlich hatte er keinen Hunger, doch er wollte Marie nur zu gerne beweisen, dass Elfen gewiss keine Machos waren und so ging er in die Küche um ihr letztes gemeinsames Frühstück, das sie in ihrer Wohnung einnehmen würden, zuzubereiten. Er fand Brot und Marmelade im Schrank sowie Käse und Margarine im Kühlschrank. Da er mit der Kaffeemaschine nicht klar kam, obwohl Marie ihm die Benutzung erklärt hatte, kochte er in einem Topf Wasser und brühte den Kaffee so auf.

***

Marie wurde wach und sah auf die Uhr. *Was, schon fast sechs? Herrje, das wird knapp!* Sie schnellte hoch, eilte in ihr Schlafzimmer, um Tamarun zu wecken und bekam im ersten Moment einen Schreck, denn im Bett lag niemand. Daraufhin sah sie ins Bad doch auch da war Tamarun nicht, also ging sie in Richtung Küche. Im Flur lächelte sie auf einmal, denn köstlicher Kaffeegeruch stieg ihr in die Nase. Sie öffnete die Küchentür und meinte: „Also das glaube ich jetzt nicht!"

„Guten Morgen, Mylady, ich habe schon mal das Frühstück für uns gemacht."

„Danke, Tamarun! Mein Gott, ist das süß von dir!" und ehe Tamarun sich versah, bekam er den zweiten Kuss von ihr.

Marie hatte ein Kribbeln verspürt, so wie auch Tamarun, doch sie setzte sich an den Tisch als sei nichts geschehen und meinte: „Dann lass uns mal frühstücken und danach pack ich schnell noch ein paar meiner Sachen."

Marie packte in die Reisetasche mit der Kleidung noch ein Buch und ein kleines Fotoalbum mit Bildern von ihren Eltern sowie Simon ein. Mehr nicht, denn sie hatte nicht vor lange in Neuseeland zu bleiben. Sie steckte die Papiere, die Simon ihnen am Tag zuvor vorbeigebracht hatte, in ihre Handtasche und nahm noch etwas Geld mit. Simon hatte zu ihrer Verblüffung auch noch ein Attest von einem Augenarzt mitgebracht, das besagte, dass Tamarun wegen eines Eingriffes an den Augen für noch mindestens vier Wochen eine stark getönte Brille tragen musste. Somit war die Sorge, dass Tamarun für die Flughafenkontrolle die Brille abnehmen musste beinahe aus der Welt geschafft.

Simon musste arbeiten und hatte sich nicht freinehmen können, daher nahmen sie ein Taxi zum Bahnhof.

Marie befürchtete schon, dass Tamarun wieder panisch auf die Fahrt reagieren würde, doch er saß verhältnismäßig locker neben ihr auf der Rückbank des Wagens.

Als sie schon glaubte, es lief alles gut, da wurde Marie in der Bahnhofshalle eines Besseren belehrt.

Die Lautsprecherdurchsage am Heidelberger Haupt-bahnhof erschreckte Tamarun und überschritt für seine Elfenohren die maximal erträgliche Lautstärke. Tamarun blickte sich in dem Menschengetümmel immer wieder um und ein angespannter Ausdruck lag in seinen Augen, als er zu Marie meinte: „Ist das laut hier! Das ist ja schrecklich! Ich will hier sofort weg!"

Marie schüttelte verneinend den Kopf und hielt in krampfhaft am Arm fest. „Tamarun, wir müssen mit dem Zug fahren, um zu dem Flugzeug zu kommen. Anders geht es nicht!"

„Ich fühle mich unter Deinesgleichen sehr unwohl!", gestand er ihr ein. Dann sah er den Zug einfahren. Tamarun kniff die Augen zusammen und blinzelte. Dies war also das Monster, mit dem sie fahren sollten und das ihm einen Teil des Weges in Richtung seiner Heimat versprach. Er sah Marie an. Sie lächelte, nahm seine Hand und zog ihn mit sich, als sich die Klappen des Monsters automatisch öffneten. Obwohl er ihre warme Hand beruhigend streichelnd in seinem Rücken spürte war ihm, dass alles einfach nur unheimlich. Sie bemerkte, dass ein Zittern seinen Körper durchlief. „Ganz ruhig, Tamarun", hauchte sie leise. „Steig ein! Ich bin hinter dir!"

Um 20.13 Uhr erreichten sie den Frankfurter Airport und kämpften sich vom Flughafen-Bahnhof hinauf in die Abflughalle.

Ein wenig genervt von Tamaruns Unruhe, wartete Marie mit ihm am Check-in Schalter in der Warteschlange darauf, dass sie endlich an die Reihe kamen, um einzuchecken. Dort lief zu ihrer

Erleichterung alles gut und das selbst als Tamarun alleine durch die Kontrolle laufen musste. Eine Zollbeamtin lächelte ihn sogar ein wenig mitleidig an, als sie seine Nervosität bemerkte und Marie meinte: „Tamarun, das ist nur ein Flugzeug." Dann zuckte sie mit den Schultern und sah die Zollbeamtin an. „Die liebe Flugangst ist schon beschwerlich, aber die Familie in Neuseeland will ihn erst mal wiederhaben!"

Sie waren unter den ersten Passagieren, die an Bord gingen. Als Marie die Sitze erreichte, die ihnen zugewiesen worden waren, lief Tamarun gegen sie, so dass sie fast stürzte.

„Aua! Pass doch auf!", schallte Maries Stimme in seinen Ohren. Wie aus einer Trance gerissen, schaute Tamarun sie überrascht an. „Entschuldige bitte, ich hatte nicht gesehen, dass du stehen geblieben bist."

„Ja, ja, ist schon gut. Ist ja nichts passiert. Hier sind unsere Plätze. Setz dich hier hin und ich setzte mich neben dich ans Fenster."

Marie war froh als sie dann endlich saßen, der Flieger seinen Weg in Richtung Rollbahn aufnahm und auch bald daraufhin abhob.

Die Flugbegleiterin schenkte Tamarun ein mitleidiges Lächeln, als sie sein angespanntes Gesicht sah und fragte, ob sie ihm etwas bringen könnte.

Marie antwortete für ihn: „Ja! Bitte ein Wasser, das wäre nett. Mein Freund hat ein wenig Flugangst. Er fliegt nicht gerne - aber Neuseeland ist ebenso am schnellsten zu erreichen."

„Machen Sie sich keine Sorgen. Ich bin die Strecke schon 37 Mal geflogen und unsere Piloten sind sehr erfahrene Männer", meinte die nette Flugbegleiterin, um Tamarun zu beruhigen.

Marie lächelte, denn ihre Anspannung löste sich nun ganz und sie machte einen Scherz: „Es ist bekanntlich so, dass in der Geschichte der Luftfahrt noch nie eine Maschine oben geblieben ist!"

Tamarun sah Marie kopfschüttelnd an und meinte trocken: „Na das beruhigt mich jetzt aber!"

Die Flugbegleiterin sah die Beiden nun erst ein wenig irritiert an, lachte dann aber, als sie bemerkte, dass das Gesicht des jungen Mannes hinter der Sonnenbrille ein wenig von der Anspannung zu verlieren schien. „Ich bringe Ihnen gleich Ihr Wasser.", sagte sie dann schmunzelnd und machte sich davon.

Eine ältere Dame, die hinter Marie und Tamarun saß, schien nach einiger Zeit Unterhaltungsmöglichkeit zu suchen, da ihr Platznachbar wohl schlief und meinte von hinten zu Marie: „Darf ich fragen, wo es hingehen soll? Sie sind ja so ein hübsches und bezauberndes Paar! Bestimmt fahren Sie in die Flitterwochen?"

„Ja, so ist es!", meinte Marie knapp.

„Ach, wie herrlich!", trällerte die Frau. „Ach ja, wenn man jung ist, dann sollte man viel miteinander verreisen. Im Alter lässt das nach, wie so manch andere Dinge auch."

Verwunderter blickte Tamarun Marie an, weil diese genervt die Augen verdrehte. So kannte er sie nicht.

Marie war froh, dass sich Tamarun nun etwas beruhigt hatte aber... Die alte Dame war ja ganz nett, dennoch... Marie ging deren Geschwätzigkeit auf die Nerven. Die Frau erzählte nämlich von ihren Liebschaften in der Jugend, ihren drei Ehemännern, von denen der Letzte ihr ein beträchtliches

Vermögen hinterlassen hatte, wenn auch die anderen beiden schon gut situiert gewesen waren. Marie dachte ein wenig Ablenkung würde Tamarun guttun und dass sie mit der Behauptung, sie wollten sich nun einen Film ansehen, dem Redeschwall der Dame entkam. Tamarun hatte sich bei ihr zu Hause sehr für das TV-Programm interessiert und so sahen sie sich einen Film an.

Marie grinste. Der Streifen, den sie in dem Flieger zeigten, passte wunderbar zu einem Neuseeland-Flug, denn es handelte sich um den Film „Der Herr der Ringe Teil 3 - die Rückkehr des Königs". Natürlich sahen sie sich diesen an und am Ende schüttelte Tamarun nur noch den Kopf.

„Was ist?", fragte Marie.

„Du sagtest, ein Film sei so was wie ein Märchen, eine mythische Erzählung. Es gäbe Filme, die von wahren Begebenheiten handeln und andere, die rein der menschlichen Fantasie entstammen. Das da waren wohl eher Fantasiegeschichten, die uns gezeigt wurden."

„Ja, waren sie! Ein Autor mit Namen J.R.R. Tolkien hat diese Geschichte erdacht und sie aufgeschrieben. Nun, Jahre später, hat man die Romane dann auch verfilmt."

„Der Erzähler hat wesentliche Fehler bei der Umsetzung der Mythologie in Bezug auf Elfen und Trolle gemacht."

„Wieso?"

„Der Elf Legolas hat ständig eine andere Augenfarbe und man kann sehen, dass er sehr oft im Kampf gar keinen Pfeil von seinem Bogen abschießt, sondern nur so tut und das diese dann merkwürdiger Weiße auch wirklich immer wieder vortrefflich treffen." Tamarun hatte nun nichts Besseres zu tun, als Marie in den letzten Stunden des

Fluges jeden Fehler, den er in den Filmen entdeckt hatte, aufzuzählen. Dann fragte er: „Was ist eigentlich ein Hobbit, ein Ork oder Uruk oder dieser Warg?"

„Tamarun, ich sagte doch: Es sind Fantasyfilme! Bitte hör jetzt auf, ich habe es ja verstanden. Es gibt in eurem Reich nur Elfen, Makarus, diese Spolog-Steinwesen und Trolle und Letztere sind so gut wie vernichtet worden. Tolkien bezeichnete die Elfen eben als Elben und wenn du einen Hobbit sehen möchtest, dann solltest du dir vielleicht einige der Schauplätze der Hobbit-Verfilmung ansehen. In Wellington ist zum Beispiel auch der Sitz von Peter Jacksons Unternehmen *Weta Workshop*, *Weta Digital* sowie des *Miramar Filmimperiums*. Zwar bleibt einem der Besuch der Center verwehrt, dafür kann man sich aber nach Herzenslust in der Weta-Cave umschauen."

Es gab jedoch eine Sache, die Tamarun an den Filmen sehr beeindruckt hatte, nämlich die Landschaftsaufnahmen, denn er kannte einige der Orte sehr gut, an denen die Filmsequenzen gedreht worden waren. Und so meinte er: „Vielleicht tu ich das. Ich bin froh diese Filme gesehen zu haben, wo ich nun weiß, dass ich die Orte in Wirklichkeit bald wiedersehen werde."

„Wir sind fast da, Tamarun!", meinte Marie und drückte ihm dabei sachte die Hand.

<hr>

In Dubai traf ihr Flieger pünktlich ein. Während des mehrstündigen Aufenthalts vertrieben sie sich die Zeit am Flughafen. Um 6:15 Uhr starten sie von dort aus in Richtung Sydney; dort mussten sie erneut umsteigen. Viele der Passagier, darunter auch die ältere Dame, blieben dort. Nach etwa einer Stunde flogen Tamarun und Marie weiter ihrem

Endziel entgegen und nach nochmals zwei Stunden und elf Minuten landeten sie am Vormittag des 23. Mai 2012in Auckland. Eine große Erleichterung machte sich bei beiden breit. Bei Marie, weil sie endlich ihre Füße wieder frei bewegen konnte und bei Tamarun, weil er nach so vielen Jahren die seinen wieder auf heimatlichem Boden

hatte.

Marie beugte sich in der Flughafenhalle zu Tamarun hinüber und fragte leise: „Hat dir der Flug gefallen?"

„Ja und wie! Ich möchte ab heute nichts mehr anders tun als fliegen!", flunkerte er. „Wenn die meinen mich nicht zurückhaben wollen, werde ich mich bei so einer Fluggesellschaft bewerben um immer nur in der Luft sein zu können."

Marie wusste: Er war nicht begeistert von den Maschinen der Menschen, doch sie konnte sich einer Äußerung nicht enthalten und meinte: „Der Herr ist so menschlich sarkastisch in einigen seiner Äußerungen. Vielleicht solltest du die Deinen nicht damit beglücken, wie mich eben, denn sonst schmeißen sie dich vielleicht wirklich raus."

Tamarun nahm nun seine Mütze ab und während sein Haar sanft über seine Schultern fiel, meinte er: „Vielleicht werde ich auch Macho!" dabei lüpfte er kurz die dunkle Brille, um Marie in die Augen zu sehen und ihr mit dem linken Auge zu zu zwinkern.

„Sehr witzig! Und von wegen Macho- du bist mir doch eher ein Weichei!", meinte Marie und musste über seinen beleidigten Gesichtsausdruck grinsen.

∗

Zwei junge Frauen liefen mit ihrem Gepäck an ihnen vorbei und grinsten ein wenig und tuschelten miteinander, denn sie hatten von Gespräch der beiden etwas mitbekommen. Da Marie wusste, dass der Flughafen Auckland am Stadtrand lag und sie deutsche Worte von den beiden vernommen hatte, nutzte sie die Gelegenheit und sprach die Zwei an. Sie hatte die Hoffnung, dadurch nicht an die Information zu müssen um zu erfahren, von wo aus der Flughafen-Airbus Express abfuhr, um in die Innenstadt zu kommen.

Wie sich schnell zeigte, waren die jungen Frauen Zwillinge. Sie stammten tatsächlich aus Deutschland und konnten ihnen weiterhelfen. Man tauschte sich in einer kurzen Unterhaltung aus. Die deutschen Frauen hießen Dana und Eileen. Sie waren für einige Zeit in Neuseeland zum Arbeiten und zur Landerkundung gewesen. Ihre Zeit in Neuseeland war nun jedoch um und sie waren auf dem Rückweg nach Deutschland, um dort ihr jeweiliges Studium zu beginnen. Man wünschte sich gegenseitig viel Glück und ging dann seiner Wege.

Und während die deutschen Frauen sich angeregt unterhaltend zum Abflug Check-In eilten, meinte Eileen: „Der junge Mann könnte mit den langen Haaren auch einen Elben bei der Hobbit-Verfilmung abgeben."

Dana erwiderte lächelnd: „Ich denke gerade an unser Gabi-Drachi und ihren Wunsch. Wollte sie nicht einen Elben von uns mitgebracht haben?"

„Ja, Schwesterchen, aber doch nur Legolas."

So verließen die einen Neuseeland in Richtung Heimat mit einem weinenden Auge, aber gleichzeitig auch der Freude im Herzen ihre Familie und Freunde wiederzusehen, während Marie und Tamarun die Haltestelle des *Airbus Express* erreichten. Die Tickets erhielten sie beim Fahrer und erreichten nach einer 55-minütigen Fahrt die Innenstadt von Auckland. Es war noch nicht kalt in Auckland und die Temperatur sehr angenehm, auch wenn es Herbstzeit in Neuseeland war und es oftmals regnete.

Neuseeland

Marie strahlte Tamarun an und in ihren Augen funkelte Abenteuerlust. Auckland ist immerhin die größte Stadt Neuseelands und wo sie nun schon einmal hier war, da wollte sie auch von der Stadt etwas sehen. Ein Viertel aller Neuseeländer lebt und arbeitet in der Metropole. Die Stadt hatte für Marie einen besonderen Reiz. Sie hatte in den letzten Tagen zuhause viel von Tamaruns Land gehört und auch gelesen, so wusste sie bereits zuvor: Die Landschaft solle wundervoll und sehr abwechslungsreich sein und natürlich war und ist das Land, in dem *„Der Herr der Ringe"* und nun auch *„Der Hobbit"*, sowie wie viele andere Filme gedreht wurden. Von Auckland wusste sie, dass die größte Stadt Neuseelands um die 1,2 Millionen Einwohner hatte. Bezog man die Vororte mit ein, lebte in diesem Teil Neuseelands ein Drittel - also 4,25 Millionen - aller Neuseeländer. Neuseeland bot somit eine große Menge Landmasse und Platz für relativ wenig Menschen, wenn man bedachte, dass Neuseeland weniger Einwohner als manche Großstadt besaß.

Für Tamarun hingegen war das, was er nun sah ein wahrer Schock. In der Innenstadt dominierten Hochhäuser mit moderner Architektur über einige Häuser mit älteren Baustilen. Was für andere einen starken aber wunderbaren Kontrast bot, das war für ihn einfach nur schrecklich. Es gab hier eine Unmenge an Menschen der verschiedensten Nationalitäten und das geschäftige Treiben dieser in der Stadt machte ihn nervös. Tamarun seufzte resigniert auf.

Marie sah in fragend an und wollte wissen: „Was machen wir jetzt? Wo müssen wir hin?"

Er schüttelte den Kopf, als er meinte: „Marie, ich habe keine Ahnung. Ich weiß nur, dass wir einiges an

Ausrüstung für den Weg benötigen, Nahrung, Decken und dergleichen."

„Und wir benötigen ein Auto! Ich habe nicht vor, die fast 380 km zum Mount Egmont Nationalpark mit dir zu Fuß zurück zu legen. Die Zeit für einen solchen Marsch, die bleibt mir bis zum Rückflug nun einmal nicht!"

Sie fanden auf ihrem Weg den Albert Park mit seinen alten Bäumen, in dessen Gebiet Ferdinand von Hochstetter 1859 geforscht hatte und der, wie Tamarun ihr erzählte, zur Zeit seiner Entführung von Schlacke, Lavablöcken und verwitterter vulkanischer Asche bedeckt gewesen war. Sie hatten den Park kurz besichtigt, nachdem Marie zu Tamarun gemeint hatte. „Warum nicht ausnutzen, was uns gerade so schön angeboten wird? Du weißt doch auch nicht, wann und ob du bald wieder herkommen wirst."

Nur mit dem nötigsten und dennoch beladen standen Marie und Tamarun zwei Stunden später vor dem Westfield Downtown Shopping Centre in der Queen Street, in dem sie die letzten Dinge, die sie für ihre Reise benötigten, gekauft hatten. Ein letztes Mal überging Tamarun gedanklich die Ausrüstung um sicher zu stellen, dass sie auch für Maries Rückweg reichte. Vier Decken, Nahrung sowie Wasserflaschen, die nun gefüllt waren mit Leitungswasser, gehörten zu den Dingen, die sie erworben hatten. Des Weiteren überprüfte Tamarun die Schärfe des Messers, welches sie in einem Messergeschäft in erstanden hatten mit der Fingerkuppe seines Daumens, bevor er es in einen der beiden gekauften Rucksäcke steckte.

Er sah Marie fragend an: „Nun gut, wir können los. Willst du mich wirklich noch ein Stück begleiten oder nicht doch lieber hierbleiben und dir die Stadt ansehen, bis du zurückfliegst?"

„Ich möchte etwas von deiner Heimat sehen und nicht sechs lange Tage hier alleine in einer Unterkunft rumsitzen, wenn ich überhaupt eine anständig und günstige finde."

Marie blieb ebenso beharrlich beim ihrem Plan ein Auto zu mieten. Als sie dann Stunden später am Parkplatz des Mount Egmont Nationalpark ankamen meinte Tamarun noch einmal: „Denk daran, du wirst den Weg alleine wieder zurücklegen müssen."

„Ich bin ein großes Mädchen, wie du bemerkt haben dürftest. Ich schaffe das schon! Bedenke, mein Lieber, du bist hier, da ich dich in Heidelberg aus einem Keller in dem man dich festhielt befreit und dir die Flucht ermöglicht habe und mit dir hierhergeflogen. Und ich komme mit!"

Tamarun schwieg, denn was hätte er darauf erwidern sollen? Es war eine Tatsache, dass er es ihr zu verdanken hatte, dass er wieder in seinem Heimatland war.

Marie schloss den Wagen ab. Sie schulterten die Rucksäcke und machten sich auf den Weg. Anfangs liefen sie auf dem ausgewiesenen Wanderweg, der nicht allzu schwierig war. Sie trafen dort auch auf einige andere Wanderer, man grüßte sich mit einem Nicken und setzte seinen Weg dann fort.

Marie genoss es an Tamaruns Seite zu sein und dazu noch die tollen Ausblicke, die sich ihr boten. Sie marschierten ohne nennenswert lange Pausen, bis die Dämmerung hereinbrach und errichteten unter freiem Himmel ihren ersten Lagerplatz für die Nacht. Am nächsten Morgen brachen sie früh auf. Die Umgebung war atemberaubend: Tosende Wasserfälle, eigentümliche Pflanzen, alte Bäume und viele seltsame Tiere, die Marie völlig unbekannt waren. Marie sah weit mehr von dieser zauberhaften Natur als so manch anderer Besucher des Parks, da Tamarun sie auf viele Dinge aufmerksam machte, die einem ungeübten Beobachter verborgen geblieben wären. Auf dem Weg hatte Marie immer wieder das Gefühl inmitten einer Filmkulisse der *Herr der Ringe* Verfilmung zu sein. Es fehlten nur noch die Hobbits, Gimli, Aragon und Legolas. Naja, einen Elfen hatte sie ja an ihrer Seite. Sie liefen Stunden, trafen am diesem Tag ihrer Wanderung jedoch auf keine Menschenseele mehr. Dann erspähte Marie den Vulkan wieder, dessen Spitze von weißen Wolken umhüllt war und so vor ihren Blicken verborgen blieb. Sie liefen weiter, tiefer in den Wald hinein, bis sie einen schmalen Pfad am Ufer eines Flusses erreichten. Es war eine Gegend, in der wohl Mythen entstehen mussten. Sie stiegen über Wurzeln und suchten sich ihren Weg zwischen Bäumen, Sträuchern und Farnen von beachtlicher Größe. Am späten Nachmittag begann es leicht zu Nieseln und mit der Zeit wurde der Regen stärker. Unaufhörlich prasselten die Tropfen auf das Blätterdach über ihnen, doch in der Geborgenheit des alten Waldes waren sie vor der Nässe so gut wie abgeschirmt. Nach einer weiteren Stunde Marsch durch immer unwegsamer werdendes Gelände kam ein kleiner Felshügel in Sicht.

Da nun der Regen auch den Boden des Waldes erreichte, stöhnte eine nunmehr nasse Marie: „Ich frag´ mich warum es gerade jetzt so regnen muss?"

Tamarun lächelte: Weißt du, Marie, *Tane* steht für das Wort Träne, er ist der Gott des Waldes und der Vögel, der Lebensbringer aller lebenden Kreaturen und auch wir sind seine Kinder. Die Maori haben in ihrer religiösen Vorstellung siebzig Götter, die sie verehren und nun zum Regen eine kleine Erklärung in ihrer Schöpfungsgeschichte: Am Anfang war die Welt dunkel und ohne Licht, weil Himmel und Erde in einer Umklammerung verharrten. Dann drückte *Tane*, der Sohn von *Rangi* und *Papa*, sein sich innig liebendes Elternpaar mit Gewalt auseinander. Die Regentropfen sind nichts anderes als die Tränen des Himmelsvater *Rangi*, der die Trennung von der Erdmutter *Papa* beweint."

„Ein wirklich schöner Mythos. Aber ich bin nass und müde, mein Lieber!"

„Du wolltest mitkommen!", meinte Tamarun und warf ihr einen vielsagenden Blick zu.

„Ja, ja, das wollte ich!", grummelte sie. „Aber man wird sich dennoch beschweren dürfen!"

Tamarun lachte nun.

„He, lach nicht, Elf! Es kann ja nicht jeder so eine Ausdauer haben wie du!"

Auf einmal grollte Donner und der Regen fiel in Strömen vom Himmel hinunter, nun zog dazu auch langsam die Dunkelheit am Himmel auf. Dieses Wetter schien selbst den Bewohnern des Waldes nicht geheuer, denn sie verschwanden allesamt in ihren Behausungen. Tamarun kannte sich in dieser Gegend nun schon sehr gut aus, denn sie näherten sich langsam dem Tor, das seine Welt mit jener der Menschen verband und somit dem Platz seiner Entführung. Er wusste, dass es hier eine kleine Höhle gab - wenn sie überhaupt noch da war - in der sie vor dem Regen Schutz und für die Nacht ein Lager finden konnten.

„Wir machen gleich Rast!", erklärte er.

„Ach wirklich?"

„Da vorne, siehst du, die Höhle! Sie ist ein guter Platz zum rasten, also schlangen wir dort unser Nachtlager auf."

Als sie wenig später am wärmenden Feuer saßen, reichte Tamarun Marie einen Becher Tee und etwas zu Essen aus dem Rucksack. Während sie aßen, meinte Tamarun: „Du wirst morgen den Rückweg antreten müssen, Marie!"

Sie sah ihn an, verzog das Gesicht und meinte mit einem merkwürdigen Unterton in der Stimme: „Ja, ich weiß!"

Tamarun sah sie fragend an. „Sag mal... ist alles in Ordnung?"

„Ich bin nur müde!" Marie bemühte sich zu lächeln, als sie zu erklären versuchte: „Ich weiß nicht, ob ich heute noch einen Schritt mehr hätte machen können, wenn du die Höhle nicht gefunden hättest." Dann sagte sie kein Wort mehr.

Tamarun sah Marie ein wenig irritiert an und fragte: „Hast du dir den Weg auch wirklich gut eingeprägt?", und riss sie damit aus ihren Gedanken, denen sie schon wieder nachhing.

„Ich denke... ja! Dazu habe ich die Parkkarte und den Kompass, den wir gekauft haben."

„Dann sollten wir uns nun zur Ruhe legen, damit du Morgen ausgeruht den Rückweg antreten kannst."

Elmanes Elfenohren nahmen zwischen den fallenden Regentropfen das leise Knistern eines Feuers wahr. Worte drangen an sein Ohr, in einer Sprache, die er nicht verstand. Der Elf, der in der Nähe des Durchgangs zum Elfenreich Wache hielt, war stehen geblieben, denn wenn er noch einen Schritt weitergegangen wäre, dann wäre er aus der magischen Schutzwand, die ihn vor fremden Augen verbarg, heraustreten und man hätte ihn sehen können. Doch der Elf war achtsam und fragte sich, wer es war, der sich in dem Gebiet und so nahe am Tor und dem heiligen Platz aufhielt. Dann wagte er doch den letzten Schritt, um sich Gewissheit zu verschaffen ... Langsam und vorsichtig schlich er sich im Schutz der Stämme der alten Bäume entlang, immer näher an die seinem Volk bekannte Höhle heran, bis er schließlich diejenigen sah, die dort miteinander sprachen. Die Abenddämmerung im Menschenreich war bereits hereingebrochen. Eine graue Wolkenfront, die gerade abregnete, zog langsam über den immer dunkler werdenden Himmel hinweg. Vieles hätte er erwartet, Wanderer, Maori, aber nicht den Anblick, der sich ihm nun bot, denn in der Öffnung der Höhle brannte ein Feuer und an diesem saßen eine Frau - eine Menschenfrau, wie er erkannte - und... Tamarun, sein seit über einhundertdreißig Jahre vermisster Freund. Er hörte Tamaruns Stimme, doch er verstand die Worte nicht, die dieser sprach. Sie wurden in einer Menschensprache gesprochen, die ihm nicht geläufig war. Die Stimme seines Freundes klang ruhig, so als ob er sich mit der Menschenfrau freundlich unterhielt. Elmanes wusste nicht was er nun tun und wie er sich verhalten sollte. *„Vielleicht sind die Menschen nicht alle schlecht?"*, überlegte er. Dennoch, er wusste, dass wenn er sich nun falsch entschied, dies gefährlich für das ganze Elfenvolk sein konnte. Also was tun? Sich Tamarun zeigen und dabei von dessen Begleiterin entdeckt werden oder sich lieber erst einmal wieder zurückziehen? Er entschied sich für Letzteres, denn die Menschenfrau war alleine mit Tamarun und so für ihn wohl keine Gefahr. Und darum hielt er es für besser seiner Herrschaft und den Seinen, Meldung von seiner Entdeckung zu machen.

Natürlich hatte auch Tamarun die Anwesenheit eines Elfen aus seinem Volke bemerkt. Doch er auch schwieg, denn Marie sollte nach Deutschland heimkehren können. Dies wäre gewiss nicht möglich, hätte sie erst einmal einen seines Volkes zu Gesicht bekommen. Zumal er sich sicher war, dass nach seiner Entführung solche Entdeckungen seines Volkes von Menschen nicht einfach hingenommen würden.

Mit schnellen Schritten lief Elmanes zurück und passierte das Tor zwischen Menschen- und Elfenwelt. Er eilte den Hang zur Elfenstadt hinab. Kurze Zeit später erreichte er die Elfensiedlung. Er musste nun schnellstens zu seiner Herrschaft, um von seiner Entdeckung Meldung zu machen. Hastig stieg er die Leiter hinauf, die zu den Hängebrücken hoch oben in die Baumkronen führte. Bald erreichte er die größte hölzerne Plattform dort, auf der ein prächtiges weißes Elfenhaus stand. Der wachhabende Elf davor sah ihn fragend an.

„Ich muss sogleich zur Herrschaft, Abaril!", rief Elmanes diesem zu. „Es ist von einer großen Dringlichkeit, die kein Verweilen duldet."

Der Wächter nickte, da er wusste, dass wenn Elmanes es so eilig hatte, es wichtig war und so öffnete er lautlos die weiße, mit Ornamenten verzierte, zweiflüglige Tür. Elmanes setzte unaufhaltsam seinen Weg fort, bis er einen Raum erreichte, in dessen Mitte auf einem Podest zwei prachtvolle, mit Mustern und Schriftzeichen verzierte Stühle standen. Die Herrschaft saß dort, wie er beruhigt feststellte. Als der Elf das Podest erreicht hatte, kniete er nieder.

„Elmanes, erhebe dich", meinte eine sanfte aber tadelnde Stimme, „und sage uns sofort, warum du so hastig in den Saal geeilt bist, ohne zuvor deine Waffen abzulegen!?"

Elmanes, der noch immer seinen Pfeilköcher und seinen Bogen auf dem Rücken festgeschnallt hatte und unter dessen Umhang man am Gürtel den verzierten Knauf eines Dolches hervorblitzen sehen konnte, erhob sich und sprach: „Mein Herr, meine liebreizende Herrin, es tut mir leid, denn ich bin gerade ein bisschen zerstreut. Ich habe soeben eine unglaubliche Entdeckung im Wald außerhalb unseres Reiches gemacht."

Das Herrscherpaar schaute den Krieger fragend an. „So berichte uns, was du entdeckt hast und was dich in solch große Verwirrtheit trieb!"

„Tamarun, er... er lebt... und ist wieder da!", war die Antwort.

„Du hast Tamarun gesehen?!"

Der Krieger nickte nur.

Soberia stockte der Atem. „Endlich... endlich ein Lebenszeichen! Nach so langer Zeit!", sagte sie.

Ja, Tamarun lebt! Der Naturgöttin sei Dank! Unsere Gebete sind erhört worden."

„Doch warum ist er dann nicht hier bei dir? Warum hast du ihn nicht mitgebracht?", fragte seine Herrin sogleich.

„Tamarun hat ein weibliches Geschöpf, eine Sterbliche von schlankem Wuchs, mit rötlichen Haaren und grünen Augen wie Jade, bei sich. Sie scheinen sich gut zu verstehen. Doch wer vermag zu wissen, welche Gefahr sie für uns birgt? Daher habe ich mich ihnen nicht gezeigt. Er befindet sich in der Höhle in der Nähe unseres heiligen Ortes im Menschenreich."

„Ich danke dir, Elmanes, für deine Umsicht und dass du uns sogleich Kunde gebracht hast!"

„Was glaubst du, hat es mit der Menschenfrau, die sich in Tamaruns Bekleidung befindet, auf sich, Elmanes?", meinte Ralaran. Die Augen der Elfenherrscherin zogen sich zusammen, noch bevor Elmanes Ralarans Frage überhaupt beantworten konnte. „Wenn sie von uns wissen sollte, dann müssen wir dafür Sorge tragen, dass sie dieses Wissen nicht an andere Menschen weitergeben kann. Sie müsste zwangsläufig verschwinden. Die Sicherheit unseres Volkes erfordert dies. Bring also in Erfahrung, ob sie über Tamaruns Herkunft weiß. Wenn dies so sein sollte, dann ergreife sie. Tu deine Pflicht und verschwende keine Zeit mit irgendwelchen Mutmaßungen!"

„Aber Herrin, wenn sie einfach so verschwindet, wird man sie dann nicht vermissen und somit erst recht neugierig werden? Ihr wisst doch wie die Menschen heute so sind..."

„Seit Jahrhunderten verschwinden Menschen einfach so von einem Tag auf den anderen. Natürlich forschen die Menschen heute über deren Verbleib intensiver nach, da sie dafür ihre Technik nutzen können. Doch das Gebiet um unseren Durchgang in die Menschenwelt ist groß, unbewohnt und fernab von ihrer Zivilisation. Diese Menschenfrau, wenn sie von uns weiß, wird mit ihrem Schicksal leben müssen, und wir müssen verhindern, dass sie den Menschen von unserer Existenz berichtet, die diese noch für Mythen halten, selbst wenn es ihren Tod bedeuten würde."

Man konnte nun die Anspannung in dem sonst so ruhigen Gesicht des Elfenherrschers förmlich greifen. Er zog scharf den Atem ein, als er sich nun äußerte: „Ich muss mit dir reden, Soberia, und zwar bevor du unsere Krieger losschickst. Denn Erstens geht mir eine Maßnahme, die den Tod eines Menschen bedeuten könnte, zu weit und Zweitens geht es um eine meiner Visionen. Ich glaube - ja ich bin mir sogar sicher - diese hatte etwas mit Tamarun und dieser Menschenfrau zu tun, die bei ihm ist. Höre genau zu, was ich dir zu berichten habe, denn dies ist - wie ich denke - ein wichtiger Grundstein für Tamaruns weitere Existenz, um womöglich den Schrecken seiner durchlebten Vergangenheit im Menschenreich zu entkommen."

„Was hat diese Menschenfrau damit zu tun?"

„Egal welche Antipartie du aus uns allen ersichtlichen und berechtigten Gründen gegen Menschen hegst, vergiss´ deine Wut auf diese Menschenfrau. So wie Elmanes berichtet hat, ist sie zu jung, um an Tamaruns Entführung überhaupt schuldig zu sein."

„Ach und was schlägst du vor, mein Gemahl?"

„Liebste, sollte Tamarun sie fortgeschickt haben noch bevor er unser Reich wieder betritt, so ist es gut. Sollte er sie bei sich haben, wenn die Krieger auf ihn treffen, so soll er selbst entscheiden, ob sie gehen oder bleiben muss. Er, ihr Verhalten und das Schicksal werden entscheiden, ob sie bei uns bleiben soll oder ob wir gegebenenfalls ihre Erinnerung an diesen Vorfall löschen und sie nach Hause schicken. Wir töten keinen Menschen nur, weil sie Sterbliche sind. Und wir Elfen strafen niemanden, der nicht Schuld auf sich geladen hat."

„Die Menschen sind neugierig, gewissenlos und grausam, selbst die Frauen unter ihnen. Das macht sie gefährlich. Gerade ihre Neugier, Falschheit und ihr Verhalten machten sie in der Vergangenheit zu einer tödlichen Gefahr und ihre Überzahl macht es uns in letzter Zeit beinahe unmöglich, ihnen zu entrinnen. Sobald sie uns entdecken, werden sie versuchen uns auszubeuten und zu vernichten! Hast du das vergessen? Möglicherweise beobachten sie Tamarun, selbst wenn er sie fortschickt oder sie hat ihn auf irgendeine Weise sogar gefügig gemacht!"

„Hast du in deinem Zorn nicht vielleicht etwas übersehen? Ich denke nicht, dass diese Menschenfrau, da sie sich in Tamaruns Begleitung befindet, für uns eine potenziellen Gefahren darstellen könnte! Dazu scheint mir Tamarun doch zu sehr bedacht zu sein, denn er befindet sich zwar in unserer Nähe, hat jedoch noch keinen Kontakt zu uns aufgenommen... Ich denke er weiß, dass wir wissen, dass er in unserer Nähe ist. Halte den Jungen nicht für dumm!"

Die Elfenherrin schüttelte den Kopf, als sie meinte: „Manchmal hast du wirklich eine sehr merkwürdige Art mir den Kopf zurecht zu setzen. Und oftmals hast du auch ein zu weiches Herz, Liebster!"

„Schon vergessen? Ich bin ein Elf und kein Mensch, Liebste!", meinte er lächelnd.

Die Elfe ließ weitere Krieger hinzurufen. Man besprach die Situation.

„Ihr habt Euren Herrn gehört und wisst, was Ihr zu tun habt, wenn der neue Tag anbricht!"

Die Krieger nickten und Ralaran, der den Oberbefehl bei dieser Mission erhalten hatte, warf einen kurzen, verstohlenen Blick zu seiner Herrscherin hin, als sie sagte: „Nun geht!"

Seine Schuldgefühle hatten sich über die Jahre zu einer solchen Verachtung gegenüber den Menschen entwickelt, dass er einen jeden von ihnen leiden sehen wollte. Egal, ob schuldig oder unschuldig, dies war für ihn belanglos. Seine unbändige Wut und der Hass brachten ihn auf die Idee, dass es einen Sündenbock brauchte, den man verdammen konnte und so würde diese Menschenfrau es bereuen, je das Gebiet des heiligen Forstes an Tamaruns Seite betreten zu haben.

Marie und Tamarun lagen derweilen, geschützt vor dem Regen, in der Höhle, doch konnte keiner von beiden sogleich schlafen. Tamarun schlief nicht, weil er nicht viel Schlaf benötigte und ihm sehr wohl bewusst war, dass seine Sippe nun bereits wusste, dass er wieder da war. Und er machte sich Gedanken über die Konsequenzen die entstehen konnten, wenn seine Sippe Marie für einen unerwünschten Eindringling hielt, sie als eine Gefahr ansahen und sich ihr dadurch auf feindselige Art zu erkennen gaben. Es ging bei solchen Maßnahmen ausschließlich darum, das eigene Volk zu schützen. Und er musste sich eingestehen, dass er unbedacht der eigenen Freude darüber, Marie noch eine Weile an seiner Seite zu haben, überhaupt nicht mehr an diese Gefahr für sie gedacht hatte.

Marie konnte nicht schlafen, weil sie an die Trennung von Tamarun und den Rückweg dachte, den sie alleine antreten musste. Außerdem fror sie. Ihr war auf einmal so kalt, dass sie mit den Zähnen klapperte.

Tamarun, der das leise Geräusch ihrer aufeinanderschlagenden Zähne vernahm, musste lächeln. Vielleicht war es nun auch ein weiterer Fehler, sie wärmen und beschützen zu wollen.

„Komm her zu mir, Marie!", sagte er leise und hob seine Decke an.

Kurze Zeit später lag Marie in den Armen des Elfen und kuschelte sich an ihn. Ihr Kopf lag an seiner Schulter und eine Hand lag auf seinem Bauch. Es hatte so nicht lange gedauert, bis sie eingeschlafen war. Tamarun genoss Maries Nähe mehr, als er es sich selbst eingestehen wollte. Sanft strich er über ihr Haar und betrachtete dabei eingehend ihre im Schlaf entspannten Gesichtszüge. Sein Herz zog sich bei dem Gedanken zusammen, dass sie ihn bald verlassen würde. *„Verdammt! Sie ist ein Mensch!"*, belehrte er sich selbst in Gedanken. Doch die Tage mit ihr, sie waren schön gewesen. Vor allen nach der schlimmsten Zeit seines Lebens. Wie tief sich solche Erlebnisse in die Persönlichkeit eines Elfen gruben hatte er an sich selbst erlebt und doch hatte Marie sie mit ihrer Art wie mit einem sehr starken Heilzauber aus seinem Gedanken und seinen Herzen vertrieben, sodass alles, was ihm widerfahren war, nur noch ein blasser Schimmer seiner Erinnerung war. In ihrer Elfenwelt hat ein unglücklicher Mensch noch nie etwas finden können, was ihn trotz all der Schönheit hätte erfreuen können. Der Ort, so friedlich er für sein Volk war, wurde für einen Menschen in einem solchen Fall, zu einem schrecklichen Kerker. Es gab für solch arme Geschöpfe niemand, mit dem sie sich aussprechen konnten. Die Verzweiflung trieb sie meist zu schrecklichem, selbstzerstörerischen Handeln, denn der Blick hin zum Verlorenen wurde selbst in einer so anmutigen Zivilisation zu einer einzigen Marter. Und der Blick auf die Zukunft wurde zur reinen Verzweiflung, da es keinen Ausweg aus dem Ort der Qualen für einen dort festgehaltenen Menschen gab. Wie unerträglich selbst der kleinste Schmerz wurde, wenn er Tag und Nacht fortdauerte, das wusste Tamarun nur zu gut. Das ganze Dasein eines solchen Elends endete für einen Menschen dann erst mit dessen Tod. Doch nun, da er über seine Gedanken nachdachte, erfasste sein Herz einmal mehr das Gefühl, dass wenn Marie am nächsten Tag wirklich weg war, für ihn eine noch schlimmere Zeit anbrechen würde als die, die er hinter sich hatte, denn im wurde einmal mehr bewusst, dass er sie liebte. Und genau das durfte Marie nicht erfahren, denn eine solche Gewissenlosigkeit sie damit zu belasten hatte sie für ihre Liebenswürdigkeit und Hilfe nicht verdient. Tamarun hielt Marie einfach fest an sich gedrückt, wartete bis der Morgen graute, gab ihr einen sanften Kuss auf den Scheitel und machte sich dann auf den Weg um ein Bad zu nehmen.

Abschiedsschmerz

Marie erwachte, rieb sich die Augen, setzte sich auf und seufzte, als sie bemerkte, dass Tamarun nicht mehr neben ihr lag. Ein Gedanke erfasste sie: War er vielleicht fort und hatte nichts gesagt? Denn Tamarun hatte davon gesprochen, das sie ihn heute verlassen musste. Sie sah sich um. Ein trauriges Lächeln huschte über ihr Gesicht, als sie sich an den gestrigen Abend erinnerte. Zu ihrer Beruhigung hatte sie bei genauerem Hinsehen jedoch festgestellt, dass all seine Sachen noch da waren und auch die Feuerstelle neu entfacht worden war. Also schien er sie nicht einfach so ohne Abschied verlassen zu haben. Marie schob die Decke von ihrem Körper und stand auf, denn die Natur verlangte ihr Recht. Sie verließ die Höhle und erleichterte sich hinter einem Baum. Im Anschluss sah sie sich ein wenig in der Gegend um. Doch schon nach einigen Schritten blieb sie wie angewurzelt stehen, denn der Anblick, der sich vor ihr auftat, der verschlug ihr glatt den Atem. Vor ihr befand sich ein Wasserloch, in welchem Tamarun anscheinend gerade ein Bad genommen hatte. Der Elf stand da, ihr zwar den Rücken zugewandt, dafür aber vollkommen nackt. Sie hatte zwar schon seinen nackten Oberkörper und ihn unbekleidet in ihrer Badewanne gesehen, doch das war etwas anderes. Marie betrachtete nun jeden Zentimeter seines Rückens. Seine Kehrseite und vor allem sein knackiges Hinterteil sahen einfach umwerfend aus. Im nächsten Augenblick drehte sich Tamarun um. Marie schluckte. Dieser Elfenmann war einfach vollkommen, sie hatte niemals einen schöneren männlichen Körper gesehen. Er schien ihr wie die Reinkarnation eines Gottes. Mit bewundernden Blicken genoss sie den Anblick und ließ ihren Blick über seinen straffen Bauch weiter hinuntergleiten. Ihre Augen weiteten sich, als sie bei seiner Männlichkeit ankam. Schon allein der Anblick seines Penis und seiner Hoden im schlaffen Zustand bereitete ihr ein Kribbeln in ihrer intimsten Stelle und sie ertappte sich bei dem Gedanken, wie sein Penis erst aussah, wenn er seine Standfestigkeit erlangte.

Als sie bemerkte, dass Tamarun sie nun ebenfalls ansah, fühlte sie sich ertappt. Röte stieg ihr ins Gesicht und sie schaute verlegen zur Seite.

Tamarun nahm seine Kleidung, zog sich wortlos an, blickte zum Himmel hinauf und atmete einmal tief die Luft in seine Lungen ein. Dann ging auf Marie zu, nahm sie einfach bei der Hand und sagte: „Hat dir gefallen, was du gesehen hast, oder warum siehst du so beschämt aus?"

„Ähm... ich...ich weiß nicht was du meinst?!"

„Ich denke, du weißt genau was ich meine. Aber egal! Marie, es wird Zeit deine Sachen zu packen. Du musst zurück, um deinen Flieger zu bekommen, der dich in deine Heimat zurückbringen wird. Ich werden heute zu meiner Sippe und in unser Elfenreich zurückzukehren." Dann lief er, sie an der Hand mit sich ziehend, zur Höhle zurück. Er ließ sie dort los, rollte ihre Decken wortlos zusammen und steckte sie in ihren Rucksack.

„Du kannst mich wohl nicht schnell genug loswerden?", meinte Marie leise.

Er drehte sich um sah sie an und entgegnete: „Rede doch keinen Unsinn!" Tamaruns Stimmung klang ungehalten und traurig zugleich, wie Marie bemerkte.

Er wusste, dass es an der Zeit war sich von ihr zu trennen - er musste es tun, um ihretwillen.

Marie wusste von seinen Gefühlen nichts und er konnte sie nicht einfach mit sich nehmen, denn dann wäre sie gefangen - wenn auch in einem goldenen Käfig.

Als Marie nun zu ihm trat und er in ihr Gesicht blickte, sah er Tränen in ihren Augen. Sanft wischte er eine, die sich gerade von ihrem Wimpernkranz löste, mit seiner Hand fort. „Was ist los, Marie, warum weinst du?", fragte er, legte sanft einen Arm um sie und lächelte sie beruhigend an, da er noch glaubte, es sei das Unbehagen vor dem Rückweg, den sie alleine antreten musste. „Hast du Angst davor alleine zurückzugehen?"

Sie schüttelte verneinend den Kopf. Dann flüsterte sie leise: „Ich ...oh' Tamarun, ich... ich kann nicht gehen! Ich liebe dich!"

Er stöhnte auf, schüttelte den Kopf und meinte: „Es geht nicht, weil... bitte verstehe es, Marie, du kannst nicht mit mir kommen, es ist unmöglich. Du musst nach Hause zurück. Dort warten dein Leben, dein neuer Laden, dein Freund Simon, deine Heimat und deine Zukunft. Hier gibt es keine gemeinsame für uns."

Marie seufzte leise. Sie glaubte zu verstehen, dass er sie nicht bei sich haben wollte und sie spürte einen Stich in ihrem Herz. „Es ist an der Zeit, dass du gehst!", sagte er fest. „Ich mag dich sehr Marie, aber Liebe... es geht nicht!"

Der Kampf um eine Liebe und vor allem ein Leben mit ihm, er war aussichtslos, das musste Marie nun erkennen. Sie sah ihn an und versuchte zu lächeln, als er sagte: „Ich danke dir für meine Rettung und deine Hilfe. Ich werde dich niemals vergessen und dich auf ewig in meiner Erinnerung behalten und als gute Freundin in meinem Herzen bewahren."

„Ich werde dich auch nicht vergessen. Du hast mich in den letzten Tagen sehr glücklich mit deiner Anwesenheit gemacht und es tut weh zu wissen, dass ich dich nie wiedersehen werde. Das solltest du wissen."

Gerade dieser Blick, den sie ihm nun zuwarf und ihre Worte, sie schmerzten Tamarun fürchterlich, da er sie liebte und dennoch von sich stoßen musste. Es war verrückt! Er selbst hatte das Gefühl, er würde vor Sehnsucht nach ihr zerfließen, wenn sie nun ging. Er fühlte sich in ihrer Nähe unglaublich wohl - so als hätte er gefunden, was sein Herz lange gesucht hatte. So als wäre er auf der langen Reise seines Lebens und nach all dem Schlimmen, was ihm widerfahren war, endlich an seinem Ziel angekommen. *Oh', wenn er nur wüsste was er nun tun sollte!* Und er wusste, dass seine Seele und sein Herz mit dem ihrem Verschmelzen würden, wenn sie nicht bald ging und so sagte er fest und beharrlich: „Du musst gehen, Marie!"

„Ich denke ich verstehe es, wir sind einfach zu unterschiedlich. Elfen und Menschen passen nicht zusammen, selbst wenn sie sich mögen!" Marie nahm ihren Rucksack auf. „Nun gut, dann lebe also wohl!" Marie ging los, sah nach einigen Schritten jedoch noch einmal über ihre Schulter und zu ihm hin. Sie würde ihn sehr vermissen.

Tamarun schluckte schwer bei ihrem traurigen Blick. „Beeile dich!", flüsterte er, als sie zwischen den Bäumen verschwand. Kaum war Marie aus seinem Blickfeld verschwunden, musste er sich erst einmal an einem Baum lehnen. Er versuchte, dass in ihm aufkommende Gefühl von Schmerz abschütteln. Er hatte das Gefühl eine Faust umfasse sein Herz, sodass es Mühe hatte weiter zu schlagen. Am ganzen Körper zitternd fragte er sich: I*st dies ein Zeichen welches Schicksal mich nun ereilt, da sie meine wahre Liebe ist und ich sie gehen lasse?* Doch er hatte Marie fortgeschickt und lieber würde er im Elfenreich über Jahrhunderte langsam dahinsiechen, als dieser liebenswerten und wundervollen Menschenfrau - die Marie nun einmal war - das Leid anzutun eine Gefangene zu sein, wie er es selbst über lange Jahre hinweg erdulden musste.

Tamaruns Volk

„Seid wachsam, Krieger. Tamarun und die Menschenfrau haben sich schon getrennt", sagte Ralaran. Wir werden nun der Menschin folgen, denn mir scheint, sie weiß sehr wohl, dass Tamarun einer von unserem Volk ist."

Elmanes erlaubte sich den Einwand, dass die Herrschaft doch gesagt hätte, dass man die Menschenfrau ziehen lassen sollte, doch Ralaran belehrte ihn darüber, dass nicht er die Führung der Krieger innehabe und dass auch die Herrschaft befohlen hätte, wenn man Zweifel daran hätte, dass die Menschenfrau über sie Bescheid wüsste, diese dann nicht gehen dürfte. Wortlos und fast unhörbar setzten ihr die Elfenkrieger im nächsten Augenblick nach.

„Da ist sie!"

„Holen wir sie uns?", wollte einer der Krieger wissen.

„Ja, ich denke es ist von Nöten, sie darf uns nicht entwischen!", meinte einer der älteren Elfenkrieger,

---

Das leise Knacken eines Astes ließ Marie aus ihren traurigen Gedanken aufschrecken. Einen Moment verharrte sie - *da war doch was?* Sie sah sich um und rief: „Tamarun?" *Schweigen.* „Ist da jemand?", fragte Marie unsicher, schrie jedoch eine Sekunde später erschrocken auf und starrte die Gestalt an, die vor ihr stand. Der schlanke Mann, der sich nun vor ihr aufbaute, war nicht Tamarun.

„Wer... sind Sie?", fragte sie daher erschrocken. Er jedoch antwortete nicht, griff stattdessen einfach nach ihrem Arm. Marie geriet in Panik. Sie war zuerst wie gelähmt vor Angst, versuchte sich dann jedoch im nächsten Augenblick aus dem Griff der Hand zu befreien. Doch der Mann war stärker. Er bekam nun ihre Handgelenke zu fassen, drückte diese übereinander und fesselte Marie wortlos die Hände mit einem Seil, dass er unter seinem Umhang hervorgezogen hatte. Ein Zittern erfasste Maries Körper. Dem Ausdruck von Erschrockensein hatte nun blankes Entsetzen Platz gemacht und ihr Gesicht wurde aschfahl. Unter Schock stehend, starte sie ihr Gegenüber an, um dann zu stammeln: „Bitte tun Sie mir nichts!" Hände griffen sie jedoch von hinten hart im Nacken. Zu ihrer beiden Seite standen zwei weitere Gestalten, wie Marie aus den Augenwinkeln sehen konnte. Sie ergriffen ihre Oberarme und zerrten sie mit sich fort. Marie stieß einen verängstigten Schrei aus, rief nach Tamarun. „Tamarun! Hilf mir doch!" Sie hatte die Hoffnung, dass wenn er noch nicht zu weit fort war, sie rufen hörte und ihr zur Hilfe kam. Angst floss wie glühendes Blei durch ihre Adern, denn noch nie hatte man sie so grob behandelt, wie diese Unbekannten es taten. Die Männer trugen über ihrer Kleidung Überwürfe, geschnitten wie ein Poncho, aus fest gewebter Wolle mit Kapuze, die wohl nicht nur zur Tarnung diente, sondern auch Wasser recht zuverlässig abhielt. Außerdem waren einige mit Bögen bewaffnet. Nun zogen sie allesamt ihre Kapuzen zurück. Darunter erschienen grazil geschnittene Gesichter, mit hohen Wangenknochen und leicht schräg stehenden Augen. Unter dem langen Haar lugten je zwei spitz zulaufende Ohrmuscheln hervor. Auf einmal fiel es Marie wie Schuppen von den Augen. Das waren keine Menschen, es waren Elfenkrieger!

„Lass mich doch los! Bitte!", bettelte Marie. Doch die Elfenkrieger ließen sie nicht frei, im Gegenteil, sie zerrten sie weiter mit sich. Marie versuchte es noch einmal, nun auf Englisch, denn Tamarun hatte ihr berichtet, dass viele Elfen seines Volkes außer ihrer eigenen Sprache, die Sprache der Maori und eben auch Englisch verstanden, seit James Cook, der britischer Seefahrer und Entdecker, Neuseeland entdeckt hatte, auch wenn die eigentliche Entdeckung des Landes dem ersten Europäer - dem holländischen Seefahrer Abel Janszoon Tasman im Jahr 1642 - vorbehalten blieb.

Einer der beiden Krieger, die sie am Oberarm festhielt, sah sie aus eisblauen kalten Augen an und meinte in fließendem Englisch: „Spar dir deinen Atem, Menschenweib - du wirst ihn noch für andere Dinge brauchen!"

Tamarun nahm seinen Rucksack auf. Prüfend blickte er sich noch einmal um. *'Ich habe alles. Es wird Zeit diesen Ort zu verlassen und zu meinem Volk zurückzukehren!',* dachte er. Genau in diesem Augenblick hatte er Marie seinen Namen rufen gehört. Sie hatte ihn gerufen und sie klang ängstlich. Deutlich hatte er Panik in ihrer Stimme hören können und dann kam auch noch ein: *Hilf mir doch!*

Er wurde augenblicklich von einer inneren Unruhe gepackt, versuchte sich jedoch ein wenig zu beruhigen, konzentrierte sich auf die Geräusche des Waldes und lauschte. Doch im Wald war es wieder still geworden - zu still für seinen Geschmack. Dennnoch nicht einmal das Rufen eines Vogels war mehr zu hören. Sein Gefühl sagte ihm, dass er Marie schnellstens finden sollte. Mit all seinen Elfeninstinkten lauschte er erneut in den Wald hinein, doch konnte er nichts Verdächtiges mehr hören. Aber er spürte etwas... und als er der Stelle näherkam, von der aus Marie nach ihm und um Hilfe gerufen hatte, wurde die Präsenz seines Volkes immer stärker. Er wusste, dass er nur noch wenige Schritt entfern sein konnte und dann fand er den Platz, an dem Marie auf sie gestoßen sein musste. Er kniete sich hin und besah sich die Spuren. „Oh nein!", sagte er leise zu sich selbst. Tamarun richtete sich auf und schlug ungehalten mit der Hand gegen einen Baum. *Verdammt!* Warum hatte sein Volk sich Marie überhaupt gezeigt und warum hatten sie sie nicht ziehen lassen? Sie mussten doch an der Richtung, in welche sie gegangen war, bemerkt haben, dass sie dabei war die Gegend um die Heilige Lichtung und das Tor zu ihrer Welt zu verlassen.

Marie begann zu husten. Sie merkte wie ihr die Luft bei dem Tempo, dass die Elfen vorlegten, langsam ausging und sie Seitenstechen bekam. Die Elfen interessierte dies jedoch nur herzlich wenig.

„Nun ...zerrt... doch nicht so... an meinem Armen", bettelte sie.

Der Elf, der vor ihr lief, drehte sich ruckartig zu ihr um und warf ihr einen äußerst spöttischen Blick zu. Dann zischte er: „Du hast nichts zu fordern, Menschenfrau. Du wirst gehorchen oder wir werden dir eine Lektion erteilen, die dir nicht gefallen wird."

„Damit kommt ihr nicht durch, ich werde mir das nicht ge...", weiter kam Marie nicht, denn die Elfen waren nun stehen geblieben und einer von ihnen hielt ihr seinen Dolch unter die Nase.

„Warum tut ihr das? Was wollt ihr von mir? Lasst mich gehen!"

„Na du bist ja lustig, so einfach ist das nicht! Du wirst jetzt schweigen, verstanden! Tust du es nicht, überlege ich mir, ob ich dir deine Zunge oder mir deine Stimmbänder nehme!"

Marie nickte nur auf diese Drohung hin. Der Elf steckte daraufhin seinen Dolch wieder ein, wandte sich von ihr ab, seinen Kameraden zu und sprach auf Englisch: „Menschen sind alle geschwätzig, nervenraubend, verlogen und bösatig!"

Marie sah den Elf erbost an und konnte in ihrer Empörung über diese Behauptung nicht an sich halten. „Sie kennen mich nicht einmal und beleidigen mich. Ich habe Einem von eurem Volk geholfen! Das, was Sie hier mit mir veranstalten, das ist nicht in Ordnung und Sie sind somit auch nicht besser als die Entführer meiner Rasse, die Tamarun mit sich nahmen und ihn über Jahre gefangen hielten."

Der Elf zog eine Augenbraue hoch und machte eine Geste mit dem Finger über seinen Hals. Dann fuhr er Marie mit seiner hellen Stimme an: „Du strapazierst mit deinem Gerede unsere Nerven gerade bis aufs Letzte! Ich schneide dir die Zunge heraus, wenn du nicht augenblicklich schweigst!"

Marie zuckte zusammen als er erneut nach seinem Dolch griff und meinte leise: „Entschuldigt bitte!"

Der Elf hob theatralisch seinen Kopf und sah zum Himmel hinauf. „Ihr Menschen seid anscheinend alle unverbesserlich. Du wirst schon noch sehen was du davon hast, wenn du dich nicht an unsere Gebote hältst, Menschenfrau." Danach ignorierte er Marie und verfiel bei den nächsten Worten in seine elfische Sprache: „Was glaubt ihr, was wäre eine angemessene Behandlung für diese Menschenfrau mit ihrem losen Mundwerk?"

„Ich denke Menschen würden ihr erst einmal ein paar Schläge mit der Gerte auf ihren Rücken verabreichen und sie dann verhören, was sie mit den Entführern von Tamarun zu tun hat."

„Eine entzückende Idee! Man soll diesen Menschen so behandeln wie sie es mit anderen und ihresgleichen tun, um ihnen zeigen, dass man nicht ungestraft in unser Gebiet eindringt und einen von uns entführt!"

Die Elfen zerrten Marie weiter.

Vor ihnen lag kurze Zeit später eine kleine Lichtung auf der ein paar große, alte Bäume standen und welche ein besonders großer, uralter Baum überragte. Marie glaubte den Ort aus Tamaruns Erzählungen zu erkennen. Es schien ihr der heilige Platz zu sein, von dem aus man ihn entführt hatte und auch, dass es sich um den Ort handelte um den sich eine Vielzahl der Elfenlegenden der Maori rankten.

Ein erstickter Laut entkam ihrer Kehle, als die Hand eines Elfen vorschnellte, ihre gefesselten Handgelenke packte und ein weiteres, langes Seil darum wandte. Sie wurde mit grober Rücksichtslosigkeit unter einen der riesigen Bäume gezwungen. Mit einem gekonnten Wurf warf der Elf, der das Seil noch in Händen hielt, das lange Ende über einen der herunterhängenden Äste.

„Was habt ihr vor?", schrie Marie entsetzt.

„Zieht die Menschenfrau hinauf!"

„Das kann doch jetzt wirklich nicht euer Ernst sein!", rief Marie entsetzt. Doch in dem Augenblick wurden Maries gefesselte Arme ihr bereits nach oben und über den Kopf gezogen, so straff, dass ihre Schuhspitzen gerade noch den Boden berührten.

„Jetzt siehst du, dass wir es ernst meinen!", höhnte der Elf, der sie schon mit dem Dolch bedroht hatte. „Auch, wenn wir dich nicht anrühren sollten, das kann mit der Zeit ebenfalls sehr unangenehm werden und auch ein bisschen wehtun, Menschenfrau. Wir können allerdings auch so freundlich sein, ein Feuer um dich herum zu entzünden, damit es dir an den Füßen nicht kalt wird." Die ungewöhnlichen Augen des Elfen musterten sie so kalt, dass ihr angst und bange wurde. Verzweifelt zerrte Marie, den Schmerz an ihren Handgelenken ignorierend, an dem Strick. Sie hatte geglaubt, alle Elfen seien freundlich - so wie Tamarun. Er hatte ihr das Wesen seines Volkes doch auch als ebensolches geschildert.

„Ihr Elfen tötet keine Unschuldigen, denn das würde euer Gewissen belasten", sagte sie. „Tamarun hat mir das gesagt!"

Der Elf lächelte kalt. „Das sind alles nur Phrasen um euch Menschen zu beruhigen. Und mach du dir mal um unser Gewissen keine Gedanken, wo ihr Menschen nicht einmal ansatzweise so etwas besitzt."

„Das ist Unrecht was ihr mit mir macht, wo ich einen der Euren aus den Händen seines Peinigers gerettet habe."

„Das dies stimmen könnte, das bezweifle ich nicht. Doch du wirst es getan haben um andere Menschen in unser Reich zu führen, damit sie uns vernichten können!", erklärte er. „Und du wirst uns bald schon anflehen gestehen zu dürfen, was du beabsichtigt hast als du mit Tamarun hierherkamst. Ich denke du hast ihn verhext."

Marie kam nun zu der niederschmetternden Erkenntnis, dass diese Elfenkrieger wahrhaft interessiert daran waren unfreundlich mit ihr umzugehen. So schön und anmutig sie auch waren, sie kamen ihr vor wie Bestien. Sie war fassungslos und begann vor Angst zu zittern und letztendlich zu weinen. Es war für sie ein wahrer Alptraum, den sie erlebte.

Die Elfen sprachen in aller Seelenruhe miteinander, während Marie am Ast hing. Sie verstand wiederum kein einziges Wort, da sie sich auf Elfisch unterhielten. Es war grauenhaft, denn nach den Handgelenken begannen nun auch ihre Arme langsam taub zu werden und die Schultern zu schmerzen. An was für Unmenschen - oder besser: Unelfen - war sie da nur geraten? „Oh' Tamarun, wo bist du nur?", flüsterte sie kaum hörbar.

Der Elf, der sie nun schon mehrfach bedroht hatte, lachte verächtlich, als er in ihre Richtung hin meinte: „Die Menschin winselt schon, ohne dass wir ihr etwas getan haben."

„Das hier, diese rücksichtslose Behandlung meiner Person, die nennt ihr nichts getan?", klagte sie schluchzend.

Tamarun konnte sich denken wo die Seinen Marie hingebracht hatten. Als er die Stelle erreicht hatte, von der er einst entführt worden war, vernahm er Stimmen, die er nur zu gut kannte. Es war Ralaran, der gerade lautstark tönte:

„Auch jener, dessen Namen du riefst und nun erneut geflüstert hast, wird dir nicht helfen. Du wärst besser nicht hierhergekommen, Menschin."

Marie war sich schon darüber im Klaren, dass wenn Tamarun auftauchen würde, er ihr höchstwahrscheinlich Vorhaltungen machen würde, dass sie nicht schneller gegangen war. Aber sie konnte sich nicht vorstellen, dass er sie so behandeln würde.

„Es tut mir leid", murmelte sie. „Ich war mir der Gefahr nicht bewusst, in die ich geraten bin, als ich euer Gebiet betrat. Ich dachte da Tamarun bei mir war wäre es in Ordnung. Was werdet ihr nun mit mir machen?"

„Du wirst uns Rede und Antwort stehen Menschenfrau und egal, was du uns preisgibst, von hier nicht wieder weggehen. Das ist unsere Rache für das Unheil, das ihr Menschen über uns gebracht habt. Du hast unseren Wald betreten und dir somit selber zuzuschreiben, dass du nun unsere Gefangene bist. Wir werden dich zwar nicht töten. Doch du wirst leiden, tausendfach für jeden Augenblick an dem ihr Menschen uns Tamarun nahmt."

„Hört sofort auf, lasst sie in Frieden!", rief Tamarun und seine sonst so melodische Stimme klang ausgesprochen zornig. „Was soll das, dass ihr ausgerechnet die Menschenfrau so behandelt, die mich aus den Händen meiner Peiniger errettet hat?!"

„Was regst du dich so auf, Tamarun? Fakt ist doch: Sie ist hier und sie weiß von unserer Existenz. Und das, wie sie sagte, durch dich. Somit ist es ebenso ihre wie deine Schuld, was sie nun erdulden muss. Aber sag, gefällt dir diese Sterbliche etwa? Wenn ja, benutz sie für deine Rache an deinen Peinigern, unsere Herrin wird nichts dagegen haben, aber bring uns wegen deiner Dummheit ihr zu trauen nicht noch mehr in Gefahr, als wir es schon sind!"

Tamarun kochte vor Wut und umso mehr, als sein Gegenüber verächtlich grinsend meinte: „Glaub mir, moralische Skrupel einem Menschen gegenüber sind nicht angebracht, denn sie haben uns gegenüber auch nie welche und daher..."

Weiter kam der Elf nicht, denn Tamarun reichte es und er zischte wütend: „Ich vergesse gleich, dass du einer aus meinem Volk bist und drehe dir mit meinen bloßen Händen den Hals um, Ralaran!"

Der Elf schnaubte verächtlich: „Sag bloß Tamarun, ihr habt etwas miteinander, hm?"

„Und wenn es so wäre, ginge es dich nichts an!"

„Du Narr, du denkst doch nicht wirklich, das hätte eine Zukunft? Bist du in der Gefangenschaft so naiv gewesen und verblendet geworden, wie du mir im Augenblick erscheinst?"

„Keine Sorge, Ralaran, ich bin immer noch Herr meiner Sinne und weiß genau was ich tue", knurrte Tamarun, ballte die Hände zu Fäusten und machte einen Schritt auf den Elfen zu.

Ralaran wich zurück: „Ist ja schon gut! Genieße meinetwegen den Schoß dieser Menschenfrau und erfreue dich an

ihr - aber dann als Gefangene!"

„Unterlasse deine überhebliche Art mir gegenüber und werde dir darüber klar, dass selbst wenn du immer noch auf unschuldig machst, wir Beide doch sehr genau wissen, was damals passiert ist! Damals bist du abgehauen, denn ich habe dich aus dem Käfig, in den sie mich gesteckt haben, heraus gesehen. Du hast mich feige den Menschen überlassen und heute ängstigst du eine wehrlose Menschenfrau wegen deines Verhaltens. Du bist ein elender Feigling!"

„Beschuldigst du mich etwa an deiner eigenen Dummheit Schuld zu sein oder wie soll ich das jetzt verstehen?"

Marie verstand zwar kein Wort von dem, was Tamarun mit den Elfen sprach, doch sie sah ihm an, dass er sehr ungehalten war. Die beiden führten gewiss keinen netten Begrüßungsplausch miteinander, zumal Tamaruns türkise Augen Zornesfunken sprühten. Sein Körper zeigte deutlich, dass er jeden Augenblick über sein Gegenüber herfallen wollte, aber er hielt sich noch zurück. Als ihr Bedroher Tamarun gehässig anfunkelte, kniff Tamarun die Augen zusammen und ballte die Hände. Ein anderer Elf ging dazwischen.

„Ich denke, es ist alleine Tamaruns Entscheidung, ob er es riskieren will, einem Menschen zu trauen oder nicht. Ich denke die ganze Geschichte bedarf einer Klärung und zwar eine vor unserer Herrschaft. Doch...", nun sah er Tamarun an, „wer sagt dir, mein Freund, dass die Menschin nicht schon morgen ihre Meinung dir gegenüber ändert und uns an ihr Volk verrät?"

„Weil ich weiß, dass Marie dies nicht tun wird, Heimaki."

„Woher kommt dieses unerschütterliche Vertrauen nach alldem, was ihre Spezies dir angetan hat?"

Tamarun gab dem Elfen nur die eine Antwort: „Was geschieht, das sollte im Ermessen der Herrschaft liegen, nicht in der euren! Und ich gedenke, dass das, was mir widerfahren ist, hier und mit euch nicht zu erörtern."

Der Elf zuckte mit den Achseln und meinte: „Wie du willst! Du bist ihr Ziehsohn. Glücklicherweise bin ich somit auch nicht der jenige, der dies alles unserer Herrschaft erklären muss, sondern du. Nur wundere dich nicht über das, was mit dieser Menschenfrau geschieht, wenn die Herrschaften nicht deiner Meinung sind."

Tamarun war immer noch sehr erzürnt über die Seinen und doch wandte er sich ruhig an den Krieger, der direkt an dem Baum stand, an den man Marie gebunden hatte. „Mach sie los, Taiier, sie ist eine Freundin. Marie hat mich aus den Händen meines Peinigers befreit und weder mich verraten, noch einem unseres Volkes jemals etwas angetan." Eindringlich sah Tamarun den Elfen an, der schließlich nickte und Marie aus ihrer misslichen Lage befreite.

„Danke, dass du mir geholfen hast", meinte Marie mit zitternder Stimme.

Tamarun versuchte zu lächeln und meinte: „Ich befürchte, ich werde dich nun fürs Erste doch bei mir behalten müssen."

Maries Herzschlag legte an Tempo zu als sie fragte: „Bei dir behalten? Aber was heißt das jetzt für mich?"

Tamarun nahm Maries Hand in die Seine und sprach nun in Deutsch mit ihr: „Du hättest nicht so trödeln sollen als ich sagte du solltest gehen. Nun gibt es im Moment kein Zurück für dich, das steht schon mal fest!"

Die Worte, dass sie bei ihm bleiben musste, sie machten Marie wenig Angst, im Gegenteil: Es entflammte ein süßes Gefühl der Freude tief in ihrem Herzen. In ihre Augen trat ein erfreutes Leuchten als sie verhalten nachfragte: „Soll das
heißen, dass ich noch eine Weile bei dir bleiben kann?"

„Nicht ganz... Es bedeutet, dass mein Volk dich nicht mehr von hier fortlässt! Aber hab´ keine Angst, ich werde nicht zulassen, dass man dich weiterhin so schlecht behandelt!"

„Das weiß ich zu schätzen! Und ich muss dir gestehen, der Gedanke von dir zu gehen, er war mir sowieso unerträglich gewesen, denn du lässt mein Herz höherschlagen und dieses Gefühl, dass ich in deiner Nähe verspüre sagt mir, dass du meine große Liebe bist. Tamarun, ich denke ich kann auf alles verzichten, selbst auf die Freiheit, denn ich weiß, ich werde dich lieben, bis mein Tod dem ein Ende setzt. Je weiter ich auf dem Weg zurückging, umso gewisser wurde ich mir."

Tamarun führte Marie zu dem uralten Baum und sah ihr tief in die Augen, dann nahm er sie in seine Arme und hielt sie einfach nur fest. Sie zitterte noch immer leicht, doch sie versuchte sich zusammenzureißen.

Tamarun wollte nunmehr nichts anderes als sie an sich drücken, sie trösten und ihr sagen, dass alles gut werden würde. Er strich ihr mit der Hand sanft über die Wange. „Ich bin froh, dass es dir gut geht", sagte er leise.

Die Bäume begann sich im nächsten Augenblick um Marie zu drehen, als er ihre Lippen mit einem unendlich saften Kuss verschloss. Sie befürchtete fast, sie würde in Ohnmacht fallen. Sie tat es jedoch nicht, sondern erwiderte den Kuss erst sachte und dann immer leidenschaftlicher, sodass sie kurz darauf, als er sich von ihr löste, nach Atem rang. Ein Lächeln huschte über sein Gesicht als er meinte: „Das was du empfindest, Marie, es passt zu meinen Gefühlen, die ich für dich hege."

Sie sah ihn lächelnd an. „Du liebst mich also auch?" Das, was sie hier gerade erlebte, wurde vom Alptraum zum Traum. In Sekundenbruchteilen jagten Marie tausend Gedanken durch den Kopf. Sie war noch immer ein wenig hin- und hergerissen zwischen der Angst vor dem, was auf sie zukam und der Hoffnung, in ihm ihre große Liebe und ihr Glück gefunden zu haben.

Tamarun lächelte. „Natürlich werde ich mit der Herrschaft sprechen müssen und ich werde versuchen sie davon zu überzeugen, dass du gehen kannst, wenn du das möchtest."

Marie sah ihn fest an und wechselte nun selbst ins Englische, damit auch die anderen Elfenkrieger die Worte verstanden. Sie hielt es für wichtig, dass die Elfen verstanden, was sie miteinander sprachen um etwas Vertrauen zu schaffen. „Weißt du, Tamarun, ich würde gerne bei dir bleiben, wenn das möglich wäre. Selbst dann, wenn ich nie wieder einen Menschen zu Gesicht bekäme." Sie musste lächeln, als sie meinte: „Eigentlich erstaunlich, wo ich doch vor einigen Tagen noch glaubte, dass es keine Elfen gibt, dass du ein armer Verrückter bist und nun habe ich mich in einen Unsterblich verliebt!"

Tamarun lächelte, als er gestand: „Marie, ich habe mich noch nie ernsthaft für eine Frau interessiert. Das, zu was Cläre mich zwang, war grauenvoll und mir mehr als zuwider. Ich dachte ich könnte für Menschenfrauen nur Verachtung empfinden. Doch mit dir zusammen zu leben wie Mann und Frau, das würde mich sehr glücklich machen."

Marie küsste ihn sanft, wurde dann aber ernst. „Ich glaube es wird Zeit, einige grundlegende Dinge mit eurer Herrschaft zu klären, Liebster und daher..."

„Nein, jetzt bin ich erst mit reden dran", unterbrach er sie. „Du weißt, wir sind sehr unterschiedlich, weil du eine Menschenfrau bist und ich ein Elf bin, aber...", ein noch viel breiteres Lächeln huschte über ihr Gesicht, was ihn in seinem Satz innehalten ließ. „Komm mit mir, Marie", sagte er nun, griff nach ihren Armen und zog sie mit sich.

„Wo.... wo willst du mit mir hin?", fragte sie leise und jetzt erst nahm sie ihre Umgebung wieder war. Marie wusste nicht wo sie war, jedenfalls war dies nicht der Ort an dem sie sich gerade noch befunden hatten. Sie standen auf einem Weg, hoch oben auf einen Hügel und hier gab es keinen alten Wald. Tamarun küsste sie noch einmal. Er schien sich gar keinen Kopf darüber zu machen, wie sein Verhalten möglicherweise von den Kriegern seines Volkes aufgenommen wurde. Marie warf ihm einen tadelnden Blick zu und murmelte: „Oh je, was mögen diese Barbaren jetzt nur von mir denken?"

Tamarun begann schallend zu lachen, als er die Gesichter seiner Elfenkameraden sah und bekam sich gar nicht mehr ein. Er fing sich dafür jedoch nicht nur von diesen sondern auch von Marie einen finsteren Blick ein. „Na gut!", gluckste er, „Ich lach´ ja schon nicht mehr. Wie wäre es, wenn wir nun gemeinsam herausfinden, was meine Herrschaft von dir und der barbarischen Tat an dir halten, Liebste?"

Ankunft in der Elfenstadt

Tamarun hatte sie gerade erneut „Liebste" genannt, was Marie ein wenig verwirrt hatte. Nun war ihr Verstand jedoch wieder völlig klar und so fragte sie: „Tamarun, sagst du mir bitte erst einmal wo wir hier genau sind?"

„Kannst du es dir denn nicht denken?", meinte er und grinste wie ein kleiner Junge, der ein großes Geheimnis hatte, welches er, um die Spannung zu steigern, noch einen Augenblick für sich behalten wollte. Marie kniff die Augen zusammen.

„Tamarun!"

Er grinste immer noch verschmitzt, als er meinte: „Ihr Menschen seid immer so neugierig und seht dennoch nicht, was genau vor euren Augen liegt. Sieh dich doch einfach um!"

Marie sah vom Plateau aus, auf dem sie standen, dass ein sanft geschwungener Pfad hinab in die Ebene führte. Unter ihnen erstreckte sich ein Tal mit saftig grünen Wiesen, auf denen die verschiedensten ihr unbekannten Blumen in voller Blüte standen und ein kleiner Bach plätscherte dort vor sich hin. Vögel zwitscherten, Libellenähnliche Wesen und Schmetterlinge flogen durch die Luft. In der Mitte des Tals lag ein Waldstück mit riesig großen Bäumen, deren Blätter einen silbrigen Glanz zu haben schienen. Marie war fasziniert von dieser Schönheit. *„Das ist also die Welt der Elfen!"*, dachte Marie bei sich. *„Eigentlich ist sie gar nicht so anders als unsere Menschenwelt."* Doch die Farben erschienen ihr heller und das Flimmern der Luft hatte eine äußerst beruhigende Wirkung auf sie. „Wenn alles, was ich hier gerade sehe, Wirklichkeit ist, dann muss ich in einem Traum sein!", meinte Marie leise.

„Dies alles hier und was du noch sehen wirst ist kein Traum", entgegnete Tamarun. „Wir befinden uns in der Nähe unserer Siedlung auf dem Boden elfischen Landes."

„Nun gut... wir sind also in eurem Reich, aber wie sind wir hierher gelangt?"

„Baummagie", meinte Tamarun knapp, als erkläre das alles.

„Baummagie also! Naja, für mich ist diese Erklärung nun doch etwas dürftig"

„Marie, einige alte Bäume sind die Verbindung zwischen den Reichen. Der alte Kauribaum auf der Waldlichtung ist ein solcher Torwächter zwischen den Welten. Früher glaubten viele Menschen an die Kraft der Bäume und fanden so den Weg zu uns."

„Du meinst Menschenvölker wie die Kelten, Germanen und Maori? - Denn bei ihnen spielten Bäume eine große Rolle in ihrem Glauben, wie ich weiß. Heißt das etwa, dass auch sie ebenso hierher gelangen konnte, wie wir gerade und dass es theoretisch jedem Menschen möglich ist?"

„Nicht ganz! Bäume sind voller Kraft und Zauber, sie sind schon seit Anbeginn der Zeit eng mit den Welten verbunden. Sie besitzen, wie du weißt, auch Heilkräfte und nicht jeder Baum ist ein Wächter eines Tores. Ein sogenannter Wächterbaum hat eine besondere Schutzfunktion. Er entscheidet, wann er einem Menschen, der nicht in der Begleitung eines Elfen ist, das Tor in unsere Dimension öffnet. Ein solcher Baum erkennt schlechte Gedanken und Gefühle. Und selbst wenn einem Menschen mit gutem Herzen und guten Absichten der Weg freigegeben wird, dann ist es immer an diesem sich zu entscheiden das Vertrauen anzunehmen, um ohne Angst weiter vorwärts in das Unbekannte hinein zu gehen."

Marie sah Tamarun nun mit einem fast trotzigen Ausdruck an, als sie sagte: „Ich hatte nicht mal die Möglichkeit Angst zu haben oder mich zu entscheiden hindurchzugehen, denn ich habe das Durchschreiten des Tores nicht einmal bemerkt. Mich zu küssen und dadurch abzulenken, das war ziemlich listig von dir, wenn ich dir dies vor Augen halten darf!"

Tamarun meinte daraufhin etwas beleidigt: „Marie, um was geht es dir eigentlich gerade? Ich dachte du wolltest mein Volk kennenlernen. Warum bist du nun böse auf mich?"

„Ich bin nicht böse auf dich, eher gerade etwas durcheinander."

„Das kann ich verstehen! Jedenfalls hättest du den Weg hierher nicht ohne mich gefunden, denn ihr Menschen seid schon einige Jahre achtlos an dem Baum vorbeigegangen, da ihr nicht mehr versteht was er euch sagt. Doch ich muss zugeben, dass unser Volk überaus froh darüber ist."

„Willst du damit sagen, dass der Baum zu mir gesprochen hat?"

„Natürlich hat er. Aber nun komm!", Tamarun nahm Marie bei der Hand und Marie atmete einmal tief durch. Dabei stieg ihr ein intensiver Geruch von frischem Gras sowie betörendem Blumenduft in die Nase. Ein Gefühl von Geborgenheit machte sich sofort in Maries Körper breit. Der Ort sah in seiner idyllischen Art wirklich sehr anheimelnd aus und so verstand sie, dass sich die Elfen an diesem Ort sehr wohl fühlten.

Sie folgten eine ganze Weile dem Weg und Marie bemerkte, dass die Schatten, die die Bäume unten auf der Ebene warfen, immer länger wurden. Der Tag ging zur Neige. Je näher sie der Elfenstadt kam, umso mehr wurde sie von einer erneuten Aufregung gepackt und dann sah sie auch schon die ersten Häuser in den Bäumen. Marie schüttelte den Kopf und meinte: „Das alles hier kann doch gar nicht real sein. Diesen Ort kann es nicht geben, ebenso wie die Unsterblichkeit, denn diese zu erlangen ist nach dem Stand der Wissenschaft gänzlich ausgeschlossen."

Tamarun blieb stehen, drehte sie an den Schultern haltend zu sich und fragte: „Sag, siehst du mich?" Er küsste sie und fragte: „Spürst du mich?" Marie nickte. „Also ist auch alles wahr! Ich bin ein Elf und wir sind hier."

Maries Unterbewusstsein erkannte nun das Unbegreifliche. Der Mythos über Tamaruns Volk, der besagte, dass es zwischen den Elfen und der Natur eine Art Symbiose gab, entsprach ebenso der Wahrheit wie einige andere der alten Mythen über die Elfen. Marie sah Tamarun direkt in die Augen und hauchte: „Das ist unglaublich!"

„Ist es das?", meinte er belustigt.

„Natürlich ist es das!"

„Können wir nun weiter oder habt ihr vor, weitere öffentliche Zärtlichkeiten auszutauschen?", fragte der Elf, der hinter ihnen stand.

„Natürlich können wir, Heimaki", entgegnete Tamarun.

Taiier grinste, als er meinte: „Er will uns zwar nicht erörtern, was ihm alles in der Menschenwelt widerfahren ist, gönnt uns jedoch die Freude uns davon zu überzeugen, dass er in diese Menschenfrau bis über beide Ohren verliebt ist. Und dass es ihr ebenso geht, das ist auch mehr als offensichtlich."

„Deine Erkenntnis ist bewundernswert, Taiier, doch ich hätte es besser gefunden, wenn du zuvor mal den Mund aufgemacht hättest um Marie zu helfen als sie zitternd am Baum hing."

Taiiers Gesichtszüge veränderten sich abrupt und wurden ernst, dann äußerte er ruhig: „Ich hatte nicht den Befehl über unseren Trupp, also halte dich mit deinem Ärger an Ralaran.“

Vor wenigen Stunden hatte Marie noch geglaubt, sich von Tamarun trennen zu müssen. Doch nun war sie bei ihm und war dennoch in völliger Ungewissheit über das, was nun geschehen würde. So klammerte sie sich umso mehr an seine Hand, als sie ein Stück weiter viele melodische Stimmen vernahm, die sich anscheinend angeregt unterhielten.

„Keine Bange, Marie, ich bin bei dir!“, flüstere Tamarun ihr ins Ohr. Marie fühlte sich hilflos und gleichzeitig war sie aufgeregt wie ein kleines Kind, das auf das Christkind wartete. „Wir sind gleich da!“, meinte er lächelnd.

Marie sah sich um. An allen Ecken und Enden gab es Faszinierendes zu sehen. Sie befanden sich wirklich in einer Elfenstadt, dessen war sie sich nun sicher. Unter den hohen, ausladenden Bäumen gab es Flächen mit feinem, weißem Kies. Kleine, vor sich hinplätschernde Wasserläufe liefen an den Wegesrändern entlang und unter Holzstegen hindurch. Etwas entfernt war ein kleiner Wasserfall zu sehen, dessen sprudelndes Nass in einen See hinabfiel, in dem bunt schillernde Fische schwammen. Einige Elfen standen auf den mit Wegen angelegten Plätzen unter den riesigen Bäumen und plauderten und schienen auf Bänken sitzend die Ruhe und Schönheit des Ortes sichtlich zu genießen. Marie wurde sich bewusst, dass diese Vollkommenheit natürlich niemals von Menschen gesehen werden durfte, denn sie würden den Elfen den Ort neiden, der so eine unendliche Ruhe ausstrahlte. Nun verstand sie auch, dass ein Mensch, der diesen sah, diesen Ort wohl nie mehr verlassen durfte.

Sie blickte empor. Das Kronendach der Bäume lag ihrer Schätzung nach in einer Höhe von 60 Metern. Überall in deren Ästen waren weiße Holzhäuser auf hölzernen Plattformen zu sehen, ebenso Hängebrücken, die als Stege und Verbindungswege zwischen den Plattformen dienten, welche sich auf verschiedenen Ebenen befanden. Dann entdeckte sie ein Haus, das sich in drei Etagen erhob und sie kam aus dem Staunen über die architektonischen Meisterwerke nicht mehr heraus.

Der Elfentrupp war stehen geblieben. Die Elfen hatten mittlerweile ihre Überwürfe abgenommen und so konnte Marie nun auch ihre komplette Kleidung in Augenschein nehmen. Die Elfenkrieger trugen über den Lederstiefeln mit Ornamenten verzierte, geschnürte Stulpen und ebensolche an den Unterarmen. Die Kleidung bestand aus eng geschnittenen, hellbraunen Wollhosen, darüber trugen sie verzierte Tuniken und einen Waffenrock aus Leder. Die Gewandung wurde ergänzt durch einen Ledergürtel, an dem sich eine Gürteltasche, ein Dolch und ein Schwert befanden. Zwei der Krieger hatten auch eine Art Zwille[1] im Gürtel stecken und Marie war heilfroh, dass sie sie nicht als Zielscheibe benutzt hatten, als sie am Ast gehangen hatte. Die Kampfgewandung war elegant und so fragte sich Marie, wie Tamarun wohl in einer solchen aussehen würde.

Tamarun sprach noch kurz mit den Elfenkriegern. „Ihr braucht uns nicht weiter zu eskortieren, ich kenne den Weg zur Herrschaft nur zu gut, das dürfte euch wohl bekannt sein."

Diese nickten und gingen dann ihrer Wege.

„Nun führe ich dich zu unserer Herrschaft!", meinte
Tamarun mit einem sanften Unterton in seiner Stimme. Er lächelte, zog sie zu sich heran und gab Marie einen weiteren, zärtlichen Kuss. Es war ihr mit einem Mal völlig egal, ob jemand der Seinen sie dabei beobachtete, sie genoss seine Zärtlichkeit einfach nur. Als er sie aus seinem Kuss entließ, meinte er: „Du hast dich wohl eben gerade gefragt, wie ich in Kriegskleidung aussehe."

„Kannst du nun auch noch Gedanken lesen?"

„Das vielleicht auch!", meinte er scherzend. „Aber um dies festzustellen, war das nicht nötig, denn ich habe bemerkt, wie du die Krieger und dann mich gemustert hast."

„Na gut, ich gebe es zu. Und was nun?"

„Wir müssen nun da hinauf!"

Marie schaute nach oben und ihr Gesicht nahm einen besorgten Ausdruck an, den Tamarun jedoch nicht sehen konnte, da er ihr den Vortritt auf die sich um den Baum windende Treppe gelassen hatte. Oben am Ende der Treppe befand sich eine Plattform und als sie diese erreicht hatten, drückte sie sich an ihn und dies noch mehr, als er sie an der Hand nahm und auf eine der Hängebrücken zuführte. Tamarun bemerkte, dass sie sich sträubte die frei schwebenden, an Seilen befestigte Brücke zu betreten und so fragte er: „Marie, hast du etwa Angst vor der Höhe?"

„Nein, ich tu nur grade so, weil ich deine Nähe so sehr genieße!"

Marie klammerte sich noch etwas fest an ihn, weil die Hängebrücke gerade etwas zu schaukeln begann.

„Wusste ich's doch! Es ist nur ein Versuch um dich an mich drücken zu können.", scherzte er.

Marie versuchte zu lächeln als sie meinte: „Jetzt hast du mich aber wirklich durchschaut!"

Tamarun lachte und legte eine Hand um ihre Hüfte.

„Dann macht dir das hier bestimmt nichts aus." Er setzte die Brücke in eine leicht schaukelnde Bewegung.

„Tamarun, hör auf damit, das ist nicht witzig, ich habe verdammt noch mal Höhenangst!"

Er grinste nur frech und meinte: „Die Brücken hier hängen schon über fünftausend Jahre und werden immer auf ihre Sicherheit geprüft. Von diesen ist noch niemand heruntergefallen."

„Einmal ist immer das erste Mal."

Tamarun strich ihr beruhigend über den Rücken. „Liebes, nicht runter blicken, einfach geradeaus schauen und weitergehen. Ich halte dich fest."

Mit wackeligen Knien befolgte sie seinen Rat und atmete erleichtert auf, als sie endlich die nächste feste Holzplattform unter den Füßen hatte. Tamarun drehte Marie in seinen Armen so, dass sie nun mit ihrem Rücken an seiner Brust lehnte. „Sieh´ dir doch mal diese Aussicht an, ist sie nicht fantastisch?"

„Ja, ganz toll", murmelte Marie. „Aber kann man sich die nicht auch vom Erdboden aus genießen?"

Er drehte sie wieder zu sich, lächelte leicht und küsste sie. Marie seufzte.

Der Elf, der vor der Tür des weißen Elfenhauses stand, verbeugte sich vor Tamarun und dann öffnete er die Tür, während er sagte: „Ihr und diese Menschenfrau, Ihr werdet von unserer Herrschaft schon erwartet, Scarandal Tamarun!"

„Tamarun, was bedeutet das Wort Scarandal?"

„Bei euch so etwas in der Art wie *Fürst, Lord* oder *Prinz.*"

„Und dann behandeln deine eigenen Leute dich so?"

„Scarandal genannt zu werden ist ein Privileg, was jedoch nicht mit irgendwelchen Vorrechten behaftet ist. Es bezeichnet nur, dass ich als angenommenes Kind im Herrscherhaus Vorrechte genieße. Ich muss einige Dinge gegenüber dem Herrscherpaar nicht beachten, wie zum Beispiel die Tatsache, dass mir vom Herrscherpaar jederzeit gewährt wird mit ihnen ohne Voranmeldung zu sprechen, wenn ich es wünsche. Es sind insbesondere Privilegien, die einem leiblichen Sohn mit dessen Geburt zugesprochen werden, wie etwa das Vetorecht im Rat. Diese Rechte können mir somit nur vom Herrscherpaar selbst wieder genommen werden."

Tamarun seufzte: „Anscheinend haben sie das nicht getan, denn sonst würde Rasaid mich nicht mehr mit dem Titel ansprechen."

„Dann will ich versuchen, dass dir durch mich dieses Recht nicht streitig gemacht wird. Ich denke ein gutes und euren Sitten angepasstes Benehmen von mir wäre angebracht, um deine Herrschaft nicht zu verärgern. Wie verhalte ich mich ihnen gegenüber am besten?"

Während sie weiter liefen, erklärte Tamarun Marie leise: „Mache einen kurzen Knicks vor der Herrschaft unseres Volkes und sagte am besten erst einmal kein Wort, bis man dich dazu auffordert."

Die Halle, die sie nun betraten, war lichtdurchflutet und die Einrichtung aus hellem Holz mit erlesenen Schnitzarbeiten versehen. Der Duft von Maiglöckchen lag sacht und dennoch betörend in der Luft. Und dann sah Marie die beiden Elfen;

einen hochgewachsenen Elfenmann und - ihr stockte der Atem, als sie die Elfenfrau erblickte. Sie war atemberaubend schön. Sie trug ein zartblaues Seidengewand und eine mit Perlen und Blumen geschmückter Borte an Saum, Ärmeln und dem Halsausschnitt des Gewandes. Darüber einen hellblauen, gefütterten Seidenmantel und eine gefütterte Samtweste in einer etwas dunkleren Blau mit einer Schärpe. Der Seidenmantel hat eine kleine Schleppe und war mit Schnürungen versehen. Alle Kleidungsstücke waren perfekt aufeinander abgestimmt.

Tamarun zog Marie mit sich und hielt zehn Schrittlängen Entfernung vor dem Thronsitz inne. Er verbeugte sich tief und verharrte so einen Augenblick, bis er sich wieder zur vollen Größe aufrichtete und die Elfen vor sich ansah.

Marie hatte unterdes brav geknickst, so wie Tamarun es ihr gesagt hatte.

Die Elfenherrin sah zu Tamarun hin und machte mit der Hand eine Geste, die wohl besagte, dass er nähertreten durfte.

Tamarun löste sich von Maries Seite und ging, während sie an Ort und Stelle stehen blieb, noch ein paar Schritte auf die Elfendamen zu.

Ein Lächeln schlich sich auf die Lippen des Elfen, der ein wenig älter wirkte als Tamarun, als dieser Marie aus dem Augenwinkel heraus beobachtete. Es war Jaylen, der Ziehvater und Onkel von Tamarun und Sippenführer der Elfen dieses Gebietes. Seine Gewandung war ebenfalls Blau, bestehend aus einem Kampfrock und einem Steppwams, beides verziert mit filigranen Borten und silbernen Stickereien. Darunter trug er eine langärmelige, zartblaue Tunika und ein Gürtel, in einer Art

Schärpe um die Taille gebunden, rundete das Gesamtbild ab.

Jaylen musterte Marie nun offen. Diese kleine, in seinen Augen sehr hübsche Menschenfrau war anscheinend ziemlich erschrocken über das, was ihr gerade widerfuhr. Doch der erfahrene und sehr alte Elf erkannte, dass sie eine innere Stärke besaß. Er hatte beim ersten Blick in ihre grünen Augen gespürt, dass sie ein guter Mensch sein musste.

„Mutter!", grüßte Tamarun freundlich in Englisch und wandte sich dem Elfenmann zu. „Vater!", und verbeugte sich noch einmal.

Nun sprach die Elfe das erste Mal, doch Marie verstand ihre Worte nicht. Doch am Klang ihrer Stimme vermutete sie, dass es freundliche Worte waren, mit der die Elfe Tamarun bedachte.

„Es erfreut unser Herz dich wieder hier zu haben, Tamarun!", Soberia lächelte, doch sie wirkte dennoch bedrückt und besorgt, als sie ihren Ziehsohn nach so langer Zeit der Ungewissheit wieder in die Arme schloss.

„Oh du dummer Junge, du!", schallt sie ihn nun. „Habe ich dir denn nicht immer gesagt, dass du dich von den Menschen fernhalten solltest?" Die Elfe begann leise zu kichern, als Tamarun daraufhin die Augen verdrehte. Dann jedoch änderte sich die Tonlage der Elfe abrupt, sie schob Tamarun von sich und mit ihren violetten Augen sah sie Marie mit einem eiskalten und verachtenden Blick an. „Und nun zu ihr. Sie wird für das büßen, was ihr Volk dir und uns damit angetan hat!"

Jaylen bemerkte die Veränderung in Tamaruns Haltung, denn das Gesicht seines Ziehsohnes zeugte nach den Worten seiner Gemahlin von Sorge. Der Elfenherr näherte sich ihm in großen Schritten und legte Tamarun väterlich eine Hand auf die Schulter.

„Wir werden es schon hinkriegen - lass mich das mal machen", flüsterte er im zuversichtlich wirkend zu. Jaylen sah seine Gemahlin ungehalten an, meinte aber dennoch sanft: „Liebste, bevor du zu übereilt handelst und falsch urteilst, höre dir zuerst an was Tamarun und sie zu sagen haben. Und dir dürfte doch klar sein, dass diese Menschenfrau an der Entführung Tamaruns unschuldig ist, so jung wie sie selbst noch ist."

Die Elfenherrin konnte daraufhin ein Wutschnauben kaum mehr unterdrücken.

Tamarun seufzte und sprach dann erneut Englisch, damit Marie es auch verstand, was gesprochen wurde, denn er wollte sie nicht im ungewissen lassen. Er fand es unhöflich über Marie zu sprechen, als sei sie an allem schuld, wo sie doch mit seiner Entführung nicht das Geringste zu tun hatte und nicht einmal mit der Familie der Entführer in Verbindung stand. „Es tut mir sehr leid was geschehen ist und ich wünschte, dass ich früher hätte wieder bei euch sein können. Aber die Menschen, die mich mitnahmen, hatten mir ein nicht so gnädiges Schicksal zugedacht."

„Dass du durch dein Handeln nicht nur dich gefährdet hast, Tamarun, das ist nicht nur uns bekannt, sondern wohl auch dir. Es war ein Fehler so unbedarft den Menschen gegenüber zu sein. Dennoch, ich denke auch, wir tragen ebenso eine Mitschuld.", merkte seine Ziehmutter nun auch in Englisch an. „Wir bemühen uns umso mehr im Verborgenen zu bleiben und du ... warum musstest du sie - eine Menschenfrau - mit hierher bringen? Es trübt die Freude und Erleichterung über das Wiedersehen mit dir erheblich."

Tamarun wollte einwenden, dass er Marie im Menschenreich noch fortgeschickt hatte, schaffte es aber nicht einen Einwand zu äußern, denn seine Ziehmutter erstickte den Versuch im Keim, indem sie einfach weitersprach. „Bist du dir überhaupt darüber im Klaren, welche Folgen dies für diese Menschenfrau haben wird und welche Folgen es für uns haben könnte?"

„Verzeiht, es war keineswegs mein Fehler und Marie wäre
nicht hier, hätten unsere Krieger sie einfach ziehen lassen, als wir uns trennten. So bitte ich dich, Mutter, deinen Zorn den du gegenüber den Menschen verspürst, die mich mitnahmen, nicht an Marie auszulassen, denn ein solcher ist ihr gegenüber nicht gerecht. Möchtest du jemandem zürnen, dann tu es alleine mir. Ihr seid die Hüter unserer Sippe und wenn es notwendig ist, so straft mich für meine Dummheit, doch Marie sollte den Respekt bekommen, der ihr zusteht, denn sie hat mich vor meinem letztem Peiniger - einem Nachfahren meines Entführers - gerettet und es mir ermöglicht, dass ich heute vor euch stehen kann. Darüber hinaus weiß ich nun - und das habe ich wohl dem übereilten Handeln unserer Krieger zu verdanken - dass sie ist meines Herzens Liebe ist."

„Was?!", rief die Elfe umso erschütterter klingend aus.

Jaylen zog seine Gemahlin in seine Arme und meinte: „Nun beruhige dich doch, Tamarun ist wieder da und wohlauf. Nun erzähle uns was geschehen ist, mein Sohn. Und du, Liebste, höre dem Jungen doch erst einmal zu."

Marie zuckte kurz zusammen, als Tamarun sie mit einem kräftigen Ruck in seine schützenden Arme zog.

„Nun, dann lass mich euch erzählen." Er holte kurz Luft, lockerte die Umarmung um Marie ein wenig und sprach dann weiter: „Stets habe ich geglaubt mich beweisen müssen. Ich wollte euch stolz machen, weil ich euch so sehr liebe. Die Forderung mir eine Frau zu suchen machte mich unachtsam, weil ich das zum damaligen Zeitpunkt nicht wollte. Ich war dumm und dieses Verhalten wurde mir zum Verhängnis. Nur darum konnte es den Menschen gelingen mich zu entführen, zu demütigen und zu misshandeln. Dies taten sie auf die grauenvollste Weise, mit Schmerzen und durch demütigende Sexualität. Der Professor und die Seinen, sie wollten etwas über unsere Langlebigkeit - die sie als Unsterblichkeit bezeichnen - herausbekommen, da sie dahinter ein großes Geheimnis vermuteten. All dies nur, weil sie selbst am liebsten so sein wollen wie wir. Diese Narren! Es gibt so viel was mir in dieser Zeit der Gefangenschaft widerfahren ist, doch es wäre zu langwierig um euch dies alles nun auf einmal zu berichten. Ich hoffe ihr versteht auch, wie schwer mir dies fällt..." Tamarun lächelte nun Marie an. „Ich habe es mir selbst über die Jahre hinweg verboten, Gefühle gegenüber Menschen zu zeigen, doch mit Maries Erscheinen hat sich dies geändert."

Nun sah er Marie in die Augen als er weitersprach: „Auch Elfen lernen mit der Zeit dazu und begreifen, dass man Gefühle in bestimmten Situationen zulassen sollte. Als ich dich fortgeschickt habe, da ist mir mein Herz fast zerbrochen. Ach Marie, es gibt noch so vieles, was ich dir sagen möchte!"

„Das ist nicht nötig, Tamarun!"

Er drückte sie noch einmal sanft an sich und sagte dann leise: „Ich liebe dich so sehr, Marie." Dann sah er seine Zieheltern an. „Ich bin mir sicher, Marie ist die einzig richtige Frau für mich. Für mich ist ihr Menschsein unerheblich dabei." Leise hatte er diese letzten Worte gesprochen, so leise, als habe er Angst vor seiner Entscheidung.

„Bist du dir sicher, Junge?", fragte Soberia.

Tamarun nickte. „Mein Herz hat sich entschieden!"

„Hast du auch über die Konsequenzen nachgedacht? Was ist mit dem Preis, den du für diese Liebe bezahlen musstest? Und auch über den, den sie für deine Liebe zahlen muss, denn dafür werdet ihr etliche Opfer bringen müssen."

„Vielleicht ist es ungehörig, wenn ich mich wage das Wort an Euch zu richten, wo Ihr es mir noch nicht erteilt habt", begann Marie. „Entschuldigt, ich weiß zwar nicht, um welche Opfer es sich handeln wird, ich weiß nur, dass Tamarun bereits unermesslich gelitten hat. Ich bitte Euch daher: Seid ihm gegenüber nicht kaltherzig. Dass er außer Landes gebracht wurde, war grausam und so denke ich er hat eher Euer Mitleid als Eure Strafe verdient."

„Du glaubst also zu wissen, was er verdient hat?", wollte die Elfe wissen.

„Ja und nein! Ich weiß jedoch, was er aus meiner Sicht nicht verdient hat und dass ich es als ungerecht empfände, dass er für das, was er erleiden musste, von Euch dazu noch bestraft würde. Er hat wahrhaftig schon genug unter den Händen meines Volkes gelitten", meinte sie leise.

„Ich fürchte, das geht dich nichts an, Menschenfrau."

„Ich denke es geht mich sehr wohl etwas an, denn ich liebe ihn und es ist mir keineswegs gleichgültig, denn ich weiß ebenso wie sehr er Euch liebt und was es bedeutet seine Eltern verlieren zu müssen."

Die Elfe legte den Kopf ein wenig schräg, sagte aber nichts.

Jaylen war es, der Marie entgegnete: „Du kennst den Schmerz!" Marie wollte schon antworten, doch Jaylen kam ihr zuvor. „Du brauchst nichts zu sagen, Menschenkind, ich weiß. Du hast deine Eltern schon früh verloren und du trauerst noch heute wegen des Verlustes. Und nun denke ich, sie sollten sich erst einmal ausruhen", meinte Jaylen und zwinkerte den beiden Liebenden schelmisch zu.

Soberia wandte sich noch einmal an Tamarun „Tamarun, du kannst Marie mit zu dir nehmen oder sollen wir sie in einem Gästezimmer hier unterbringen?"

„Danke Mutter, aber ich denke, es ist Marie bestimmt an-
genehmer in meiner Nähe sein zu können, da sie hier noch niemanden kennt."

„Nun... Doch ich erwarte, dass ihr bestimmte Förmlichkeiten einhaltet. Ich denke, du verstehst, Tamarun! Darüber hinaus sollte Marie die Bedingungen kennen und entscheiden, ob sie bereit ist diese anzunehmen um bei dir bleiben zu können."

„Mutter, ich versichere dir, dass es keine intimen Momente zwischen uns beiden gab - außer ein paar Küssen."

„Ich halte einen Kuss zwischen Liebenden auch schon für einen besonderen intimen Moment, mein Sohn! Aber gut, geht und ruht euch aus! Wir werden uns ebenfalls zurückziehen um darüber zu beraten und zu entscheiden, was wir tun." Sie sah Marie noch einmal an, als sie sagte: „Marie, eine Trennung ist noch möglich, doch du, Tamarun, weißt was dies für dich bedeuten würde und vor allem was es bedeutet, wenn diese erst später erfolgt! Morgen, wenn ihr ausgeruht seid, kommt her, damit wir alles Weitere bereden können."

Maries neues Heim

Marie sah Tamarun fragend an: „Wo gehen wir nun hin?"

Tamarun lächelte, nahm sie bei der Hand, führte sie an eines der Palastfenster und sagte: „In mein Heim dort!", er streckte dabei seine eine Hand nach links aus und deutete auf ein kleines weißes Holzhaus, das sich auf einer der Plattformen im einem der Bäume befand.

„Das Häuschen sieht von hieraus schon entzückendes aus", meinte Marie.

Kaum hatten sie das Herrscherhaus verlassen, da stieß Marie erschrocken aus: „Sieh´ nur", und Tamarun konnte das Unbehagen aus ihrer Stimme heraushören.

Die Nachricht, dass er wieder da war, hatte in der Elfenstadt die Runde gemacht und so waren die Stege zwischen den Bäumen mit Elfen gefüllt.

Tamarun beugte sich zu Marie und flüsterte ihr ins Ohr: „Du hast doch nicht geglaubt, ich könnte mit dir nun unbemerkt und ohne die Meinen zu begrüßen in mein Haus verschwinden?! Ich muss dir gestehen, dass ich sogar froh darüber bin, dass so viele hier sind, denn das erspart uns viele einzelne Vorstellungen." Tamarun lächelte und hob seine Stimme an, damit alle ihn verstehen konnten. „Meine Freunde, ich bin glücklich euch wohlauf zu sehen und ebenso froh wieder bei euch sein zu können. Das hier an meiner Seite ist Marie. Ihr habe ich es zu verdanken, dass ich nach einer längeren Zeit in menschlicher Gefangenschaft wieder bei euch sein kann."

„Uns wurde gesagt, sie sei eine Menschenfrau", vernahm sie eine Stimme, die mit beherrschter Sanftheit aber dennoch mit einer gewissen Schärfe der Empörung sprach. Die Elfe, die Worte gesprochen hatte, musterte Marie mit einem durchdringenden Blick. „Und es scheint zu stimmen!"

Tamarun ergriff Maries Hand erneut, übersetzte ihr die Worte und sagte: „Zuerst möchte ich alle bitten in englischer Sprache zu sprechen, damit Marie das Gesagte auch versteht. Und dann kann ich euch nur versichern, dass ich es für mein größtes Glück halte, Marie in der Menschenwelt getroffen und auch lieben gelernt zu haben. Wenn ich eins in der Menschenwelt gelernt habe, dann ist es dies, dass nicht alle Menschen gleich sind. Marie hat für mich sehr viel gewagt und geopfert, ohne dafür auch nur das Geringste zu fordern. Wenn unsere Krieger sie nicht ergriffen hätten, dann wäre sie gegangen ohne ein Wort darüber zu verlieren, dass sie je einen Elfen kennengelernt hat. Doch nun ist sie hier und ich möchte sie zur Frau nehmen und diesen Wunsch habe ich unserer Herrschaft gerade angetragen."

Einen Moment war es still. Marie fragte sich, ob dies die Stille des Entsetzens war, doch dann begannen die Elfen ihnen zuzujubeln.

„Sie verstehen es und akzeptieren dich!" sagte er leise, und das Gefühl, das sich in Marie ausbreitete, war überwältigend obwohl sie wusste, dass Tamarun gerade erst einen kleinen Erfolg erzielt hatte und ihr

am nächsten Tag bei seiner Mutter noch ein Über-
zeugungskampf bevorstand, denn zu deutlich klan-
gen die ersten Worte von der Elfenherrin noch in
ihren Ohren.

Hände streckten sich Tamarun auf ihren Weg entgegen und mehr als einmal sah er sich genötigt
wohlmeinte Einladungen auszuschlagen, um das
Aufsuchen seines eigenen Heimes mit Marie nicht
noch weiter zu verzögern. Einige der Elfen flüsterten
miteinander und andere besahen sich offen jedes
Detail ihrer - für sie wohl unbekannten - Kleidung.
Marie hatte Mühe unter den abschätzenden und
prüfenden Blicken nicht verlegen zu erröten, denn
sie kam sich schäbig in ihrer Kleidung vor, da die
Elfengewänder ihr so prachtvoll erschienen. Außerdem hatte sie in ihrem bisherigen Leben noch nie
unter einem solch großen öffentlichen Interesses
gestanden. Sie fühlte ein wenig unbehaglich dabei.
Tamarun bemerkte ihre Nervosität und gab ihr einen
zaghaften Kuss auf die Wange. Marie lächelte ihn
daraufhin scheu an. Ihr Herz klopfte ihr bis zum
Hals, als der Gedanke sie durchfuhr: *'Dies also ist
die Welt in der ich mit Tamarun leben soll, wenn
seine Zieheltern es zulassen.'*

Kurze Zeit später waren sie vor der Türe von Tamaruns Haus angelangt. Nun erst bemerkte Marie,
dass die Veranda, die sie vom Fenster des Herrscherhauses aus gesehen hatte, sich um das Haus
zog und dass deren gedrechselte Balustrade mit
wunderschönen Ornamenten kunstvoll verziert war.
Sie fuhr mit der Hand über das weiße Holz und äußerte bewundernd: „Das ist wunderschön!"

„Es hat lange gedauert bis ich alles geschnitzt hatte", erklärte Tamarun. „Da es dir gefällt, hat sich die
Arbeit für mich nun mehr als gelohnt."

„Du hast, dass alles selbst gemacht?"

„Ja! Und nun rein mit dir in mein Haus", meinte er lachend, als der die Tür öffnete und Marie mit sich hineinzog. Als er die Tür hinter ihnen verschlossen hatte, lehnte er sich mit dem Rücken gegen das Türblatt.

Marie sah ihn fragend an: „Was soll das jetzt?"

„Eine Vorsichtsmaßnahme, damit du es dir nicht doch noch anders überlegst. Außerdem... ich gedenke dir jetzt erst einmal gehörig die Meinung zu sagen, wo wir endlich alleine sind."

„Falls du mit mir streiten willst, Tamarun, dann versuch´ es meinetwegen. Aber eines sag ich dir zuvor: Ich mag zwar ein Mensch sein, doch ich stehe zu meiner Entscheidung. Und jetzt sollten wir, da wir unter vier Augen sind, besser über die Zukunft sprechen als über Fehler oder vielleicht begangene Fehler, die wir in der Vergangenheit gemacht haben."

„Vergangenheit nennst du das, was dir erst vor ein paar Stunden geschehen ist?"

„Es ist geschehen und nicht zu ändern. Ich hatte eine Angst, die ich in meinem ganzen Leben nicht noch einmal haben möchte und ich denke, ich bin damit gestraft genug. So und nun möchte ich von dir wissen, wie du dir unsere Zukunft vorstellst!"

„Da gibt es nichts, was man sich vorstellen müsste."

Gerade noch wollte Marie ihm eine Standpauke halten, als er sie in seine Arme zog. „Du wirst meine Frau werden und ich dein Mann", und er drückte ihr einen Kuss auf den Mund.

„Uhm... Tamarun, du hast doch die Mahnung deiner Herrin...", kam es aus Maries Mund hervor, bis sie sich dem Kuss hingab. Als er sie frei gab, begann sie leise zu seufzen: „Du solltest das vielleicht auch erst einmal lassen!"

„Warum das?"

„Uns wurde aufgetragen uns schicklich zu benehmen,
schon vergessen?"

„Ein Kuss ist nichts Unschickliches. Er ist ein Zeichen von Zuneigung und dieses kann uns keiner verbieten oder magst du meine Küsse nicht?"

„Natürlich mag ich sie, besonders von dir. Aber ich bin immer noch so verwirrt, dass ich Bedenken habe, sie könnten zu mehr führen und dieses Mehr hat deine Herrschaft ganz offensichtlich damit gemeint. So und nun sag´ mir: Wie soll das mit uns gehen? Du bist ein Elf und ich eine Menschenfrau. Du bist unsterblich und ich bin sterblich."

„Ich bin nicht unsterblich - nenn´ es besser langlebig und es wird schon schiefgehen!", meinte Tamarun, löste sich von Marie und zündete einige Kerzen an.

Marie runzelte die Stirn. Tamarun tat so, als habe er ihre Reaktion nicht bemerkt und sah sich in seinem Heim um. Er schüttelte sogleich den Kopf. „Was sagte ich vorhin - mein Heim? Oh je, hier sieht es aber nicht gerade gut aus." Er nahm den Finger, fuhr damit über den Tisch und blies den Staub, der seiner Fingerkuppe nun anhaftete, in die Luft und erklärte: „Es ist wohl an der Zeit, dass ich hier mal wieder Ordnung schaffe. Ich war wohl ein wenig zu lange weg", murmelte er, woraufhin er den fragenden Blick von Marie sofort bemerkte, dennoch auf ihre zuvor gestellte Frage immer noch nicht einging. „Wir müssen unter allen Umständen erst einmal diesen Staub beseitigen, um hier leben zu können."

„Elfenmänner beantworten anscheinend genauso ungerne Fragen zu einer gemeinsamen Zukunft wie Menschenmänner", stellte Marie trocken fest und sah sich ebenfalls um.

Das Haus bestand aus mehreren durch Holzwände abgeteilte Räume. Sie standen nun in einem großen Raum und dieser schien Tamaruns Wohnraum zu sein. In dem kleinen, halbrundförmigen Erker stand ein Tisch mit zwei Korbstühlen. An den Holzwänden hingen Vögel- und andere Tierbilder in Goldrahmen und auf dem Holzboden lag ein eingestaubter, hand-geknüpfter Teppich, dessen Farben wohl ziemlich kräftig sein würden, wenn die Stabschicht erst ein-mal abgeklopft war.

Marie legte den Kopf zur Seite und bedachte Ta-marun erneut mit einem fragenden Blick, der ihn dazu brachte zu sagen: „Was bringt es uns sich jetzt mit Themen zu beschäftigen, die weiter in der Zu-kunft liegen und die wir nicht beeinflussen können."

„Tamarun, ich habe einfach ein paar sachliche Fra-gen zu dem was auf mich zu kommt, wenn es um eine gemeinsame Zukunft geht. Ich will nichts falsch machen."

„Du machst nichts falsch, wenn du einfach so bist wie sonst auch. Bitte mach· dir keine Sorgen. Ich weiß, dass meine Mutter dir helfen wird, dich hier einzuleben. Gib ihnen und uns nur ein bisschen Zeit. Sie werden dich lieben, wenn der erste Schreck über meine Wahl sich erst einmal gelegt hat."

„Ich bin also ein Schreck?"

Er lächelte sie an, bis er meinte: „Mein süßer Schreck, da drüben ist mein Schlafgemach! Bringen wir doch unsere Rucksäcke dort erst einmal hin, dann können wir sie gleich ausräumen."

Marie konnte es sich nicht verkneifen und meinte: Weißt du, du benimmst dich oftmals vielmehr wie ein Menschenmann, als du selbst es weißt", dann betrat sie mit ihm den Raum. Darin stand ein gros-ses Bett aus hellem Holz mit gedrechseltem Rah-men. An der Wand stand ein schmaleres, einfaches

Ruhesofa. In einer Ecke befanden sich ein Schreibpult und eine Holztruhe mit einem wundervollen, aus dem Holz heraus geschnitzten Motiv. Auch das Schlafgemach war eingestaubt und musste gereinigt werden, doch das Bett und das Sofa wirkten dennoch ziemlich einladend.

„Wir sollten etwas essen, dann hier ein wenig saubermachen und schlafen gehen. Du nimmst das große Bett und ich das Sofa."

„Ich kann auch das Sofa neh..."

„Kommt nicht in Frage. Du hast mir in deinem Zuhause dein Bett überlassen und bis wir dieses miteinander teilen dürfen, so lange schlafe ich dort."

„Na gut, wir machen es so. Aber morgen machen wir dann erst einmal gemeinsam das ganze Haus richtig sauber", erklärte Marie.

Marie sah aus dem Fenster des Schlafzimmers. Sie hatte einen leuchtenden Streifen am immer dunkler werdenden Himmel entdeckt und dieser hatte ihre Neugier erweckt, denn er kam, wie sie bemerkte, immer näher auf die Elfenstadt zu.

„Tamarun, sieh´ mal, was ist denn das da?"

Tamarun trat neben sie ans Fenster. „Das sind Leuchtlumis - Träger des Lichts. Sie kommen, wenn es dunkel wird um uns Elfen ihr Licht zu schenken und sich am Zuckerwasser gütlich zu tun, welches wir ihnen als Mahlzeit im Gegenzug für ihre nächtliche Lichtspende bereitstellen. Siehst du die kleinen Häuschen in den Zweigen hängen?"

„Häuschen? Ich dachte, es wären Laternen!"

„In gewissem Sinne funktionieren sie auch so. Die Lumis kommen geflogen, landen dort, erhellen so die Häuschen und schlürfen den Zuckernektar."

Mittlerweile waren die Leuchtlumis angekommen, hatten sich in der Stadt verteilt und erhellten die

Stege, Hängebrücken zwischen den Bäumen und die Verandas der Elfenhäuser. Ihr Leuchten tauchte die Elfenstadt in ein wunderschönes rötlichgelbes, warmes Licht.

Als einige Lumis direkt am Fenster vorbeiflogen, blieben vier von ihnen plötzlich in der Luft stehen und so konnte Marie sie näher betrachten. Die Wesen sahen aus wie Minidrachen, hatten lange Rüsselnasen, insektenähnliche Facettenaugen, durchsichtige Flügel und auf dem Kopf nesselartige Haare, die leuchteten. Sie erinnerten Marie an lustige, kleine Kobolddrachen, die ständig zu grinsen schienen und sie winkten ihr mit ihren kleinen, dreifingrigen Händchen zu. Dann jedoch flogen sie abrupt ein Stück rückwärts und blieben erneut in der Luft stehen. Marie entdeckte in nächsten Moment Tamarun auf der Veranda. Er hatte eine kleine Schale in der Hand, die er in das dort hängende Häuschen stellte. Marie hatte vor lauter Faszination, dass ihr die Lumis zuwinkten, überhaupt nicht bemerkt, dass Tamarun sich entfernt hatte. Nun schlugen die kleinen Wesen aufgeregt mit den Flügeln und ein leises Zirpen lang in der Luft. Schon im nächsten Augenblick ließen sie sich im Segelflug dahingleiten, um sich in dem lampenähnlichen Häuschen niederzulassen und es mit ihrem Licht zu erfüllen.

„Kibli, Borlis!" hörte sie Tamarun rufen. Marie hörte im selben Augenblick auch ein Zirpen ganz nah bei sich.

Tamarun stürzte ins Schlafzimmer und rief ungehalten: „Lasst Marie in Ruhe, sie versteht euch nicht." Und im selben Moment fühlte Marie etwas Feuchtes an ihrer Nase. „Kibli, was tust du da?"

„He, das kitzelt!" Marie musste lachen, weil ihre Nase kribbelte. Sie langte in Richtung ihrer Nase.

„Marie, er tut nichts, bitte schlag´ ihn nicht aus Versehen."

„Sag ihm besser, er soll von meiner Nase weggehen, sonst - sie schnieft. Ich möchte ihn nich... hatschiiiiiiiiiiiiiii!"

Das kleine Wesen wurde zu seinem Glück von Maries Nieser in die weichen Kissen des Bettes geschleudert und bewegte sich nach dem ersten Schreck auch schon wieder vorsichtig, während der andere kleine Kerl aufgeregt im Raum herumflog.

Tamarun eilte zum Bett. Aufgeregte Zirplaute kamen von dort. Tamarun sagte etwas in elfisch und erklärte Marie dann: „Er hat sich beschwert und ich ihm gesagt, dass er selbst schuld ist, weil er deine Nase geküsst hat. Denn nur darum, habest du niesen müssen, und er wurde auf das Kissen geschleudert."

„Ich hoffe, ich habe ihm nicht wehgetan? Sag ihm und seinen Freund, dass es mir leid tut!"

Der kleine Kerl, der sich Borlis nannte, vibrierte vor Marie mit seinen Flügeln und starrte sie glupschäugig an, so als sei sie an dem Dilemma, in das sein Freund geraten war, alleine schuld, während seine Nesselhaare sich heftig und hellrotleuchtend auf dessen Kopf bewegten.

„Tamarun, sag, leuchten seine Nesseln so, weil er wütend ist?"

Tamarun warf dem kleinen Kerl einen bösen Blick zu. „Er ist nicht wütend, im Gegenteil. Er findet dich bezaubernd. Bei Euch würde man sagen, er baggert oder gräbt dich gerade an!" Und nun schimpfte Tamarun auf elfisch: „Borlis, wenn du noch ein bisschen Spaß - und das gilt auch für dich Kibli - an deine Leben haben willst, dann lasst ihr Beide meine Lady mit euren Anzüglichkeiten in Ruhe!"

Die beiden kleinen Kerle zirpten etwas, was Tamarun sie böse anblicken ließ, dann zitterte kurz ihre

Flügelmuskulatur und - *wumm* - flogen sie aus dem Haus.

Marie blicke ihnen nachdenklich nach.

„Sag mal Tamarun, kann es sein, dass du gerade eifersüchtig auf die beiden Leuchtlumis reagiert hast?"

„Nein, gewiss nicht! Die Kerle sind für ihre 280 Jahre einfach nur zu frech. Außerdem...Elfen kennen keine Eifersucht.", beharrte er. „Nun lass uns aber etwas Essen und dann schlafen gehen."

Marie verdrehte die Augen und grinste in sich hinein: Von wegen, Elfen kannten keine Eifersucht! Marie sah noch einmal kurz zum Fenster hinaus und beobachtete wie sich zwei kleine Leuchtpunkte zu den anderen Leuchtlumis gesellten.

Nach einem leichten Abendmahl begab sie sich in Tamaruns Bett. Dort liegend, die Hände hinter dem Kopf verschränkt, ließ sie den Tag noch einmal Revue passieren, der für sie anstrengend, beängstigend, unwirklich und gleichsam so wunderschön gewesen war. Sie hoffte nur, dass sie am Morgen nicht erwachte und bemerken musste, dass alles nur ein Traum gewesen war.

Ein Lippenpaar berührte das ihre sanft. Eine melodische Stimme wünschte ihr schöne Träume, dann hörte sie ein leises Knarren und wusste, dass es von dem Schlafsofa stammte, das mit im Zimmer stand und auf das sich Tamarun gerade niedergelassen hatte.

Kaum war der Morgen angebrochen, da rüttelte Tamarun Marie sachte an der Schulter.

„Los, du Langschläferin, aufstehen und anziehen!"

Kaum hatte sie die Augen geöffnet, eilte Tamarun fröhlich singend zur Außentür seines Hauses und hatte diese bereits geöffnet, als er ihr zurief: „Ich warte draußen mit dem Frühstück auf dich, mein Herz!"

Marie grummelte: „Elfen, die morgens singen holt abends ... ach was weiß ich, was sie holt? Vielleicht ein Troll!? Da haben Elfen sooo viel Lebenszeit und dann kann man bei ihnen - als Mensch - nicht mal ausschlafen." Dann stand sie gezwungenermaßen auf und zog sich an. Sie schüttelte den Kopf, als sie durch die Tür ging.

Tamarun saß draußen auf der Plattform an einem reich gedeckten Frühstückstisch und grinste sie an. „Was ist?" meinte er. „Warum schüttelst du den Kopf, meine Schöne?"

„Weil ich mich gerade Frage, weshalb du es so eilig hast, wo ihr Elfen doch mit Langlebigkeit gesegnet seid und somit alle Zeit der Welt - nennt man sie auch so bei euch? - habt."

„Die Elfenkultur mag zwar mit der Langlebigkeit gesegnet sein, das heißt aber nicht, dass wir dement-sprechend langsam, träge und faul sind."

„Das habe ich so auch nicht gemeint!"

„Ein Tag hier ist auch nicht länger wie bei euch. Das Pensum des Tagwerks muss in der gleichen Zeitspanne erledigt werden, denn ein Tag hat nicht mehr Stunden als bei euch, also muss auch ein Elf früh aufstehen, wenn er am Ende des Tages etwas erreicht haben möchte, Marie. Und so wie es in mei-nem Haus aussieht, ist dir bestimmt bewusst, dass es einiges zu tun gibt. Außerdem war das gestern deine Idee."

Marie sah Tamarun an, als sie fertig mit dem Früh-stück war und fragte: „Wann gehen wir zu deinen Zieheltern?"

„Später! Zuvor möchte ich mit dir hier noch einiges ins Reine bringen!"

„Na gut. Wo ist Wasser, damit wir mit dem Putzen anfangen können?"

Tamarun zeigte nach unten.

„Du willst damit doch damit nicht etwa sagen, dass ich um es zu holen wieder auf diesen Stegen herum klettern muss, oder?", kaum hatte Marie die Frage ausgesprochen, hatte er auch schon ihre rechte Hand ergriffen, sie vom Stuhl hochgezogen und sich mit der freien Hand zwei in der Nähe stehende, leere Eimer geschnappt.

„Wir brauchen Wasser und das fließt nun mal bei uns im Elfenreich nicht in den Bäumen. Vielleicht sollten wir aber darüber nachdenken in geraumer Zeit ein Rohrleitungssystem, wie es bei euch Menschen üblich ist, anzulegen. Doch nun komm, wir haben nicht sehr viel Zeit, denn man erwartet uns zur Mittagszeit im Arbeitszimmer meiner Mutter."

Marie nahm ihren ganzen Mut zusammen und so kamen sie auch recht schnell an einer der Treppen, die nach unten auf den Boden führte, an, woraufhin Marie kurz zögerte und meinte: „Uhhh, das ist ja widerlich... tief!" Doch dann überwandte sie ihre Bedenken hinabzusteigen. Sie war jedoch sichtlich erleichtert, als sie unbeschadet unten angelangte. Ein leises Seufzen entrann ihren Lippen, während sie ihren Blick in die Höhe richtete. Sie wusste nur zu gut, dass sie wohl bald erneut dort hinaufmusste.

„Was ist denn?", fragte Tamarun, woraufhin er nur ein flüchtiges Lächeln von ihr erntete.

Marie wusste nicht so recht, was sie sagen sollte. Vielleicht: *Ein geschlossener Aufzug nach oben wäre eine Idee, die man sich ebenfalls mal durch den Kopf gehen lassen sollte?*

Beim Wasserschöpfen dachte Marie an Simon und beim Anblick der vielen schönen und ihr unbekannten Blumensorten an ihren Laden. Ihr wurde nach all der Aufregung vom Vortag nun erst wirklich bewusst, dass sie wohl nie wieder nach Deutschland zurückkehren würde.

„Träumst du oder grübelst du gerade?", hakte Tamarun nach und zog sie neben sich ins Gras.

„Ähhhm, ja so in der Art", begann Marie. Ich dachte gerade an meinen Laden, an Heidelberg, meine Wohnung und an Simon."

„Ich habe bereits eine Möglichkeit gefunden Simon eine Nachricht zukommen lassen. Die Nachricht ist auch schon auf den Weg gebracht, ebenso wie die mir zu Verfügung gestellten Reisedokumente an Simons Vater", beruhigte er sie. „Einer unserer Krieger wird sie ihm schicken, denn der musste in die Menschenwelt und schickt sie von einem kleinen Ort aus mit der Post nach Deutschland."

Marie lächelte, lehnte dann ihren Kopf gegen seine Schulter und fragte leise: „Was denkst du, wird geschehen, wenn ich alt werde?"

„Ich weiß nicht genau, was du damit meinst, aber es wird an meinen Gefühlen dir gegenüber nichts ändern. Ich weiß jedoch, wenn ich ohne dich leben müsste, dann wäre ich bald... tot", gestand er ihr.

Marie sah ihn erschrocken an. „Mach keine so dummen Scherze, sowas mag ich nicht!"

„Das ist kein Scherz! Weißt du Marie, wir Elfen können an gebrochenen Herzen sterben und ich habe meines an dich verloren!"

Marie blickte ihm traurig ins Gesicht. „Sowas darfst du nie wieder sagen, hörst du! Es tut mir weh, wenn gerade du vom Sterben sprichst." Doch dann kam ihr ihr zuvor gehegter Gedanke wieder in den Sinn: „Wenn ich sterbe, was ist dann? Heißt das etwa, dann würdest du auch sterben?"

„Du musst nicht unbedingt körperlich Alt werden", meinte er und küsste Marie sanft, um ihr dann zu erklären: „Unsere Liebe und die Verbindung zwischen uns, sie könnte etwas an deinem Alterungsprozess ändern. Er könnte zum Stillstand gebracht werden." Tamarun fuhr ihr sanft mit der Hand über die Wange. „Meine Mutter wird dir alles erklären. Also mach nicht ein so besorgtes Gesicht, Liebste!"

Drei Stunden nach dem Gespräch am See sah sich Tamarun in seinem Haus um. Es war wieder sauber. Er konnte an Maries Gesicht erkennen, dass auch sie zufrieden mit dem Zustand war. Sie wischte sich mit der Rückseite ihrer Hand über die Stirn, lächelte und umarmte ihn kurz. „Auf dein Zuhause kannst du wirklich richtig stolz sein!"

„Nicht auf dieses bin ich stolz, sondern auf dich und das hier ist unser Zuhause, wenn es dir nicht zu schäbig ist"

Marie schüttelte verständnislos den Kopf. „Manchmal glaube ich Elfen haben vieles nicht, dazu gehört wohl auch so etwas wie Stolz und Selbstbewusstsein, was ihr Heim betrifft. Es ist in meinen Augen ein außergewöhnliches Schmuckkästchen zum Wohlfühlen. Das Haus vermittelt mir, seit ich es betrat, eine wohltuende Atmosphäre. Gut...es liegt ein bisschen hoch oben für meinen Geschmack, aber dafür hat man aus jedem Fenster den Blick ins Grüne. Ich denke, ich gewöhne mich mit der Zeit auch noch an dessen Höhenlage. Die Räume sind komfortabel und warm, durch die Holzmöbel und ich mag den kleinen, separaten Wohnbereich. Es ist dein Heim, ein Ort für dich um Kraft zu schöpfen, also warum sollte es mir nicht gefallen? Du weißt doch, ich mag die Natur sehr!"

„Ich habe mein Haus, so wie du es beurteilst, noch nie gesehen und das beschämt mich, denn ich bin ein Elf, der es genauso zu schätzen wissen müsste und dies vor allem, wo ich doch so lange fort von hier war."

Endgültige Entscheidungen

Nach dem Säubern des Hauses hatten sie sich gewaschen. Marie wollte ein frisches Oberteil und eine saubere Hose anziehen und war überaus verwundert, als sie nach dem Verlassen der kleinen Waschkammer, die an das Schlafzimmer angrenzte, elfische Frauenkleidung auf dem Bett liegend vorfand. Bewundernd schaute sie sich die Kleidungsstücke an. Es war ein bodenlanges, hellgrünes Kleid aus edler Seide mit einer Borte am Ausschnitt und eine grüne, samtene Weste, mit edlen Mustern bestickt, lag daneben.

Tamarun grinste, als er Marie dabei beobachtete, wie sie mit der Hand behutsam über den Stoff strich.

Als sie ihn bemerkte, fragte sie: „Was ist das?"

„Ein Kleid für dich! Meine Mutter hat sich die Freiheit genommen, deine nur aus drei Jeans und ein paar Shirts bestehende Bekleidung ein wenig zu erweitern. In der Truhe dort drüben liegen noch ein paar weitere Kleidungsstücke, die dir passen dürften. Ich hoffe dir gefällt, was sie ausgesucht hat."

„Das ist sehr nett von ihr!"

„Es ist natürlich nur Kleidung für die ersten Tage. Später wirst du dir bei unseren Schneiderinnen, welche nach deinem Geschmack anfertigen lassen." Tamarun beugte sich vor, nahm ihr Gesicht in beide Hände und küsste sie. „Du solltest es anziehen, wenn du meine Mutter nicht kränken möchtest."

So zog Marie die Kleidung an und präsentierte sich ihm kurz darauf im Wohnraum. „Oh' Marie, du siehst wunderbar aus!", meinte er. „Ich bin ganz benommen von deiner Schönheit!"

„Ich möchte dir das Kompliment gerne zurückgeben, Liebster", meinte Marie mit belegter Stimme, denn auch Tamarun hatte sich umgezogen. Sie ließ ihren Blick über seine Gestalt von oben nach unten und wieder zurück wandern. Tamarun trug eine Art Pluderhose, die ab den Waden eng geschnittenen war und in perfekt sitzende, knöchelhohe Stiefel überging. Seine beige Tunika wurde am Kragen durch eine Schnürung gerafft, ebenso wie deren längere Ärmel, sodass auch hier ein Puffärmel-Effekt entstand. Über der Tunika trug er eine ärmellose Weste, die aufwendig mit einer Borte und zahlreichen Stickereien verziert war.

Tamarun lächelte. „Dein Blick sagt mir, dass ich dir ebenso gefalle, wie du mir in deiner elfischen Gewandung."

Sie machten sich nun auf den Weg zu Tamaruns Zieheltern. Der Elf, der sie dort erwartete, schenkte Marie ein bedauerndes Lächeln, als er meinte: „Ihr werdet erwartet, doch lässt die Herrin ausrichten, dass sie Euch, Scarandal Tamarun, zuerst unter vier Augen sprechen möchte. Wartet hier Lady Marie, bis die Herrin auch nach Euch verlangt." Er deutete auf eine gepolsterte Bank und neigte den Kopf. „Ich werde Euch Tee bringen lassen, wenn es Euch recht ist?" Marie nickte.

„Danke, das wäre sehr freundlich."

Und so sprach Soberia zuerst mit Tamarun alleine, während Marie bei einem wohlschmeckenden Tee in einem Vorraum des Arbeitszimmers der Elfenherrin ungeduldig wartete.

„Es erschreckt mich immer noch, Tamarun, dass ich dich so sehr von Liebe zu dieser - wenn auch sehr hübschen und wie mir scheint liebreizenden - Sterblichen erfüllt sehe. Ich wünsche daher mehr über die Ursache deiner Gefühle zu erfahren, denn nur dann ist es uns möglich, deinem Willen gemäß zu handeln."

„Mutter, wie ich euch beiden gestern berichtet habe hat Marie hat mich gerettet und gab mir durch ihre Fürsorge die Möglichkeit, wieder heim zu kehren."

„Das ist sehr nett von ihr gewesen, doch das ist kein Grund jemandem sogleich sein Herz zu schenken."

„Aber ihre unbefangene Liebe, die alles andere besiegt hat, was mir an Schmerz und Leid in den letzten Jahren widerfahren ist, ist ein Grund. Marie hat nicht nur meinen Körper aus seinem Gefängnis, sondern auch meiner Seele Befreiung von der mir zugefügten Qual geschenkt und meinem Herz eine Wärme verschafft, die ich bisher noch nie bei einer Elfenfrau empfunden habe. Sie hat mir den reinen Funken der Liebe gezeigt, sodass ich befürchte zu vergehen, wenn sie nicht in meiner Nähe ist. Nenne mich töricht, Mutter - ich kann es nicht ändern. Und ich möchte es auch nicht. Ich danke dem Schicksal oder dem Zufall, dass unsere Wege sich kreuzten." Tamarun lächelte, als er meinte: „Marie ist weder eitel, noch strebt sie nach Reichtümern. Ihr Gemüt ist sanft und bescheiden. Sie ist ebenso tugendsam und züchtig, wie es sich für eine edle Frau geziemt. Sie erfreut sich an der Natur. Du musst wissen, dass sie einen Blumenhandel in ihrer Heimat gründen wollte und dass sie die Eröffnung dieses Geschäftes alleine meinetwegen hintenangestellt hat. Und all das nur, um mich zu euch zurück zu bringen. Ist ein solches Opfer nicht mehr als lobenswert? Ich denke du verstehst nun um ein wenig mehr, warum ich mich in sie verleibt habe und mich mit ihr verbinden möchte, obwohl sie eine Sterbliche ist?"

„Du verspürst körperliche Lust nach allem, was dir diese andere Menschenfrau angetan hat?"

„Ja! Es sind Symptome wie Unruhe und freudige Anspannung und diese verstärken sich ins unendliche, wenn Marie mich berührt oder ich sie berühre. Und ich muss zugeben, dass mich das nach all den Demütigungen, die ich durch diese andere Menschenfrau erleiden musste, selbst zuerst verwundert hat. Ebenso verwundert es mich bei Marie, die mit einem Menschenmann eine unschöne Erfahrung gemacht hat, dass auch sie meine körperliche Nähe willkommen heißt."

„Wie äußert sich das?"

„Sie küsst mich ebenfalls sehr gerne!"

Soberia musste grinsen. „Na gut, wenn Marie die Weserprobe auszuhalten vermag, die wir ihr auferlegen, kannst du ihr unter diesen Umständen ungestraft geben, was unser Volk einem Sterblichen zu geben vermag. Nun hole Marie herein, denn ich möchte mit ihr selbst sprechen. Ah sieh´, da kommt auch dein Vater."

***

„Du sagst also, du kannst und möchtest ohne Tamaruns Liebe nicht leben?" Marie wollte schon antworten, doch Soberia schüttelte den Kopf und fuhr fort: „Doch was ist, wenn der Weg zu eurer Verbindung nur durch Leid und Entbehrung für dich zu erreichen ist? Wärest du bereit ein Martyrium zu erleiden und jedes Opfer für diese Liebe zu bringen, welches man dir abverlangt?"

Marie nickte.

Soberia lächelte in sich hinein und meinte: „Wisse, so eine Verbindung kommt dem Tod gleich und der Sterbliche, dessen Leib und Seele diese nicht aushalten kann, der geht jämmerlich zu Grunde."

Marie sah die Elfe an und meinte: „Das ist ein Scherz, oder?"

Die Elfenherrin bedachte sie mit einem abschätzenden Blick und schüttelte verneinend den Kopf, bis sie erklärte: „Ich beliebe bestimmt nicht zu Scherzen, Mädchen und erst Recht nicht, wenn es um Tamaruns Liebe geht."

„Genug jetzt, Soberia!", griff Jaylen energisch ein. „Marie ist schon nervös genug, also lass sie wissen, was auf sie zukommt, wenn sie die Liebe eines Elfen anzunehmen wünscht und rede nicht um den heißen Brei."

<hr>

Marie glaubte nun nach der Erklärung zu verstehen. Kein Wunder, dass Tamarun das Thema, über ihre Zukunft zu sprechen, umgangen war. Aber warum? Hatte er Angst vor ihrer Reaktion und dass sie sein Geschenk - die Langlebigkeit zu erlangen - der Folgen wegen nicht akzeptieren würde? Ihr wurde dieses Geschenk dargeboten und sie war bereit alles bedingungslos annehmen, aus endloser Liebe zu ihm.

„Marie, ich...", meinte Tamarun bedächtig, der ihr Minenspiel beobachtet hatte, kam aber nicht weiter, denn Marie legte ihn ihren Mittelfinger auf die Lippen. „Die Vorstellung ist, das gebe ich zu, schon ein wenig beängstigend für mich so etwas in der Art wie meinen Tod und Schmerzen erleiden zu müssen, doch ich vertraue dir und ich weiß, dass du mir nie wirklich wehtun würdest. Oder muss ich dir erst noch beweisen, wie ernst ich unsere Liebe nehme?", flüsterte sie zärtlich und gab ihm einen sanften Kuss. „Willst du mich also zur Frau haben?"

„Ja", hauchte er.

„Es hat den Anschein als hätten deine Worte das Mädchen nicht verschrecken können, meine liebste Sobria", meinte der Elfenherrscher leise, als er sich zu seiner Gemahlin hinüberbeugte.

Soberia grinste und meinte ebenso leise: „Ich brauchte einen Beweis dafür, wie fest ihre Liebe zu Tamarun wirklich ist. Und du, mein Lieber, wirst ebenso Stillschweigen bewahren wie Tamarun Marie gegenüber. Oder willst du ein paar Monate alleine schlafen?"

„Das würdest du mir antun?"

„Wenn es sein muss!"

Dann wandte Soberia sich wieder Marie zu. „Wir bieten dir die Möglichkeit an, an Tamaruns Seite leben zu können. Bist du bereit, wenn dir Tamarun den Funken seiner reinen Liebe in Herz und Geist gießt, für ihn den Tod deines Menschseins zu erleiden?"

Marie schwieg und ließ sich das Gehörte durch den Kopf gehen, bis sie mit fester Stimme sagte: „Ja, das bin ich! Ich möchte Tamaruns Frau werden, mit allem Konsequenzen, denn ich liebe ihn so sehr, dass ich mir ein Leben ohne ihn sowieso nicht mehr vorstellen kann."

Soberia sah Marie und Tamarun lange und ernst an. Dann entschied sie: „Wir werden beim nächsten Vollmond eure Vermählung und ihr danach die Vereinigung vollziehen. Doch ihr werdet erst an diesem Tag das Beilager teilen, da es in der Menschenwelt zuvor noch nicht geschehen ist, wie du mir erklärt hast, Sohn."

Die Elfe sah nach ihren Worten Marie fragend an: „Dem ist doch so, oder muss sich Tamarun nun vor uns selbst der Lüge strafen?"

„Tamarun hat Euch nicht belogen, Herrin!"

„Nun, dann ist alles in Ordnung, denn Traditionsbewusstsein, alte Gesetze und die Weisungen sind uns heilig, lasst euch also nicht einfallen mein letztes Gebot nicht einzuhalten, bloß weil euch in eurem derzeitigen Liebestaumel die Lust an der körperlichen Vereinigung schon vorher kommt. Zuerst muss Marie darauf vorbereitet werden, denn nur dann kann sie die richtigen Dinge tun, um die schwierige Übertragung der Langlebigkeit annehmen zu können. Und dazu, Marie, wirst du in den nächsten Tagen einiges über unsere Gebräuche und Sitten erlernen ebenso wie die ersten Strukturen unserer Sprache. Morgen beginnt dein Unterricht. Nun geht. Und vergesst meine Warnung nicht!"

Auf dem Weg zurück zum Haus begegneten sie ausgerechnet Ralaran. Ein geringschätziger Zug verhärtete die Augen des Elfen, als sich sein Blick mit dem von Marie traf. Der Elf tat dann jedoch so, als sei Marie nicht anwesend und herrschte Tamarun an: "Ich verstehe unsere Herrschaft nicht, dass sie dir überhaupt erlaubt mit der Menschenfrau zusammen zu sein! Sie sollten doch mehr Ahnung vom zweifelhaften Charakter der Menschen haben! Unsere Herrschaft sollte deine Menschenfrau auf die Reise in die Unendlichkeit des Nichts schicken und sie nicht mit dir vermählen!"

"Für wie dumm hältst du unsere Herrschaft eigentlich, Ralaran? Was glaubst du eigentlich würde mit dir geschehen, wenn sie über alles Bescheid wüssten? Aber gehe ruhig zu ihnen, denn ich bin der Letzte der dich daran zu hindern versuchen würde und sage ihnen, was du uns eben gerade gesagt hast. Vielleicht willst du ihnen auch einiges über deinen eigenen Charakter preisgeben. Auch wenn ich seit meiner Entführung starke Zweifel daran hege, dass du überhaupt noch einen hast."

"Willst du mich beleidigen, Tamarun?"

"Spar dir deine Entrüstung, denn dank deiner Verantwortungslosigkeit hat man mich über Jahre in einem fensterlosen Kerker gefangen gehalten. Da dieser Umstand jedoch auch meine Schuld war, hatte ich dir das fast schon verziehen, zumal es ein Wunder ist, dass ich in der Hand der Menschen nicht den Verstand verloren und das Martyrium überstanden habe. Ich verdanke Marie jedoch alleine, dass ich wieder frei und hier bin. Maries Lieben verdrängte die düsteren Erinnerungen an all diese Jahre in mir."

„Du musst in der Gefangenschaft deinen einst so gesunden Elfenverstand dennoch verloren haben, wenn du wegen einer Menschenfrau sogar unsere Freundschaft auf Spiel setzt. Sie muss dich mit ihren Reizen wirklich unheimlich beeindruckt haben, dass du so darauf versessen bist, bei ihr den starken Elfen zu spielen."

„Ich werde mir diese Bösartigkeiten nicht länger anhören!", stieß Tamarun ungehalten hervor. „Dein Verhalten Marie gegenüber ist eines Elfen alles andere würdig und daher ist es mir völlig gleich, ob dir meine Worte passen oder nicht und was du über unser Zusammen sein - und bleiben denkst. Und mit dem was du eben gesagt hast, hast du den Bogen meiner Geduld endgültig überspannt. Und nun gehe uns gefälligst aus dem Weg! Ach und noch etwas: Du hast Marie ab heute Lady und mich Scarandal zu nennen, darüber hinaus ist Marie nach unserer Bundschließung mit Scarandali von dir anzusprechen. Ich untersage dir mit den heutigen Tag jegliche Unförmlichkeit uns gegenüber, denn unsere einstige Freundschaft ist in meinem Herzen erloschen!"

Marie, welche die unschöne Szene schweigend zwischen den beiden Elfenmännern beobachtete, bemerkte den Schreck und die darauffolgende Traurigkeit in Ralarans Augen. Sie hatte das Gefühl, dass dem Elfen in diesen Moment erst wirklich bewusstwurde, dass er nun endgültig Tamaruns

Wohlwollen verspielt hatte. Eine Verbeugung war die einzige Antwort, welche Ralaran auf Tamarun Forderung gab.

Dann gab er ihnen den Weg frei.

Marie mochte Ralaran zwar nicht - wer hätte ihr dies nach all dem, wie er sie hatte behandeln lassen, verdenken können - und dennoch machte sie sich Gedanken über Tamaruns und Ralarans Gefühle. Was, wenn Tamarun über den Verlust der Freundschafft einen ebensolchen Schmerz in seinem Innersten fühlte, wie Ralaran anscheinend gerade?

Nachdem sie sich einige Schritte entfernt hatten meinte sie, als sie über eine der Hängebrücken liefen, an die sie sich mittlerweile schon etwas gewöhnt hatte, „Tamarun, auch wenn ich Ralaran wirklich nicht mag, glaubst du nicht, du warst gerade nicht etwas zu hart zu ihm? Ich meine, ihr wart immerhin über lange Zeit die besten Freunde.

„Du hast ein wirklich gutes Herz, Marie! Ralaran jedoch ist selbst schuld, weil er seine Fehler nicht erkennen will. Der Bruch unserer Freundschaft ist die Quintessenz seines Verhaltens, welches er mir gegenüber vor Jahren an den Tag legte und seines Verhaltens zu allem, was nun geschehen ist. Darüber hinaus ist er immer noch nicht gewillt zu begreifen, was es ist, dass dich für mich zu einer einzigartigen Menschenfrau macht. Lass uns nicht über ihn reden, denn er ist es in meinen Augen nicht mehr wert!"

Reiz des Verbotenen

Am nächsten Morgen begann Maries Unterricht.
Soberia, so schien es, hatte vor diesen zum größten
Teil selbst zu übernehmen. Marie fragte sich, ob die
Elfe dies tat um sie zu prüfen oder aber einfach nur
um sie besser kennen zu lernen. Sie kam zum
Schluss, dass es wohl beides war. Marie erhielt zuerst eine Einführung in die Etikette, danach ging es
darum, wie man als Elfe richtig lief oder besser gesagt schritt, und um die Körperhaltung. Marie gähnte um die Mittagszeit hinter hervorgehaltener Hand,
was Soberia fragen ließ: „Hat dich der Unterricht so
sehr angestrengt?"

„Nein Herrin, es ist nicht er Unterricht, ich bin einfach nur müde.", log Marie um die Elfin, die sich
wirklich Mühe gab ihr alles zu erklären und auch
geduldig war, nicht zu beleidigen.

„Nun gut, dann machen wir eine Pause. Iss etwas
und ruh dich aus, am Nachmittag machen wir mit
dem Unterricht weiter."

„Du weißt nicht wirklich viel über uns Elfen!"
Marie schüttelte verneinend den Kopf.
Soberia bedachte sie dafür mit einem strengen
Blick. „Mädchen, könntest du deine Antwort auch in
Worte fassen?"

„Ja natürlich, Eure Hoheit! Nein, ich weiß wirklich
nicht sonderlich viel über euch Elfen. Ich weiß nur
das, was ich von Tamarun erzählt bekommen habe.
Es war zwar schon einiges, doch ich denke, er hat gut
überlegt, was er preisgeben konnte. Es geschah wohl
um euch nicht in Gefahr zu bringen und da er zu
dem Zeitpunkt auch nicht damit rechnete, dass ich
Euer Volk je kennenlerne und bei euch bleiben würde. Ich weiß natürlich einiges über Elfen aus der

Sicht von uns Menschen und auch Geschichten über andere Fabelwesen sowie Mythen und Legenden."

Soberia lächelte: „Anscheinend weißt du nun doch schon etwas mehr über unser Volk, als ich dachte. Und was hältst du von den Berichten aus den alten Sagenbüchern, wo du nun weißt und mit eigenen Augen siehst, dass es uns wirklich gibt?"

„Ich denke, dass einige Fabeln ganz schön fantasievoll sind und dass andere wohl doch auf wahren Begebenheiten beruhen. Bei uns im Lande zum Beispiel glaubten die Menschen im späten Mittelalter, ein Alb sei ein nächtlicher Unhold, klein wie ein Zwerg, der an den Alpträumen von uns Menschen Schuld trage. Dann gab es so etwas wie das Gegenteil: Die Fee, ein Wesen, das streng betrachtet auch als Albin angesehen werden könnte. Also eines der Wesen beschrieben als ein hässlicher Kobold und das andere von betörender Schönheit. Jedenfalls sollte der Alb einem Menschen schweren Schaden zufügen können, indem er sich in der Nacht auf die Brust eines Schlafenden legte, was durch die Beklemmung dann zu Atemnot führte und somit eben zu Albträumen. Einige der Sagen berichten, dass der Alb auch in der Nachtzeit durch den Mund in den Menschenkörper eindringen konnte und dann das Blut aufsaugte."

„Das ist ja grauenhaft!", rief Soberia aus. „So etwas würde ein Elf niemals tun!"

Marie, die Tamarun von weitem sah, lächelte und als sie an seine Küsse dachte, plapperte sie unüberlegt dahin: „Einem den Atem rauben, das kann ein Elf einem schon!"

Soberia lachte bei der Bemerkung glockenhell auf, da sie Maries Blick gefolgt war. „Das schafft bei dir aber nur ein gewisser Elfenmann, nehme ich doch an. Aber nun mein Mädchen sollten wir uns wieder auf unsere Unterhaltung konzentrieren und nicht auf Tamarun. Also was weißt du noch über Elfen zu berichten?"

„In neuerer Zeit ist auch die Vorstellung von Elfen als winzige, geflügelte Wesen, die Blumen bewohnen, aufgekommen."

„Welche unangebrachte Verniedlichung unseres Volkes!", fuhr Soberia auf.

„Seid bitte jetzt nicht aufgebracht, denn dann gibt es da noch die Elfen bei Tolkien. Ich denke seine Vorstellung von Eurem Volk, sie dürfte Euch doch weitaus besser gefallen. Die Elfen in seinen Geschichten - er nennt sie Elben - sind menschenähnliche Wesen, Unsterbliche so wie ihr, wenn sie nicht getötet werden. Der Autor arbeitete zwei Sprachen der Elben aus und erschuf dazu die Welt von Mittelerde, einschließlich der dort lebenden Völker, wie Orks, Zwerge und viele mehr. Auch Menschen bevölkern seine Fantasiewelt. Die Geschichten basieren teilweise auf Elemente, die in der nordischen Mythologie angesiedelt sind, teilweise aber auch auf christlichen und theologischen Gedanken. Zwar sind die Elben Tolkiens aufgrund ihrer Unsterblichkeit ebenso krankheitsimmun wie ihr, darüber hinaus - durch Intelligenz, psychischer Stärke und ihr Geschick - bessere konzipiert als die Menschen."

Soberia zog die Augenbrauen nach oben, als wolle sie sagen 'Das passt auf uns und wir sind vom Wesen und Charakter sowieso besser als Menschen!', ließ Marie jedoch weitersprechen.

„Sie besitzen jedoch auch die gleichen charakterlichen Fehler und Unzulänglichkeiten die uns Menschen eigen sind. Tamarun hat im Flugzeug einen dieser Film angesehen und sich über einige Dinge mächtig alteriert. Er weiß auch, dass die Filmemacher wieder in Neuseeland sind, um die Vorgeschichte, sie nennt sich '*Der Hobbit*' mit Menschen, die in die Rollen der Romanfiguren schlüpfen, zu drehen. Naja... und dann gibt es in unserer Menschenwelt auch noch Rollenspiele, in denen häufig Wesen als '*Elfen*' bezeichnet werden und meist zu den friedfertigen Völkern zählen. Doch es gibt auch Spiele mit kriegerischen Nachtelfen, wie bei 'World of Warcraft', die sich mit Menschen verbündet haben, um für ihr Überleben zu kämpfen. Oder auch Dunkelelfen oder Drow, die die guten Ideale der Elfen in das Gegenteil umkehren. Je nach Interpretation der Spieleentwickler. Die Darstellungsweise der Elfen hängt von der jeweiligen Fantasie ab. Ach ja und dann gibt es da noch Hauselfen wie in den '*Harry Potter*'-Romanen von J. K. Rowling. Eine Variante der Vorstellung über die englischen Brownies, also Heinzelmännchen oder Wichtel. Diese unterwerfen sich menschlichen Zauberern und sind in der Regel auch ihren Besitzern durch Unterwerfung - was ihrer natürlichen Mentalität entspricht - hörig."

Soberia schüttelte nun selbst den Kopf und meinte: „Marie mein Kind, ich muss zugeben, nun schwirrt mir der Kopf, ebenso wie dir bei meinen Erklärungen über die Etikette bei uns Elfen! Wo sagtest du wird dieser *Hobbit* Film, wie du ihn nennst gedreht?"

„Drehorte befinden sich sowohl auf der Nord- als auch auf der Südinsel. Bei Matamata gibt es eine Filmkulisse '*Hobbiton*' mit 44 Hobbithöhlen und des Weiteren Teile des Auenlands wie die Mühle, die zweibogige Brücke und den Festbaum, sowie auch das Gasthaus 'Zum grünen Drachen'. Dieses '*Hobbiton*' war schon bereits nach den '*Der Herr der Ringe*' Filmen eine echte Touristenattraktion und es zieht Menschen aus allen Ländern an, die, wenn sie eine

Reise nach Neuseeland machen, sich auch die Orte an denen die Filme spielten ansehen wollen."

„Das heißt also diese Orte ziehen noch mehr Menschen an als jene, die hier nun schon leben?"

„Ja! Und ebenso zieht es sie zum Tongariro Nationalpark, denn das Gebiet um den Vulkan Ruapehu diente den Filmemachern als dunkles Reich und als Schauplatz für die Szenen am Erebor."

„Marie, wir beenden für heute den Unterricht, denn ich muss über einiges, was du mir eben erzählt hast, nachdenken. Du kannst gehen."

„Danke, Herrin Soberia. Ebenso für Eure geduldigen Unterweisungen." Marie stand auf, knickste brav und eilte davon.

„Gibst du mir einen Gute-Nacht-Kuss?", hörte er Marie leise fragen. Er hatte sie längst bemerkt, denn sie stand direkt neben seiner Ruheliege, die ihm als Schlafplatz diente.

Keine körperliche Liebe - dies hatte die Elfenherrschaft vor ihrer Vermählung zur Bedingung gemacht.

Tamarun wusste, dass sie sich daranhalten sollten. Er stöhnte innerlich auf, nickte aber. Er umschlang Marie behutsam mit seinen Armen, zog sie dann jedoch fest an sich. Ihre Zunge liebkoste die Seine und er wusste, dass sie ihn genauso wollte, wie er sie. Und doch: Sie hatten ihr Wort auf Verzicht gegeben. Also ließ er Marie los und flüsterte: „Schlaf wohl, meine Liebste!" Marie drehte sich mit einem Seufzer um und ging zu ihrem Bett.

„Sag mal Tamarun, ist das Absicht?", fragte sie, als sie vom Bett aus zu ihm hinübersah.

„Was?" Tamarun hatte gerade keine Ahnung wovon sie sprach.

„Dass sie uns verbieten uns zu lieben und uns dennoch hier in deinem Haus gemeinsam schlafen lassen? Ist das vielleicht eine der Proben für mich, ob ich mein Wort halte und es daher Wert bin, die Deine zu werden?" Marie musste, nachdem sie ausgesprochen hatte, was sie gedacht hatte, selbst über ihre Frage grinsen. Hatte sie ihm doch damit erklärt, dass sie unter anderen Umständen schon jetzt gerne mit ihm das Bett geteilt hätte.

Tamarun löschte das Licht, ohne ihr die Frage zu beantworten. Nur ein unterdrücktes Grollen war zu hören und dann die Worte: „Wir werden es schon noch aushalten! Beide! Allerdings ist das nicht nur eine Prüfung für dich, und nun schlaf!"

Als Tamarun erwachte - er hatte die ganze Nacht sinnliche Liebesszenen mit Marie vor sich gesehen - stand Marie bereits vor ihrem Bett und richtete die Kissen, jedoch nur in ihrer Unterwäsche.

„Du bist schon wach?"

„Was soll denn das heißen?", meine sie lachend, kam zu ihm herüber, setzte sich auf die Sofakante und hauchte: „Dir auch einen guten Morgen, mein schöner Elf." Sie drückte ihre Lippen auf die seinen und küsste ihn zärtlich.

„Marie, bitte... hör auf!", stöhnte Tamarun. Er versuchte sich zu beherrschen, doch es gelang ihm nur noch mit großer Mühe. Er wusste, er durfte nicht über sie herfallen, noch nicht! Er rang nach Luft und noch mehr Selbstbeherrschung, da seine Lenden lustvoll pochten. „Bitte höre auf meine Leidenschaft zu beflügeln! Drei Tage noch!"

„Gut!", hauchte Marie. Tamarun versuchte zu lächeln, was ihm jedoch gehörig misslang.

Am nächsten Tag hatte Marie von ihrem Unterricht frei bekommen. Man hatte ihr mitgeteilt, dass die Elfenherrin für etwa zwei Tage abwesend sei und Tamarun die Aufgabe übertragen, dass er seiner baldigen Gemahlin ein wenig mehr vom Elfenland zeigen sollte. Der Unterricht würde jedoch fortgesetzt sobald die Elfenherrin wieder da sei.

So machte Tamarun mit Marie einen Ausflug in der Elfenwelt. Dessen Höhepunkt endete mit dem Erreichen eines Schwimmlochs zwischen den Felsen im stadtnahen Gebirge des Elfenreiches. Zwei Wasserfälle speisten munter das natürliche Wasserbecken und das Murmeln der Wasserläufe drang schon von weitem an Maries Ohren.

„Dies hier ist einer meiner Lieblingssorte", erklärte Tamarun Marie.

„Das kann ich gut verstehen, denn es ist herrlich hier!", meinte Marie.

„Kannst du eigentlich schwimmen?", wollte Tamarun wissen.

Als Marie nickte und erklärte, sie habe schon in der Schule ihr Jugendschwimmabzeichen gemacht, wusste Tamarun zwar nicht was dies war, dennoch war ihm klar, dass dieses Abzeichen wohl als eine Auszeichnung für besonders gute Schwimmleistungen anzusehen war, denn er hatte in Maries Fernsehgerät auch einige Sportsendungen gesehen und den besonders guten Sportlern waren dort Auszeichnungen überreicht worden.

„Nun, dann lass uns schwimmen gehen", schlug er vor.

„Aber wir haben keine Badesachen dabei."

„Elfen schwimmen nackt!", erklärte er und so dauerte es auch nur ein paar Sekunden, bis sie gemeinsam und nackt die ersten Schwimmzüge im ideal temperierten Wasser machten.

Für Tamarun wurde es zu einer wahren Herausforderung, sich an das Gebot zu halten, denn seine Lenden brannten vor Verlangen nach Marie als sie neben ihm herschwamm. Wenn er gekonnt hätte, wie er wollt hätte, hätte er sie verführt und auf der Stelle zu seiner Frau machen. Er sah Marie mit Verlangen in den Augen nach, als sie etwas später aus dem Wasser stiegen. Dann bemerkte er, dass sie ein wenig zitterte und so folgte er ihr, was ihm das Ganze nicht gerade erleichterte.

„Du frierst ja, Marie. Komm zu mir Liebes, ich wärme dich!", meinte er sanft, nachdem er seine Hose wieder angezogen hatte. In diesem Moment begegneten sich Ihre Blicke. Ihre Augen leuchteten und er wusste, dass es ihr ebenso wie ihm erging. Sie begehrten sich nun von Tag zu Tag mehr.

Sie zögerte, als er sie auf seinen Schoß ziehen wollte und meinte leise: „Was hast du vor?"

Tamarun antwortete nicht, sondern schloss seine Arme fester um sie und Marie gab leise seufzend nach: „Aber nur wärmen. Du weißt..."

„Vertrau mir. Ich werde nichts tun was uns in Schwierigkeiten bringt!", flüsterte er.

Marie ließ sich mit einem genüsslichen Seufzer an seine warme Brust sinken. Es fühlte sich gut an in seinen Armen zu liegen und seine Wärme zu spüren. Tamarun fuhr mit einer Hand sanft über Maries Nacken bis zum Rücken hinunter und massierte sie eine Weile, bevor er ihr einen sanften Schubs gab. „Nun ist es aber genug, würdest du bitte von meinem Schoß runtergehen?"

„Warum? Es ist gerade so gemütlich."

„Ich müsste mal in die Büsche und dann sollten wir uns auf den Rückweg machen."

Als Tamarun zurückkehrte, hörte Marie ein leises Knacken, doch es kam aus einer anderen Richtung.

„Was war das?", fragte sie alarmiert.

„Schnell!", er griff nach ihrer Hand und zog sie mit sich in das Buschwerk, aus dem er gerade gekommen war. Ein Lächeln legte sich auf seine Lippen. „Mutter hat uns einen Wächter auf den Hals gehetzt", meinte er grinsend und zog Marie noch etwas tiefer in ihr Versteck, als ein Elf sich plötzlich vorsichtig und nach allen Seiten umschauend näherte.

„Wieso glaubst du das?", flüsterte sie.

„Ich kenne sie gut genug. Ich denke sie macht sich Sorgen um unsere Sicherheit und dass wir nicht auf sie hören."

„Was machen wir jetzt?"

„Zurückgehen und so tun als hätten wir es nicht bemerkt, denn ich denke, sie meint es nicht böse. Vater sagte, sie war nie trauriger als in der Zeit, in der ich verschwunden war, und er könne sich auch nicht daran erinnern, dass sie je davor geweint hat. Sie sei kurz nach meinem Verschwinden sogar zusammengebrochen."

Marie dachte einen Augenblick nach. Dann lächelte sie, als sie meinte: „Dann lass das Wissen über unseren Verfolger unser gemeinsames Geheimnis bleiben." Ihr Lächeln verschwand. „Auf einen mehr oder weniger kommt es nun wohl auch nicht mehr an."

„Du meinst damit wohl Ralaran?"

„Wenn sonst!"

„Es tut mir so unendlich leid. Ich wünschte, ich könnte etwas tun, um seine Taten ungeschehen zu machen und ihn von solchen Dummheiten, wie uns zu verfolgen, abhalten. Aber dafür müsste ich ihn verraten."

Sie schüttelte den Kopf. „Nein, ich denke das wäre jetzt nicht mehr richtig. Wenn, hättest du es gleich tun müssen."

Kurze Zeit später hatte der Krieger ihr Versteck passiert, ohne sie zu bemerken. Er schien zwar etwas verwirrt, dass sie so schnell verschwunden waren, und sah sich auch noch einige Male um, doch er setzte dann seinen Weg in Richtung Elfenstadt fort und so machten auch sie sich ihm in einigem Abstand folgend auf den Rückweg.

Kurz vor der Stadt holten sie den Elfen ein. Tamarun grüßte ihn, klopfte ihm auf die Schulter und meinte: „Du hast wahrlich meinen Respekt verdient. Du machst deine Aufgabe wirklich gut, Tesoma."

Der Elf bedankte sich wegen des Lobes, schien jedoch verwirrt, was seinen etwas verwunderten Blick erklärte.

Marie musste sich zusammenreißen um nicht zu lachen und versuchte krampfhaft eine neutrale Miene aufzusetzen. Doch wie es schien bemerkte der Elf in seiner Verwirrung nichts und nach einem: „Wir sehen uns bestimmt morgen", ließen sie den verdutzten Elfen einfach stehen.

Tamarun warf ihr einen kurzen Blick zu: „Lass dir noch ein wenig Zeit mit dem Lachen!" Seine Augen funkelten schalkhaft und das verräterische Zucken um seine Mundwinkel sagte ihr, dass er wohl selbst sehr an sich halten musste.

„Er wird nun wohl ein wenig darüber grübeln was du mit deinen Worten meintest", erwiderte Marie leise kichernd.

„Das denke ich auch!"

***

Die beiden unbeschwerten Entdeckungstage in der Elfenwelt waren für Marie trotz eines vermeintlich heimlichen Verfolgers sehr schön, doch in der darauffolgenden Nacht schlief sie sehr unruhig.

Tamarun stand von seinem Schlaflager auf und eilte besorgt an ihr Bett, als sie sich darauf seinen Namen rufend hin und her warf.

„Marie... Marie, Liebes, wach auf!"

Erschrocken und schweißgebadet schreckte sie hoch und fing an zu weinen.

„Liebes, sag, was ist?"

„Oh Tamarun, ich habe geträumt, dass man uns getrennt hat."

„Wer sollte uns denn trennen, Liebes? Es war nur ein Traum", Tamarun wischte ihr mit der Hand sanft die Tränen aus dem Gesicht. „Schlaf jetzt weiter."

„Bitte, kannst du nicht bei mir schlafen?"

„Na gut, wenn du dich dann sicherer fühlst."

***

Tamaruns Vater Jaylen stand in der Tür des Schlafgemachs seines Sohnes. Die Sonne schien warm auf die beiden Schlafenden. Marie sah so glücklich in Tamaruns Armen aus. Der Elfenherr lächelte sanft, weckte sie daher nicht, wie er es zuvor noch vorgehabt hatte, sondern schloss die Türe wieder leise hinter sich. Seine Gemahlin würde nicht begeistert sein...

„Wo sind die Beiden?", fragend sah Soberia ihn an, als ihr Gemahl in ihrem Arbeitszimmer erschien.

Jaylen grinste ein wenig und meinte ziemlich erheitert: „Sie ruhen noch, mein Täubchen! Sie konnten ja auch nicht wissen, dass du zurück bist", und damit war das Thema für ihn eigentlich erledigt.

„Ich dachte, du wolltest sie holen? Man kann sich wirklich auf niemanden mehr verlassen!"

„Das sagt gerade die Richtige!"

Empört sah Soberia ihn an.

„Was soll das denn bitte nun schon wieder heißen? Geht es dir immer noch um meinen Ausflug in die Menschenwelt.", ereiferte sie sich.

„Natürlich ärgere ich mich darüber immer noch. Dennoch geht es gerade um die Kinder und ich sagte dir schon mehrfach, dass du dich auf die Beiden sehr wohl verlassen kannst. Und was hast du getan? Du schickst ihnen einen Beobachter hinterher, obwohl wir uns einig waren, sie unbeobachtet zu lassen. Stell dir vor Tamarun hätte es bemerkt! Und ich bekam diese Schändlichkeit von dir auch nur heraus, da der Krieger, den du auf sie angesetzt hast, dir Meldung machen wollte, du jedoch mit Abwesenheit geglänzt hast, also kam er zu mir. Denkst du eigentlich auch daran, was ein solcher Vertrauensbruch für Folgen haben könnte? Was sollen wir tun, wenn Tamarun Marie in ihre Welt zurückbringt, weil wir ihn mit einem solchen Verhalten enttäuscht haben und er dann vielleicht sogar dort bei ihr bleibt? Denk darüber nach", er warf nach dieser Aufforderung seiner Gemahlin einen bedeutsamen Blick zu.

„Jaylen, ich wollte…"

„Verdammt Frau, akzeptiere endlich, Marie ist ein liebes Menschenmädchen, das unseren Sohn mehr als glücklich macht. Außerdem wollten wir doch schon bevor dies alles mit ihm geschah, dass er sich eine Frau sucht und Kinder mit ihr bekommt. Ich hatte mit ihm damals eine heftige Auseinandersetzung, weil du mir ständig damit in den Ohren gelegen hast, er müsse sich binden. Weißt du und genau deshalb frage ich mich auch, warum du ihnen verboten hast das Bett körperlich miteinander zu teilen. So hatten wir das nicht besprochen. Auch nicht, dass du ihr so viel Angst machst. Ebenso hatten wir nicht besprochen, dass du in die Menschenwelt gehst."

„Letzteres diente alleine unserer Sicherheit!"

„Papperlapapp, du wolltest dir nur diese Filmkulissen ansehen, von denen Marie dir erzählt hat. Und was die Menschen da treiben."

„Bist du etwa eifersüchtig? Diese Elfenmänner sahen ja ganz nett aus- vor allem dieser Thranduil hatte schon was Animalisches."

Jaylen kicherte auf einmal, doch seine Belustigung galt nicht dem Ausflug in die Menschenwelt und ihrer Bemerkung zu einem Menschen, der sich als Elf verkleidete und den ausgerechnet sie als animalisch bezeichnete, wie sie bemerkte, denn er äußerte: „Ich hätte mich fast totgelacht, als sie bei der Besprechung am Tag nach ihrer Ankunft so reagierte, wie sie reagiert hat. Du hättest dein Gesicht in dem Moment mal sehen sollen. Es ist dir ziemlich entglitten."

„Stimmt nicht! Ich war nur überrascht, dass sie so selbstlos ist."

„Das hübsche Menschenkind hat dich ganz schön verwirrt mit ihrem Mut und ihrer Entschlossenheit, nicht? So und wenn du es jetzt immer noch wissen willst: Die Beiden liegen zusammen in Tamaruns Bettstatt und halten sich schlafend in den Armen. Auch ja und bevor dir nun die Gesichtszüge ein weiteres Mal entgleiten, meine Liebste, beide sind sittsam in Nachtgewandung gekleidet."

„Manchmal bist du wirklich ein ausgesprochen törichter Esel, Jaylen! Glaubst du denn wirklich es ging mir darum sie von einander fernzuhalten?"

„Ach, darum ging es dir nicht? Also sag, was hat es dann mit dieser Bedingung auf sich? Die Beiden, auch wenn sie eine junge Menschenfrau ist, sind dennoch alt genug sich zu vereinen."

„Glaub mir, Liebster, sie werden die Bundnacht fast nicht
abwarten können und es genießen sich dann endlich vereinen zu dürfen, da bin ich mir sicher. Und sollten sie es vorher schon tun - verbotene Früchte zu

ernten und sie zu kosten hat seinen Reiz, wie dir bekannt sein dürfte."

„Natürlich hat so was seinen Reiz, aber ich versteh es dennoch nicht."

„Tamarun hat mit dir also noch nicht über die andere Menschenfrau gesprochen und was diese ihm in der Gefangenschaft angetan hat?"

Jaylen schüttelte verneinend den Kopf und fragte: „Was hat sie ihm angetan?"

„Sie wollte seinen Samen. Sie hat gedacht, wenn sie ein Kind von ihm bekommt, dann wäre es wie wir und als er ihn ihr nicht freiwillig gab, da hat sich diese Cläre seiner Männlichkeit bemächtigt."

Aus Jaylens Gesichtsausdruck konnte man nun verstehendes Entsetzen herauszulesen.

„Diese Menschenfrau brachte ihn mit stimulierenden Handlungen mehrfach zur Ekstase, obwohl er dies nicht wollte. Sie hat ihn ihrem Willen unterworfen. Tamarun hat gesagt, es ekelte ihn an."

„Jetzt verstehe ich! Aber er liebt Marie, sie küssen sich, also über was machst du dir Sorgen?"

„Er sagte mir, die Vorstellung Marie körperlich zu lieben, erregt ihn zwar zutiefst, doch wisse er nicht, wie das Ganze ablaufen wird, wenn die Erinnerung an das, was die Menschenfrau mit ihm gemacht hat, genau dann zurückkommt, wenn er sich mit Marie körperlich vereinigt."

„Ach und du denkst, dass die erzwungene Enthaltsamkeit... Oh... jetzt verstehe ich es!"

Plötzlich hörten sie schnelle Schritte und als Jaylen über die Schulter blickte, öffnete sich nach einem kurzen Anklopfen die Tür.

Soberia zog die Stirn in Falten, dann schüttelte sie den Kopf. Tadelnd äußerte sie: „Marie, du bist spät!" Dann hob sie die Augenbrauen und meinte: „Naja, ich weißt schon was los war."

Marie zuckte zusammen und wusste gar nicht, was sie denken und sagen sollte. Sie überlegte kurz um nichts Unüberlegtes zu sagen, denn ihr war klar, es hatte keinen Sinn zu leugnen, dass sie den letzten Teil der Nacht in Tamaruns Armen verbracht hatte. Doch noch bevor sie etwas sagen konnte, meine die Elfe: „Menschen brauchen eben einfach mehr Schlaf, als wir Elfen Ruhestunden."

„Verzeiht, Herrin Soberia, wir haben wahrhaft verschlafen. Die ganze Wahrheit ist jedoch, ich hatte in der Nacht einen sehr unschönen Traum und dann Angst wieder einzuschlafen. Ich bat daher Tamarun an meiner Seite zu ruhen - aber es ist nichts zwischen uns geschehen, was Euch verärgern müsste, außer, dass ich zu spät zu meinem Unterricht bei Euch erschienen bin. Dafür, Herrin, bitte ich vielmals um Entschuldigung."

Marie hatte nun den Kopf gesenkt, den Blick zu Boden gerichtet und sank in einen tiefen Knicks.

Jaylen blickte seine Gemahlin lächelnd an und sah dann auf Marie hinab: „Erhebe dich, Kind!"

Das Erste, was Marie sah, war sein freundliches Lächeln und dann fragte er: „Ist unser Sohn nun auch aufgestanden?"

„Das letzte Mal, als ich ihn gesehen habe, Eure Hoheit, da war er gerade dabei sich anzukleiden."

„Nun, dann begebe ich mich mal zu ihm, denn ich habe mit meinem Sohn vor eurer Bundschließung noch etwas zu besprechen und lasse die Damen somit alleine. Ich wünsche euch angenehme Lehrstunden. Ach und Marie, setz meiner Gemahlin nicht wieder Flausen in den Kopf, die sie in die Menschenwelt treiben. Ich muss nämlich nun gegen den Inbegriff von Schönheit, Eleganz und dem Charisma eines gewissen Thranduils ankämpfen."

Marie sah den Elfenherrscher etwas verdutzt an, als dieser mit einem hellen Auflachen den Raum verließ.

„Marie, setz dich doch bitte zu mir", forderte Soberia sie auf und nahm selbst an einem kleinen Tisch mit zwei Sesseln Platz. Als Marie sich setzte und die Elfenherrin mit einem fragenden Blick bedachte, lächelte sie und meinte: „Er macht solche zynischen Scherze, da er böse auf mich ist, weil ich in der Menschenwelt war und mir dieses Filmset angesehen habe. Ich habe ihm dummerweise von den menschlichen Schauspielern - wie ihr sie nennt - berichtet, die die Elfen in der Geschichte spielen."

„Ihr wart dort?", fragte Marie überrascht.

Ja, aber lassen wir das nun. Er beruhigt sich schon wieder, zumal er schon so offensichtlich Scherze darüber macht. Und es gibt Wichtigeres, denn ich möchte dir vor dem Bundschluss noch einiges erklären."

Marie entschloss sich nicht weiter nachzufragen wie die Elfe überhaupt an das Set hatte gelangen können und Soberia erklärt auch schon weiter: „Die Entscheidung einem Sterblichen die Langlebigkeit zu übertragen, sie bedarf - sagen wir es so - der Naturgötter Hilfe. Doch auch der Sterbliche muss mit dieser Entscheidung einverstanden sein. Da die Entscheidung, die von dir verlangt wird, nicht alltäglich ist und von beiden Seiten reiflich überlegt sein sollte, müssen wir dir erläutern, dass du so werden kannst wie wir."

„Was soll das bedeuten?"

„Ich habe bereits geahnt, dass dies auch bei dir auf Unglauben stoßen wird, denn nicht äußerlich alt zu werden und keine Gebrechen zu bekommen, die euer Altern mit sich bringt liegt nun einmal nicht in der menschlichen Natur und somit fehlt euch Menschen auch die Vorstellungkraft darüber. Doch *Ewig* ist auch für uns ein schwer definierbarer Begriff. Die Realität ist: Unser Volk, das ihr Menschen seit langem Elfen nennt, altern zwar, aber ab einem bestimmten Zeitpunkt unserer Existenz körperlich nicht mehr. Tamarun wird vom Aussehen her immer so bleiben wie er heute ist. Das Alter eines Elfen kannst du also nur an seiner Aura und seiner Ausstrahlung erkennen. Trotzdem: Unfälle, Gegner die uns mit Waffen oder Giften nach dem Leben trachten, ebenso wie Naturkatastrophen, sie können uns töten. Auch der Verlust von Gliedmaßen ist durch widrige Umstände möglich. Die Langlebigkeit jedoch ist für unser Volk etwas ganz Normales, doch all die Schreckensvisionen, die uns auf dem Weg unseres Seins immer wieder begegnen, können unsere physische Unverwüstlichkeit in Frage stellen und ein Weiterleben verhindern. Das Leben eines Elfen kann äußerst sinnlos werden, wenn er das verliert, was er von ganzem Herzen liebt. Passiert dies, so legt sich der Betroffene nieder...Es dauert seine Zeit, doch dann vergeht auch er - er stirbt. Allerdings auf qualvoll langsame Weiße. Seine Seele kümmert über lange Zeit dahin, bis sie sich von seinem physischen Körper löst.“

Marie sah die Elfenherrscherin an und fragte: „Haben schon andere Sterbliche diese Möglichkeit der Langlebigkeit erhalten?“

„Ich denke, du solltest dir keine Gedanken darüber machen. Es geht hier einzig und allein um dich. Du bist doch noch immer dazu bereit eurer Liebe wegen deine bisherigen

Lebensumstände zu verlassen, oder?“

„Ja, natürlich!“

„Bist du dir aber auch darüber im Klaren, dass dies für dich ebenso bedeutet, keinen oder gegebenenfalls, nur wenig Kontakt zu den Menschen haben zu können? Denn dies ist ein weiterer Preis dafür, dass du uns und unsere Stadt gesehen hast."

Marie nickte und nach kurzer Überlegung fragte sie: „Also mal hypothetisch betrachtet: Was wäre mit mir passiert, wenn ich Tamaruns Antrag seine Frau zu werden abgelehnt hätte?"

„Marie, ich glaube nicht, dass du darauf wirklich eine Antwort haben möchtest."

„Doch, ich glaube schon, dass ich das möchte, denn mir ist Ehrlichkeit ebenso wichtig wie Euch! Also sagt mir bitte: Hättet ihr mich umgebracht?"

„Marie, wir Elfen töten niemanden, wenn er uns nicht bedroht - aber wir können natürlich auch keinen Menschen ohne weiteres gehen lassen, der einmal unser Reich betreten hat und so wäre die eine Möglichkeit gewesen, dich gegen deinen Willen bei uns festzuhalten."

„Wie ein Vogel im goldenen Käfig? Dann hatte Ralaran Recht, als er sagte, ihr als die Herrschaft könntet Menschen auf die Reise in die Unendlichkeit des Nichts schicken."

„Ja, Marie, auch dies ist uns möglich. Doch diese Unendlichkeit des Nichts ist nicht das hier festgehalten werden, sondern der Verlust aller Erinnerungen ohne, dass dabei die Erinnerungen an Handlungen oder die Fähigkeiten erlangtem Wissen verloren geht. Wir können Menschen somit auch frei erfundene 'Erinnerungen' einreden. Aber es ist töricht von dir, dass du dir darüber überhaupt Gedanken machst, wo du doch Tamaruns Frau werden wirst." Soberia ergriff Maries Hand über den Tisch hinweg und sagte: „Kind, du kennst die Flamme der Liebe, die in Tamaruns Brust für dich lodert. Mir war nicht bewusst, dass es dir Probleme bereit, zu wissen, dass du anfangs von mir abgelehnt wurdest. Weißt du, jahrhundertelang hat man immer wieder versucht das Geheimnis um das ewige Leben in Erfahrung zu bringen. Tamarun hat man deshalb sogar entführt und über Jahrzehnte gefangen gehalten und das, obwohl wir zu diesem Zeitpunkt schon glaubten, die Menschen hätten uns und die Tore zu unserer Welt längst vergessen. Ich war voreingenommen von meinem Zorn auf die Menschen als ich dich sah, doch ich weiß längst, dass ein Denken und Handeln wie bei vielen anderen von diesen nicht auf dich zutrifft."

„Ich liebe Tamarun und ich gehe bestimmt nicht leichtfertig mit eurem Vertrauen um, aber bitte versteht, mir ist noch unbegreiflich, wie es gehen soll, dass ich ein unsterbliches Leben an seiner Seite führen werde. Ich kann mir einfach nicht vorstellen wie das funktionieren soll, zumal der Prozess des Alterns durch das Verlassen meiner Lebensform beendet werden soll."

„Marie, ich kann dir das nicht erklären. Gib dich Tamarun in deiner Brautnacht mit all deiner Leidenschaft hin und ihr werdet von der Gottheit der unsterblichen Liebe begünstig. Ich kann dich nur bitten uns zu vertrauen, dass dir nichts Schlimmes passieren und es für euch beide einen gemeinsamen Morgen danach geben wird."

Lustvolles Erlangen der Langlebigkeit

Marie lächelte. Tamarun erwiderte ihr Lächeln und sagte mit ernstem Gesichtsausdruck: „No inaianei te aroha. Heute beginnt die Liebe", und nach altem Brauch drücken sie Stirn und Nasen gegeneinander.

Tamarun hatte Marie zuvor erklärt, dass dies, so wie bei den Maori, zu ihrem Brauchtum gehörte.

Zum Ende der Zeremonie bekamen sie einen Kelch gereicht, aus dem beide tranken.

Marie konnte nicht wissen, dass dieser Wein mit einem Extrakt, gewonnen aus dem Speichelsekret von Tardigraden, versetzt war.

Das Paar zog nach der Feier unter dem Gesang der Elfen in das Brautgemach ein. Soberia und Jaylen erwarteten sie dort in Tamaruns Haus, das festlich geschmückt worden war. Wachskerzen auf Kandelabern erhellten das Schlafgemach und der Raum war von einem betörenden Blütenduft erfüllt.

Peinliches Schweigen trat ein, als Tamarun begann sich wortlos zu entkleiden. Marie schwanden die Sinne, als er kurz darauf nackt vor ihr stand und sie die Erregung seines Körpers sah. Seine pralle Männlichkeit zeigte ihr, wie sehr er sie begehrte, denn bei den Elfen gehörte es zum Brautnachtritual, dass der Bräutigam der Braut seine Männlichkeit offen zur Schau stellte. In Marie stieg sogleich begehrliche Erregung und gleichermaßen fassungsloses Erstaunen auf, denn direkt nackt war Tamarun nun auch wieder nicht, denn auf seiner Brust befand sich ein Tattoo, das sich sehr gut von seiner hellen Haut abzeichnete.

Marie berührte mit dem Zeigefinger vorsichtig seine Brust und fragte: „Was ist denn das?"

Tamarun griff nach ihrer Hand und drückte sie sanft. „Es geht wieder weg. In ein paar Tage wird das

Zeichen gänzlich verschwunden sein", versicherte er ihr. Er drehte sich zu seinen Eltern um und meinte lächelnd: „Marie mag solche Tattoos nicht, auch wenn sie bei den Menschen *in* sind, wie sie sagt." Nun sah er Marie wieder an. „Es ist ein sexuelles Symbol, das dir sichtbar macht, dass ich der Deine bin. Und dass mich das Zusammensein mit dir in dieser Nacht zu einem sehr starken und zeugungsbereiten Mann macht. Es verleiht mir magische Kräfte."

Marie war sich bei dem was sie an seinem Körper unterhalb der Gürtellinie sah sicher, dass es der Zeichnung auf der Brust nicht bedurft hätte. Die Luft im Raum schien auf einmal wie elektrisiert zu sein und dann ließ Tamarun Maries Hände los, löste die Schnüre ihres Kleides und half ihr aus der Brautgewandung.

Als er dies tat, sprach Marie die Worte, die ihr Soberia auf elfisch beigebracht hatte: „Für dich, mein Liebster, bin ich nun bereit. Bereit als Mensch zu gehen, bereit dazu eine von euch zu werden und auf ewig zu bleiben, denn mein Herz, mach mich zu der deinen!"

Daraufhin umfasste Tamarun mit seiner Hand ihr Handgelenk: „Dass ich dir nun Lust schenken darf, meine Gemahlin, macht mich unglaublich glücklich", sagte er zärtlich und zog sie mit sich zum Bett hin.

Von zärtlichem Gefühl erfüllt, leistete Marie keinen Widerstand, als er sie sanft aufs Bett drückte, obwohl ihre Schwiegereltern sich noch im Raum befanden. Sie schloss für einen Moment die Augen, als sie seinen warmen, nackten Körper so nahe dem ihrem spürte, bis sie Jaylen sagen hörte: „Dein Wunsch soll nun in Erfüllung gehen." Und die Elfenherrschaft verließ das Gemach.

Tamarun schaute Marie tief in die Augen, dann senkte er seine Lippen auf die ihren und küsste sie zärtlich. Sie erwiderte seinen Kuss und genoss ihn. Marie öffnete den Mund leicht, Tamarun schob seine Zunge erforschend in ihre Mundhöhle hinein und spielte mit der ihren. Sein Mund löste sich nach einiger Zeit von ihren Lippen und wanderte hinab zu ihren Brüsten. Er fand ihre Brustwarze, umkreiste sie sanft mit der Zunge und glitt vorsichtig darüber. Marie stöhnte auf. Behutsam wiederholte er das Spiel auf der anderen Seite - und sie reagierte noch intensiver auf ihn.

„Oh...Tamarun!" Marie schluckte. „Du machst mich damit verrückt!"

Er sah sie an. „Nun sag, ist es jetzt dein Wunsch von mir geliebt zu werden und mir deine Lust dafür zu schenken?"

„Jaaa, ja!", entfuhr es Marie und sie holte tief Luft, als seine Zunge hinab bis zu ihrer Bauchdecke glitt und in ihren Nabel eintauchte.

Er hielt inne in seinem Tun und sah auf. „Marie, du hast doch keine Angst?"

Sie lächelte. „Mein Leben als Mensch hinter mir zu lassen, der Gedanke ist schon erschreckend, doch zu wissen, dass es bedeutet für immer an deiner Seite sein zu können, beruhigend zugleich und dies macht mich sehr glücklich."

Marie glaubte immer noch, dass ein Mensch erst sterben musste - so etwas wie ein Nahtod durchleben musste und dann wieder durch zurückkehren in ihren Körper von einem Langlebigen ein ebenso langes Leben zu erhalten. Sie hatte nicht vor dem Tod während des Liebesakts zu entkommen, auch wenn sie der Gedanke daran doch sehr beunruhigte.

Behutsam strich Tamarun mit seinem Zeigefinger ihre Schenkelinnenseite entlang. Marie schnappte nach Luft und stöhnte vor Wollust auf, als sein Finger kurz darauf ihre Schamlippen teilte.

„Was machst du mit mir?", stöhnte sie und glaubte vor Lust fast schon sterben zu müssen.

Nach diesem lustvollen Vorspiel konnte Tamarun nicht mehr an sich halten. Er sah ihr in die Augen und schien auf das stumme Einverständnis von Marie zu warten. Marie schloss die Augen und nickte leicht. Er berührt ihre Spalte mit seiner Eichel; sacht, ganz sacht nahm er seine Angetraute in Besitz. Er umfasste ihr Gesicht, küsste sie ganz zärtlich und fragte leise: „Gefällt es dir?"

„Ooooh jaaaa", sagte sie leise. „Sehr sogar!"

Ihr Seufzen ging in ein wohliges Stöhnen über, denn sein Geschlecht füllte sie nun aus, er bewegte sich langsam in ihr und bereitete ihr dabei lustvolle Qualen, die sie sehr willkommen hieß. Marie konnte sich keinen schöneren Tod vorstellen, als so zu sterben. Sie hatte das Gefühl, als habe die Zeit angehalten.

Tamaruns Stimme drang mit sanftem Unterton an ihr Ohr: „Lass dich fallen, Liebes!"

Die Welt um Marie herum verschwamm, nichts mehr war wichtig, nur sie beide und ihre Liebe. Sie geriet in seltsame Entrücktheit, als ihr Körper in der gemeinsamen Ekstase eines überwältigenden Orgasmus zu explodieren drohte.

„Du wirst dich noch einige Male in dieser Nacht unter mir winden und vor Lust vergehen, meine schöne Gemahlin", meinte Tamarun mit rauer Stimme.

Marie keuchte auf. „Willst du mich etwa um Gnade betteln hören?"

„Ich will nicht - ich werde! Genieße es, ich werde es dir mehrfach gut besorgen."

Sein Necken fand dabei ein erneutes Echo in ihrem Unterleib. Er kostete jede ihrer Lustwellen aus, nahm sie voller Hingabe. Marie keuchte erschöpft, während unkontrollierte Zuckungen sie schüttelten. Schon lange hatte Marie aufgehört zu zählen, wie oft er sie zu einem Höhepunkt gebracht hatte. In der letzten Stunde hatte er sie auf diese Weise unendliche Male Lust durchleben lassen. Wieder erzitterte sie und dann war er erneut da, der Zeitpunkt auf den Gipfel getragen zu werden, braute sich in ihrem Schoß zusammen und durchströmte ihren Körper. Marie fragte sich, wann die Verwandlung stattfinden würde. Sie begriff nicht, dass diese schon längst vollzogen war.

Stunden später lag sie total erschöpft aber glücklich in Tamaruns Armen und begriff zugleich, dass eigentlich nicht mehr geschehen war, als dass ihr Elfenehemann sie bis zur Besinnungslosigkeit geliebt hatte. Aber etwas anderes war passiert, sie war sich sicher bis in alle Ewigkeit mit Tamarun verbunden zu sein.

Tamarun sah sie an und schenkte ihr ein herzerwärmendes Lächeln.

„Offenbar hat unsere Liebe wirklich die Chance zu erleben, was uns Elfen durch jahrtausendalte Mythen gelehrt wurde. Wir sind eines der wenigen Paare, denen die Gunst zuteilwurde, diese Magie zu erleben."

„Welche Magie?"

„Die des Trankes, den man dir vor unserem Bundschluss reichte!"

„Des Trankes? Heißt das etwa, dass dieses Gebräu und nicht der Tod einen Menschen zu einem Langlebigen macht?"

„Nicht ganz, denn diese „*Gebräu*", wie du es nennst, es wirkt nur in Verbindung mit wahrer Liebe."

„Du hinterhältiger Elf!" Marie versetzte ihm einen leichten Schlag gegen die Schulter und dann küsste sie ihn.

„Hinterhältig?", fragte er gespielt beleidigt, als sie den Kuss beendet hatte.

„Du hast mir nicht gesagt, dass man alleine durch den Liebesakt mit einem Elfen unsterblich werden kann!"

„Tut man auch nicht!", Tamarun grinsten noch ein wenig mehr, als er meinte: „Du hast von uns bekommen, was diese verrückten, primitiven Menschen von mir über Jahre haben wollten: Meine uneingeschränkte Liebe. Die Tochter des Professors hingegen war verblendet von ihrem Wunsch nach dieser von ihnen so benannten Unsterblichkeit. Du hattest diesen Makel nicht und daher konnte ich dir die Langlebigkeit schenken. Dennoch, und das wurde dir gesagt, meine Schöne, der Preis, den du für das Geschenk zahlen musst, ist dass du ab nun verdammt dazu bist ewig an meiner Seite zu leben. Doch der Tod selbst existiert weiterhin und wird immer um dich sein, denn du wirst ihn überall sehen, wenn auch hier nicht oft. Du bist nun ebenso dazu verdammt durch das Leben zu wandern, wie ich, wenn das Schicksal es mit sich bringt und ich umkomme. Dann wird die Sehnsucht nach dem Tod sehr stark sein und dennoch sind wir verdammt dazu weiter zu leben, vielleicht sogar den Rest der Ewigkeit. Aber habe keine Angst, Marie. Ich bin bei dir und uns wird nichts geschehen!" Er küsste sie sanft, dann nahm er sie fest in seine Arme. „Du solltest dich nun ausruhen!"

Er sah zufrieden, wie sich ihre Gesichtszüge entspannten. Und an seine Brust gekuschelt, glitt Marie schließlich selig in ihre erste Ruhetrance.

Marie stand am nächsten Morgen vor dem Spiegel, streifte ihre Haare aus dem Gesicht und hinter ihre Ohren, wobei ihre Hand ihr linkes Ohr berührte. Es war auf einmal ein spitz zulaufendes Ohr, wie sie bemerkte, wenn auch nicht ganz so ausgebildet wie bei Tamarun. Ansonsten hatte sich nichts an ihr verändert, wie sie bei genauer Betrachtung ihres Gesichtes feststellte. Marie drehte sich zu ihrem frisch angetrauten Gatten um und Tamarun sah sie mit offenkundiger Entzückung an. Marie wollte ihn schon ungehalten anfahren, als er aufstand, ihr übers Haar strich und ihn ins Ohr flüsterte: „Liebes, du siehst nun wirklich grauenhaft elfisch aus. Das passiert eben auch, wenn man sich auf die Liebe eines Elfen einlässt!" Und dann bedachte er sie mit einem schelmischen Zwinkern und konnte nicht anders, als hell aufzulachen.

Seufzend meinte Marie: „Wenn ich eines hasse, dann wenn ich mich am Morgen schon veralbert fühle. Und um genau zu sein, hasse ich es besonders vor dem Frühstück!"

Das Grinsen verschwand aus Tamaruns Gesicht: „Entschuldige, ich hätte dich vielleicht vor den Auswirkungen dieser Art warnen sollen!"

„Was meinst du denn nun damit, mein hinterhältiger Gemahl?"

Tamarun nahm ihre Hand in die seine, drehte sie und drückte seine Lippen auf die Handfläche, dann sah er sie an. „Wenn wir lange genug zusammen sind, dann wirst du es schon bemerken und vielleicht werde ich dir eines Tages auch erklären, was es mit dem Trank wirklich auf sich hat - wenn man mich lässt. Doch eines ist gewiss: Du wirst nun nicht

mehr altern oder krank werden, das muss dir fürs
Erste genügen."

Kleine Geheimnisse

Freude und Furcht hielten sich acht Wochen nach Maries Vermählung die Waage, denn sie war sich nun über einen neuen Zustand sicher. Die Furcht überwog im Augenblick jedoch die Freunde, weil sie noch nie ein Kind geboren hatte. Sie hatte in den letzten Tagen oft Zeit mit Soberia verbracht, denn es gab noch so viel über das Leben eines Langlebigen zu lernen. Das Wort 'unsterblich' hatte Marie längst als Bezeichnung für die Elfen aus ihrem Wortschatz verbannt.

Die Elfenherrin hatte ihren Zustand zwei Tagen zuvor ebenfalls erkannt und das Thema auf den Punkt gebracht, indem sie gemeint hatte: „Wann wirst du es Tamarun sagen, mein Kind?"

Marie hatte sich noch während der Unterhaltung gefragt: *Wann war der richtige Zeitpunkt einem Elfenmann zu sagen, dass er Vater wurde? Bemerkte ein Elf das nicht auch von selbst? Sollte sie vielleicht am Abend ein ausgefallenes Dinner bereiten oder es ihm im Ehebett sagen, nachdem oder während sie sich liebten? Und wie sollte sie mit ihren eigenen Ängsten umgehen? Konnte sie diese denn mit ihm besprechen, ohne dass er sich Sorgen machte?* Und so grübelte immer noch darüber nach, als sie gedankenverloren aus dem Fenster des Herrscherpalastes hinunter auf das Elfenreich sah und somit Tamaruns Erscheinen nicht einmal bemerkte.

„Was ist mit dir, Marie?", wollte Tamarun wissen, der ihr Minenspiel aufmerksam verfolgte.

Marie zuckte leicht zusammen, drehte sich um und plapperte unüberlegt los: „Nur das Übliche, denke ich, wenn man als Frau bemerkt, dass man sein erstes Kind von dem Elf erwartet, den man liebt und keine Ahnung hat, wie man es ihm sagen soll." Und sie war auf einmal selbst über sich verwundert, dass ihr die Worte so einfach entschlüpft waren.

„Du erwartest mein Kind!", stieß Tamarun aus und ließ seinen Blick über ihren Körper wandern. Dann begann er zu strahlen, überwand die wenigen Schritte, die sie trennten, und gab ihr einen Kuss. Kurz darauf umfasste er ihre Taille, riss sie an sich und wirbelte sie herum.

Marie legte ihren Kopf an seine Schulter, ihre Arme um seinen Hals und schloss die Augen, bis sie den Boden unter den Füßen wieder spürte.

Schritte erklangen hinter ihnen und eine Stimme fragte: „Ist alles in Ordnung bei euch, meine Kinder?"

Tamarun ließ Marie los, öffnete den Mund, als wolle er etwas sagen, doch... - er wusste sogleich, als er seine Ziehmutter ansah, dass diese längst schon um Maries Zustand wusste und im nächsten Augenblick ließ er darüber seiner Empörung freien Lauf, indem er meinte: „Ich hoffe doch sehr, dass ich nicht der Letzte im Reich bin, der von dieser freudigen Nachricht in Kenntnis gesetzt wurde, Eure Hoheit!"

„Was soll das, Tamarun?", fragte seine Ziehmutter und klang nun selbst etwas ungehalten.

„Weißt du, Mutter, ich zweifle öfters an deinem Vertrauen zu mir und musste gerade feststellen, dass du meines zu dir hintergehst."

„Was meinst du damit?"

„Ich wollte zwar darüber schweigen, doch hast du wirklich geglaubt, wir hätten den Wächter, den du uns vor der Bundschließung hinterhergeschickt hast, nicht bemerkt? Und nun weißt du, dass meine Gemahlin mein Kind unter dem
Herzen trägt und sagst es mir nicht."

„Der Wächter galt eurer Sicherheit und eine Schwangerschaft ist zuerst eine Sache zwischen den

Eheleuten. Also gib mir nicht die Schuld, wenn du vor lauter Liebe die Veränderungen an deiner Gemahlin nicht bemerkt hast."

Tamarun seufzte. „Weiß Vater es auch schon?"

„Jaylen wird es sogleich wissen, wenn du nicht bald zur Vernunft kommst, Junge, und weiter so laut in deiner Empörung bist." Soberia kam näher, streichelte sanft über Maries Bauch und meinte: „Bleibt nur zu hoffen, dass du nicht zu sehr nach deinem Vater gerätst, mein Kleines, denn sonst schreist du nach deiner Geburt unser ganzes Elfenreich zusammen." Dann sah sie Tamarun herausfordernd an. Tamarun erkannte jedoch am Blick seiner Ziehmutter, dass sie ihn damit nur necken wollte.

„Vergib mir, Mutter. Ich tat dir in Bezug auf Maries kleines Geheimnis Unrecht."

„Es gibt nichts zu vergeben, Junge! Aber tu uns allen einen Gefallen und halte deine Gefühle unter Kontrolle... du weißt selbst, wohin sie dich führen können."

Marie hob die Hand. „Darf ich dazu nun auch einmal etwas sagen? Ich weiß, du sagtest, ich solle zu Tamarun gehen und es ihm sagen. Tamarun, das war schon vor zwei Tagen." Marie legte wie entschuldigend die Hand auf ihren Bauch. „All das, also dass ich so schnell ein Kind von dir bekomme, das musste ich jedoch erst einmal selbst begreifen." Sie sah Soberia an: „Ich bin dir von Herzen dankbar, dass du keinem mein kleines Geheimnis verraten hast, Mutter. Und natürlich lag es nicht im meiner Absicht, dass es deswegen zu Unstimmigkeiten zwischen Tamarun und dir kommt." Nun ging es Marie wirklich schlecht und sie begann zu weinen.

Tamarun zog die Augenbrauen zusammen und sah die beiden Frauen einen Moment lang verwirrt an, doch dann schüttelte er den Kopf, als er sah, dass Marie eine Träne die Wange hinablief.

Nur schwer verbarg Soberia ein Schmunzeln, als sie meinte: „Das Kind im Bauch einer Frau macht sie rührselig, das ist wohl ebenso bei uns Elfen wie bei den Menschen und der werdende Vater wird zu einem Narren, sobald er davon erfährt. Ein guter Rat von mir an dich, Marie: Man sollte den Narreteien der Männer in der Zeit der guten Hoffnung am besten keine Aufmerksamkeit schenken. Und ich bin dir nicht Kram. Was Tamarun angeht, sollte er mehr Verständnis für dich haben und uns nicht mit seinem beleidigt sein nerven."

Zischend stieß Tamarun den Atem aus und bedachte seine Mutter mit einem äußerst empörten Blick, bis er leise flüsterte: „Baldige Großmütter können auch gewaltig nerven."

„Pass bloß auf, mein Sohn! Du solltest in deiner Gefühlsflut nicht völlig vergessen, dass ich nicht nur deine Mutter, sondern auch die Herrin unseres Volkes bin. Also bitte ich doch um etwas mehr Respekt, mein Sohn."

Tamarun verneigte sich und als er wieder aufsah stand Soberia direkt vor ihm, lächelte und strich dann liebevoll mit ihrem Zeigefinger über seine Wange. „Ihr solltet euch diese besonderen Momente bis zum Elternsein, die nun kommen, nicht durch Furcht und Vorwürfe verderben. Ach und bringt es Jaylen schonend bei, dass er Großvater wird. Er ist manchmal etwas eitel. Er knabbert noch an einer Bemerkung herum, die ich äußerte, als ich von meinem letzten Besuch in der Menschenwelt zurückkam."

Marie fragte lächelnd: „Sag bloß, Mutter, er hat deine Bemerkung wegen des Schauspielers, der Thranduil verkörpert, noch immer nicht verkraftet?"

„Seine Eifersucht lässt nach, mein Kind, und ich überlege bereits, ob ich ihm nicht auch ein wenig von diesem Legolas vorschwärmen soll, damit er sich auch weiterhin so anstrengt mir zu gefallen."

„Das solltest du nicht tun, Mutter, das wäre gemein!"

Soberia lachte leise, dann ging sie um ihre Pflichten zu erledigen und ließ das Paar alleine.

„Soll ich zu ihm gehen und es ihm sagen?", fragte Tamarun.

„Nein!" Marie schüttelte lachend den Kopf. „Wir gehen gemeinsam zu deinem Vater und zwar gleich, bevor der nächste Mann in unserer Familie beleidigt ist!"

Tamaruns Lippen verzogen sich zu einem breiten Grinsen. „Unsere Familie, das hört sich aus deinem Mund sehr gut an. Aber Elfen sind nie beleidigt!", erklärte er.

„Ich ahnte bereits, dass du so was sagen würdest!" Marie versuchte ernst zu bleiben um sich dann selbst doch bei einem Lächeln zu ertappen.

„Liebste, ich muss mich doch sehr wundern, denn ich fürchte gerade, du nimmst mich nicht ernst!", empörte Tamarun sich, als sie gemächlich den Gang zum Arbeitszimmer des Elfenherrschers durchquerten.

Marie konnte sich das Lachen nicht mehr verkneifen, äußerte jedoch gleich darauf beschwichtigend: „Ich bitte dich, denke so etwas nicht. Ich habe dich von Anfang an ernst genommen."

„Du hast mich in Heidelberg bei unserem ersten Kennenlernen für einen Verrückten gehalten!"

Marie verdrehte die Augen und atmete tief durch.

„Ich bitte dich, reg dich nicht im Nachhinein noch darüber auf, das schadet dir nur und ..."

„Und was? Elfen..."

„Versuch mich jetzt nicht auch noch darüber zu belehren, dass Elfen sich nicht aufregen!", unterbrach sie ihn.

„Sich aufregen ist nichts Anstößiges für einen Elfen."

„Das ist ja wirklich erstaunlich", meinte Marie.

Tamarun zog die Augenbrauen zusammen. „Was meinst du damit? Erkläre mir das bitte!"

Und da war er wieder, dieser neckende Tonfall, wenn er sie bei einer Unstimmigkeit herausfordern wollte.

Marie legte ihren Kopf ein wenig zur Seite. „Ach, muss ich das?"

„Ja! Und wenn du es mir, deinem Gemahl, nicht erklärst, dann werde ich die Antwort heute in der Nacht aus dir herauspressen. Ich habe da so meine Methoden."

Ein Grinsen breitete sich auf ihrem Gesicht aus. „Versuch es! Doch nun möchte ich dich darauf hinweisen: Wir sind da", meinte sie und wies auf die Tür.

Zögernd hob Tamarun die Hand, um an der Tür anzuklopfen. „Du hältst mich also gerade wieder einmal für einen Narren?", fragte er, während seine Fingerknöchel auf das Holz trafen.

Marie schlug in gespielter Empörung gegen seine Schulter. „Ich halte dich für das was du bist... für meinen Mann. Und dieser wird nun mit mir zu seinem Vater gehen und ihm sagen, dass er Großvater wird."

Ein Klopfen riss Jaylen aus den Studien der Pergamente, die vor ihm auf dem Tisch ausgebreitet lagen.

Nach seinem „*Herein*" und dem Öffnen der Tür, breitete sich auf seinem Gesicht ein Lächeln aus.

„Vater, wir möchten dir etwas mitteilen", meinte Tamarun. „Dürfen wir eintreten?"

„Ja, kommt nur herein. Ist etwas geschehen?", fragte der Elfenherrscher nun und um seine Augen zeigten sich augenblicklich Sorgenfalten.

„Bitte Kinder sagt mir nicht, dass ihr uns verlassen wollt um ins Menschenreich zurückzukehren!"

„Traust du uns das denn zu?"

„Naja..."

Tamarun unterbrach ihn: „Mach dir keine Sorgen, Vater, das ist es nicht, was wir dir mitteilen wollen. Aber gewöhne du dich besser daran, dass du in nicht allzu langer Zeit mit einer Großmutter deine Bettstatt teilen wirst. Nur darüber solltest du dir Gedanken machen und nicht, dass wir euch verlassen wollen."

„Großmutter?", meinte Jaylen fragend.

Marie konnte das Lachen nicht länger zurückhalten und so sah er sie ein wenig verwundert an.

„Du wolltest, dass ich mir eine Frau nehme. Die habe ich jetzt! Du wolltest ein Enkelkind. Du bekommst es alsbald!", sagte Tamarun, so als wäre es das Selbstverständlichste der Welt.

Jaylen stand da und sah zwischen Marie und Tamarun hin und her. Er schloss die Augen, um die Freudentränen zu verbergen, die in ihm aufstiegen. Dann stürmte er wortlos auf Tamarun zu und schlag fest die Arme um ihn, um sich kurz darauf auch Marie zuzuwenden. Er umarmte auch sie und meinte: „Ich bin dir sehr dankbar für alles, das was du für meinen Sohn getan hast, als er seine Dummheit beging, und auch für das, was du für uns tust. Ihr beide sollt wissen, dass ihr gerade einen alten Elfen sehr glücklich gemacht habt!"

Marie lächelte in sich hinein *Alter Elf... Wenn* sie sein Alter nicht gewusst hätte, sie hätte ihn nicht älter als Vierzig geschätzt. Jaylen sah sie mit einem warmen Lächeln an und Marie erwiderte dieses von ganzem Herzen.

Eines Besseren belehrt

Marie schritt langsam dahin. Sie hatte sich das Dahinschreiten der Elfen angewöhnt, so wie es Soberia ihr mit viel Geduld gelehrt hatte. Ärgerlich runzelte sie im nächsten Augenblick die Stirn, denn schon nach ein paar Schritten hatte sie wieder einmal das Gefühl verfolgt zu werden. Nun hatte sie aus den Augenwinkeln die Gestalt, die ihr nachsetzte, hinter einen Baum huschen sehen. Ärgerlich und genervt seufzte sie auf. *„Ralaran, ... schon wieder!"*

Marie fragte sich einmal mehr für wie dumm und naiv dieser Elf sie eigentlich halten musste. Ebenso fragte sie sich, zu welchem Zweck er ihr immer wieder heimlich folgte, obwohl ... Er sprach Tamarun seit Wochen gemäß dessen Wunsches förmlich mit dem Titel 'Prinz' an, doch ihr war schon mehrfach aufgefallen, dass dies furchtbar quälend für Ralaran zu sein schien. Was noch sonderbarer für einen Elfen war: Er bemerke nicht einmal, dass sie ihn in so mancher Situation genau studierte. Meistens wirkte er nach einem Aufeinandertreffen mit ihnen gedankenversunken oder ein Schauder schüttelte ihn, als ob Kälte nach seinem Herzen griff. Dennoch fing sich der Elf dann meist schnell wieder, um an sein weiteres Tagwerk zu gehen.

Seitdem Marie einige weitere Gespräche mit ihren Schwiegereltern geführt hatte und es ihr durch ihre eigene Veränderung gelungen war, sich noch besser in das Wesen der Elfen hinein zu fühlen, hatte sie über das Zerwürfnis zwischen Tamarun und Ralaran umso mehr nachgedacht. Sie war zu der Erkenntnis gelangt, dass Ralaran einem fast leidtun konnte.

Soberia hatte zu der Freundschaft zwischen den beiden Elfen gesagt: *„Das Band der Freundschaft,* dass sie miteinander verband, war so stark, dass wir uns nie hätten vorstellen können, dass es je reißt."

Doch gerade war Marie wieder einmal ziemlich wütend auf Ralaran. Zu versuchen, weil er vom Bruch der Freundschaft getroffen war, ein offenes Gespräch mit ihm zu führen, das war die eine Sachen, doch sie zu beschatten und ihnen bei jeglicher Gelegenheit nachzuspionieren, das war etwas ganz anderes.

Marie blieb hinter einem der nächsten Bäume verborgen stehen. Als Ralaran diesen erreichte, trat sie hervor und stellte sich ihm mit vor der Brust verschränkten Armen in den Weg. Sie war in keiner barmherzigen Stimmung ihm gegenüber, denn er hatte sie in den letzten Tagen durch sein abstruses Verhalten zu sehr gereizt.

Er sah Marie mit weit aufgerissenen Augen erschrocken an.

Marie verzog spöttisch den Mund und meinte dann in äußerst herablassendem Ton: „Wenn haben wir denn da? Unseren schleichenden Maulhelden. Wie mir scheint ist es für Euch sehr bedauerlich, dass ausgerechnet ich Euch bei Eurer unfreundlichen Absicht ertappt habe!"

Ralaran sah Marie wie vom Donner gerührt an, denn zuvor war sie ihm immer aus dem Weg gegangen und nun schien sie ihm offen begegnen und darüber hinaus auch tadeln zu wollen. Er atmete tief auf und senkte betreten den Blick.

Marie war erstaunt, dass er sie so hilflos angesehen hatte und immer noch keinen Laut hervorbrachte. Daher fragte sie: „Hat man Euch etwa als Strafe für Euer schändliches Verhalten die Zunge am Gaumen festgeklebt, Ralaran?"

Er schluckte trocken, sagte jedoch immer noch kein Wort.

„Falls ihr Euch fragt, Ralaran, was ich hier mache und da Ihr mir ein wiederholtes Mal nachschleicht, dachte ich, ich könnte ebenso gut hier stehenbleiben und auf Euch warten, um Euch zu fragen, was das soll."

Nun sah er sie endlich wieder an und meinte: „Ich gehe nur meines Weges! Ich kann nichts dazu, dass meine Aufgabe mich Euren Weg kreuzen lässt"

„Tamarun sagte mir, Elfen lügen nicht. Doch anscheinend seid Ihr kein Elf, sondern einfach nur ein eitler, dummer Pfau!"

„Was ist ein Pfau?"

„Wollt Ihr mich jetzt auch noch veralbern, Ralaran?", schimpfte Marie los.

„Nein! Ich weiß wirklich nicht was ein Pfau ist", erklärte er mit einem derart zerknirschten Gesicht, dass Marie ihm diesmal sogar glaubte und so erklärte sie ihm: „Ein Pfau ist ein Vogel, der sich durch das Aufplustern seiner Federn beweisen möchte und der sich dabei gerne auch einmal überschätzt, da er mit seiner Haltung zu signalisierten versucht: *Ich bin der Schönste und Größte!* Darüber hinaus kann ich Euch nur warnen, denn über kurz oder lang wird Euer Benehmen mit tödlicher Sicherheit nicht nur zwischen Tamarun und Euch, sondern auch zwischen Euch und Eurer Herrschaft zu gewaltigen Spannungen führen. Ihr könnt Euch wirklich sehr glücklich schätzen, dass Tamarun einige Details seiner Entführung und auch wie Ihr mit mir umgesprungen seid, meinen Schwiegereltern nicht berichtet hat."

Nun senkte Ralaran den Blick erneut. Seine Stimme war leise, als er eingestand: „Ich weiß, ...und ich frage mich, warum Tamarun es ihnen bis heute nicht berichtet hat, wo er doch so wütend auf mich ist?"

„Glaubt Ihr es gäbe nach alldem, was Tamarun bei den Menschen widerfahren ist, für ihn nichts Wichtigeres zu tun, als Euch vor seinen Zieheltern schlecht zu machen? Jemanden schlechtmachen, das ist doch eher Euer Part in der Geschichte! Ihr müsstet ihn wirklich besser kennen, Ralaran. Falls Ihr es noch nicht wissen solltet: Im Gegensatz zu Euch unhöflichem, ungehobeltem Klotz ist er ein kultivierter, feinsinniger Elf."

Als Ralaran nichts darauf sagte, meinte Marie: „Wieso werde ich das Gefühl nicht los, dass Ihr genau wisst, dass Ihr mit Eurem Verhalten alles zwischen euch zerstört habt, was euch beide so lange brüderlich verband und dass Ihr weder ein noch aus wisst, wie Ihr diesen Schaden wieder aus der Welt schaffen sollt?"

„Hm", entkam es Ralaran. „Und dass dies so ist erfreut Euch wohl ungemein, Scarandali!", würgte er mühsam hervor.

„Werdet nicht wieder beleidigend mir gegenüber, Ralaran!"

„Was meint Ihr? Scarandali ist der Titel, mit dem Ihr anzusprechen seid, seid Ihr Tamaruns Gemahlin wurdet", echauffierte er sich, da er sich zu ungerecht beschuldigt fühlte.

„Die Anrede habe ich nicht gemeint, sondern dass ihr mir unterstellen wollt, dass ich mich am Leiden anderer ergötze."

„Ihr könnt es ja der Herrschaft melden!"

„Falls Ihr es noch immer nicht bemerkt haben solltet: Ich habe nicht einmal Euer schändliches Benehmen mir gegenüber in der Menschenwelt meinen Schwiegereltern gemeldet, also warum sollte ich ihnen dann von dieser doch recht harmlosen Unterhaltung zwischen uns berichten? Aber

denkt was Ihr wollt über mich, Ralaran, doch lasst mich endlich in Ruhe! Und nun entschuldigt mich bitte, ich habe noch sehr viel zu tun." Marie ließ ihn stehen und ging.

Argwöhnisch sah Ralaran ihr nach. Er war sich sicher, dass sie ihn entweder bei der Herrschaft melden oder sich bei Tamarun über ihn beschweren würde. „Es kann nicht mehr schlimmer werden, als es jetzt schon ist!", murmelte er.

Als Marie kurz darauf in ihr Haus zurückkehrte, meinte sie seufzend zu Tamarun: „Dein närrischer einstiger Freund hat mich wieder verfolgt!"

„Seinetwegen musst du dir keine Sorgen machen. Ralaran würde sich nicht noch einmal wagen dir etwas anzutun."

„Ich mache mir darüber auch keine Gedanken. Aber ich mache mir Sorgen, dass wir keine Privatsphäre haben, wenn wir unser Heim oder das Haus deiner Eltern verlassen."

„Dann sag ihm unverzagt, sobald du ihn entdeckst, dass er verschwinden soll!"

Marie hob belustigt die Brauen, als sie fragte: „So unverzagt, wie ich das eben gerade getan habe? Tamarun, ich habe ihn gerade eben zur Rede gestellt. Soll ich, wenn ich ihn noch einmal erwische, es ihm so beibringen, dass alle meinen Handabdruck auf seiner Wange sehen?"

Marie fing Tamaruns verwunderten Blick auf, als er sie ansah.

„Du hast ihn also gestellt?"

„Man könnte es so nennen."

Tamarun musste schmunzeln, als er nachhakte: „Sag, seit wann bist du so grob, dass du andere schlägst, wenn du sie zur Rede stellst, mein sanfter, liebreizender Kiwi?"

Marie knuffte ihn daraufhin gegen den Arm und meinte: „Wie wäre es denn ihm gegenüber mit einer kleinen Warnung von dir und den Worten, er solle sich um seinen eigenen Kram kümmern? Ich denke es ist an der Zeit, dass du ihm sein lästerliches Tun vor Augen führst, mein Gemahl."

„Ich werde ihn zur Ordnung rufen."

„Und ich bezweifle dennoch, dass er deiner Forderung nachkommen wird. Vielleicht solltest du dir aber doch noch einmal anhören, was er dir zu allem, was er getan hat zu sagen hat!"

„Marie, er hat genug getan oder nicht getan. Ich bin nicht gewillt mir seine fadenscheinigen Erklärungen noch einmal anzuhören, die sowieso wieder in Schmähungen gegen dich und dein Volk enden werden."

Als Ralaran noch am gleichen Abend nach dem unangenehmen Zusammentreffen mit Marie zu seiner Herrschaft befohlen wurde, befürchtete er schon das Schlimmste. Und so war er sichtlich verblüfft, als er den Thronsaal wieder verließ und kein Wort darüber gefallen war, dass er Tamarun und Marie in letzter Zeit immer wieder verfolgt hatte. Er war nur verwundert, dass seine Herrin gemeint hatte, ihr wäre aufgefallen, dass er in letzter Zeit ziemlich wachsam sei, gerade ihrer Familie gegenüber. Sie habe sich mit eigenen Augen davon überzeugen können, dass er seine Pflichten als Wächter sehr ernst zu nehmen schien.

Ralaran traf beim Verlassen des Herrscherhauses auf Tamarun, der auf dem Weg zu seinen Eltern war und der ihm mit klaren Worten gebot, sie nicht mehr zu beobachten oder ihnen aufzulauern. Die darauffolgenden Worte seines einstigen Freundes, er wolle darüber jedoch kein Aufheben machen, denn das sei er ihm nicht einmal mehr wert, hatten ihm zwar sehr wehgetan, doch damit schien selbst für Tamarun die Sache erledigt zu sein.

***

Tamarun saß mit Marie drei Tage später am See. Tamarun unterbrach seinen Kuss und raunte ihr ins Ohr: „Er beobachtet uns immer noch und dass obwohl wir so glücklich und verheiratet sind."

„Dein Vater?" fragte Marie, da sie ihn beim Beobachten auch schon mehrmals erwischt hatte.

„Nein, es ist Ralaran!"

„Ach der! Ich ignoriere ihn einfach, so wird er es vielleicht irgendwann aufgeben."

„Ich habe ihm gesagt, er soll das lassen. Er bringt mich noch so weit, dass ich aus der Haut fahre."

„Vielleicht ist es genau das, was er damit bezwecken will. Er kommt mir immer mehr vor wie ein Kind, das seine Eltern ärgert, nur damit man ihm Aufmerksamkeit schenkt selbst wenn es ihm Schlägen einbringen sollte." Marie sah nun zu der Stelle hinüber. Eigentlich wollte sie dem Elfen einen giftigen Blick zuwerfen, doch sie ließ es, denn Ralarans Augen blickten so traurig und umschattet von Schmerzen zu ihnen hinüber, dass dieser Blick Mitleid in ihr weckte. Er war kein wirklich schlechter Elf, das hatte sie schon längst bemerkt. Ihre Schwiegermutter hatte ihr einiges über Ralaran berichtet. Er hatte, so wie Tamarun, beide Eltern verloren, aber nicht so wie ihr Gemahl Tante und Onkel gehabt, die ihn an Kindesstadt hätten aufnehmen können. Auch war Ralaran selbst schwer verletzt worden, als seine Eltern zu Tode gekommen waren und Tamarun hatte ihn allein durch seine Freundschaft am Leben gehalten. Die beiden

Elfenmänner waren wie Brüder miteinander aufgewachsen. Und so wusste sie nun auch: Es konnte Ralaran zu Grunde richten, wenn Tamarun ihn weiterhin mit solcher Missachtung strafte, wie er es gerade tat.

Sie seufzte und schüttelte leicht den Kopf. „Tamarun, rede bitte mit ihm über all die Dinge, die passiert sind. Ihr wart beste Freunde - mehr noch - fast Brüder."

Tamarun seufzte: „Es gibt zwischen uns nichts mehr zu besprechen. Du hast zwar Recht, dass er mein bester Freund war, ähnlich wie es sich mit Simon und dir verhält, doch er hat dich schlecht behandelt und dich damit in eine schwierige Lage gebracht. Das kann ich ihm nicht verzeihen."

„Er hat es getan, weil er nicht wusste, was zwischen uns ist. Menschen gelten nun einmal als Gefahr, besonders nach alldem, was sie dir angetan haben und gerade daran fühlt er sich offensichtlich mit Schuld. Mutter hat mit mir heute darüber gesprochen, dass auch sie dieses Gefühl hegt, dass er sehr verzweifelt ist und dass sie euren Streit nicht recht versteht. Sie hat mich gefragt, ob ich mehr darüber wüsste. Marie beugte sich zu Tamarun und gab ihm einen Kuss auf die Wange, dann erhob sie sich. Sie lächelte ihren Mann an und meinte: „Bleib noch etwas hier, Liebling, und denk alleine und in Ruhe darüber nach, ob es wirklich sinnvoll für euch beide ist ihm weiter so zu zürnen. Vielleicht hat Ralaran ja auch noch einmal den Mut und kommt auf dich zu, wenn du es nicht tust. Tut er es, weise ihn nicht wieder einfach ab, denn er leidet."

Tamarun saß noch eine Weile da, dachte über die Unterhaltung mit Marie nach und erst als er schon gehen wollte rief Ralaran: „Mein Herr, wartet bitte! Ich möchte etwas zwischen uns klarstellen."

Tamarun sah Trauer, Schmerz und Unsicherheit in Ralarans Augen aufflackern. Es war eine kurze, intensive Gefühlsregung, die jedoch genauso schnell wieder verschwand, wie sie gekommen war. Er wusste, dass man als Elf seinem Gegenüber in einem solchen Fall Gefühle nur selten offen zeigte, denn der andere konnte, wenn er wollte, solche Offenheit auch gegen einen selbst nutzen und so hatte ihm dieser kurze Augenblick mehr erklärt als tausend Worte.

Ralaran begann seine Erklärung gegenüber Tamarun jedoch erneut sehr ungeschickt, indem er nun weniger förmlich meinte: „Wir leben hier zusammen und nur, weil du wegen meines Verhaltens gegenüber deiner Marie in der Menschenwelt wütend auf mich bist, werde ich dennoch keinen Bogen um euch machen."

Tamarun sah ihn an, sein Ton war scharf, als er meinte: „Ach ja und deswegen folgst du uns wie ein Schatten und traust dich nicht uns offen zu begegnen? Deine Worte machen genauso viel Sinn wie deine schändlichen Taten, die du dir Marie und mir gegenüber geleistet hast."

Ralaran holte tief Luft und meinte zerknirscht: „Also dann sag mir doch einfach, wie ich mich zukünftig euch gegenüber verhalten soll!"

Natürlich hätte Tamarun ihn nun darauf hinweisen können, dass Ralaran gerade die auferlegte förmliche Anrede vergessen hatte, doch er sah fürs Erste darüber hinweg.

„Am besten lässt du vor allem Marie in Ruhe, denn sonst bekommst du es bald richtig mit mir zu tun. Was mich angeht, dürftest du doch bestimmt wissen, dass du da wohl einiges mit der Herrschaft geklärt haben solltest, bis du mich wieder ansprichst."

„Ich weiß, was du meinst und ich werde es tun."

„Gut! Aber sag, was hält dich dann noch auf?"

„Ich möchte, dass du dabei anwesend bist, wenn ich es tue, denn es ist nicht nur unsere Herrschaft, sondern sie sind auch deine Zieheltern. Ich will, dass du hörst was ich ihnen sage und hoffe, dass du mir meine Fehler dann vielleicht auch vergeben kannst. Tamarun, verdammt! Wir waren wie Brüder, bevor dies alles geschah. Diese Menschen, die dich entführt haben, sie haben so viel zerstört. Sag nichts. Ich habe längst begriffen, dass deine Gemahlin nichts damit zu tun hatte und auch, dass sie kein schlechter Mensch ist."

„Marie ist zwar menschlicher Abstammung, doch seit wir vermählt sind, gilt sie nicht mehr als Mensch. Begreife auch dies endlich."

„Das habe ich schon längst, Tamarun. Auch das wenn – die Götter bewahren uns davor – der Herrschaft etwas geschieht, dass sie die Herrscherin unseres Volkes sein wird. Und glaube mir, nicht nur das Volk, sondern auch ich würden euch dann willig folgen. Doch nun zu der Sache zwischen uns: Ich bitte dich, gib mir diese eine Möglichkeit mich vor der Herrschaft in deinem Beisein zu erklären."

Kurze Zeit später stand Ralaran mit gesenktem Kopf vor der Herrschaft seiner Elfensippe und Tamarun war wahrhaftig neben ihm.

„Erzähl, was ist geschehen, dass du so reumütig vor uns stehst, Ralaran?", meinte Jaylen.

Da Ralaran immer noch keinen Ton von sich gab, begann Tamarun zu erklären: „Mein Herr, meine Herrin, Mutter und Vater, wir sind hier, weil ich, wie ihr mir schon sagtet, Ralaran ungerecht behandle und ihm gegenüber ungehalten bin. Er möchte euch den Grund, warum dies so ist, selbst mitteilen. Heimaki und die Krieger, die mit ihm in der Menschenwelt waren, als ich zurückkehrte, wissen auch worum es geht, haben es aber ebenso vorgezogen wie Marie und ich zu schweigen, damit Ralaran sich euch gegenüber aus freien Stücken erklären kann."

Jaylen und Soberia blickten Ralaran fragend an. Da Ralaran jedoch weiterhin keinen Laut über die Lippen brachte und seine Stiefelspitzen besah, fuhr Jaylen ihn betont ungeduldig an: „Dürften wir vielleicht noch vor dem Abendmahl um eine Erklärung bitten oder soll deine Herrschaft Hunger leiden, weil du dich für das Schweigen entschieden hast, obwohl du uns doch so dringend noch vor dem Essen zu sprechen begehrtest?"

Ralaran sah auf und seine Herrschaft an. „Meine Herrschaft, ich weiß nicht wie ich anfangen soll, aber... es tut mir unendlich leid und es brach mir einst fast das Herz, als ich erkannte, dass ich durch mein Zögern zu viel Zeit verstreichen ließ."

„Welches Zögern?"

Ralaran blickte erneut betrübt zu Boden, um ja keinen Augenkontakt mit der Herrschaft halten zu müssen, da er am Eingestehen seiner Feigheit schwer zu tragen hatte. „Damals, meine Herrschaft, als Tamarun uns entrissen wurde, da habe ich gefehlt. Ich fühlte mich aufgrund der Übermacht der Menschen überfordert, hatte auch gehört, sie wollten Tamarun am Leben lassen und habe ihm aus Feigheit heraus nicht beigestanden. Deshalb versuchte ich erst gar nicht ihm zu helfen, sondern machte mich auf den Weg zu Euch. Mir hätte jedoch klar sein müssen, dass der Regen jegliche Spuren verwischen würde. Ich konnte aber doch auch nicht wissen, dass sie Tamarun in ein anderes Land bringen würden. So etwas wäre mir niemals in den Sinn gekommen. Würde ich heute noch einmal vor die Wahl gestellt, so würde ich anders handeln. Auch was mein Verhalten gegenüber eurer Schwiegertochter angeht. Ich habe ihr Schlimmes angedroht, bevor Tamarun dazwischen ging, als ich sie in der Menschenwelt mit den Kriegern zu fassen bekam."

Tamaruns Ziehvater war bereits im Begriff mit einer Strafpredigt zu beginnen, aber Tamarun hob beschwichtigend die Hand und sagte: „Lass es gut sein, Vater, ...und lass mich bitte etwas erklären."

Tamarun sah nun Ralaran an und meinte: „Die Menschen haben mich entführt, um ein Forschungsobjekt aus mir zu machen. Vielleicht hätten sie es auch mit dir gemacht, wenn du versucht hättest, mich im Alleingang zu retten. Es geht mir nicht mehr um mich, denn es war ebenso mein Fehler, dass ich in die Hände dieser Menschen fiel. Es geht mir um Marie und wie du sie behandelt hast. Vor allem du hast ihr Angst eingejagt. Wie bist du nur auf die Idee gekommen sie an den Ast eines Baumes zu binden und ihr mit Folter zu drohen?"

„Marie als menschliche Frau, auch wenn zuvor in deiner Begleitung, erregte einen gewissen Argwohn in uns, wie du bestimmt verstehen wirst. Und ich hasste die Menschen, wegen dem was sie dir angetan hatten, obwohl ich nicht einmal genau wusste, was dies gewesen war. Aber nach deinem langen Wegbleiben und wie sie dich einst wegbrachten, konnte es ja nichts Gutes gewesen sein. Es dauerte eine Weile bis ich verstand, wieso sich eine Beziehung zwischen euch entwickeln konnte. Und einige unseres Volkes stehen dieser Beziehung, obwohl ihr inzwischen vermählt seid, auch immer noch ein wenig kritisch gegenüber, da Marie dem Volk entstammt, das dich unserer Gemeinschaft so lange beraubt hat."

„Ich habe dir und allen anderen hier aber doch schon so oft erklärt, dass als Marie mich fand, ich in ziemlichen Schwierigkeiten steckte und meine Existenz zu dieser Zeit an einem sehr dünnen Faden hing. Als ich erkannte, was ich für Marie fühlte, habe ich sehr stark mit meinen Gefühlen gekämpft und mich trotz der Liebe, die ich empfand, entschieden sie wegzuschicken. Du hast mit deinem Eingreifen und dem Befehl, sie gefangen zu nehmen, eine Wende gebracht, die ich so für Marie nicht gewollt habe. Ihr habt Marie nicht einmal die Möglichkeit gelassen, sich zwischen mir und ihrem alten Leben zu entscheiden. Stell dir doch einmal vor, sie würde immer noch darunter leiden."

Marie, die mittlerweile den Thronsaal betreten hatten, rief: „Ich hatte mich im Herzen doch schon für dich entschieden, noch bevor dies alles geschah. Hast du es denn schon vergessen? Ich wollte dein Volk selbst kennen lernen." Sie sah Ralaran an. „Jedoch nicht auf diese Weise, wie man mir dieses Kennenlernen dann aufzwang. Ich denke, das sollte beides auch erwähnt werden!"

Tamarun trat zu Marie und gab ihr einen Kuss bevor er sagte: „Dir wäre es jedenfalls niemals in den Sinn gekommen, selbst nachdem ich dir den Wunsch nicht erfüllen wollte, uns an die Menschen zu verraten. Doch wäre dir etwas geschehen oder hättest du unter unserer Verbindung gelitten, mit dieser Schuld hätte ich nicht leben können. Niemals! Daher bin ich so wütend auf dich, Ralaran. Ich erwarte jedoch nicht, dass man dich nun dafür bestraft!"

Marie lächelte, als sie ausrief: „Ich auch nicht! Immerhin
hat seine Unverschämtheit, was uns betrifft, zu einem guten Ausgang geführt." Ralaran Kopf ruckte zu Marie hinüber, doch als er zu lächeln begann, versetzte Marie ihm einen heftigen Dämpfer: „Aber das bedeutet nicht, dass ich einen solchen Hohlkopf wie Euch nun mögen muss. Und solltet Ihr mir nur noch ein einziges Mal nachschleichen, dann könnt Ihr was erleben, Ralaran."

„Marie, bitte Liebste, könntest du mich nun auch weiterreden lassen, bevor ich den Faden verliere?", unterbrach Tamarun sie. Dann grinste er und fragte: „Gibst du ihm das dann auch schriftlich?"

„Ja gewiss und zwar handschriftlich mit Fingersignatur mitten auf die Wange, mein Gemahl, damit alle lesen können, was für ein unverbesserlicher Narr er ist."

„Also was ich eigentlich noch sagen wollte", meinte Tamarun grinsend, bevor er wieder ernst wurde, „Ich kann und habe selbst nicht erwarten, dass man meine Fehler und meinen Übermut von damals entschuldigt. Ich bin einfach zu unvorsichtig gewesen. Und was ich dafür unter dem Professor und seinen Verwandten erleben musste, das ist eine größere Strafe, als die mir ein anderer je aufbürden könnte. Aber ich kann von dir erwarten, dass du Marie nicht weiter anfeindest, dass du dein schlechtes Benehmen ihr gegenüber und auch dieses ungehörige Gerede lässt. Ebenso, dass du dich für alles bei ihr entschuldigst und Abbitte ersuchst. Denn selbst wenn du auf Befehl gehandelt hast, hattest du nicht das Recht, Marie in solche Todesangst zu versetzen, wie du es getan hast. Darüber hinaus bist du uns wirklich zu einem verdammt unliebsamen Schatten geworden, ist dir das eigentlich bewusst? Die Freiheit über sich selbst zu bestimmen ist etwas, was man erst schätzt, wenn man diese schon einmal verloren hat. Unser abgeschiedenes Leben von den Menschen ist für Marie schon Bürde genug. Du wirst verstehen, dass ich nicht möchte, dass es Marie genauso ergeht wie mir."

Ralaran bat Marie daraufhin aufrichtig um Verzeihung.

Sie erklärte, sie nehme sie an, doch mehr könne er von ihr nicht erwarten.

Tamarun und Ralaran sprachen noch eine Weile miteinander, während die Herrschaft und Marie sich stillschweigend aus dem Raum zurückzogen. Beide Elfenmänner gestanden sich ein, dass sie sich sehr vermisst hatten. Als sie sich nach dem Gespräch trennten, waren beide erfüllt von einer Empfindung, die sie schon unwiderruflich verloren geglaubt hatten: Der Empfindung einer tiefen und brüderlichen Freundschaft zueinander.

Es dauerte noch einen vollen Mondlauf, doch dann waren auch Marie und Ralaran auf einem guten Weg sich anzunähern. Sie hatten es mittlerweile geschafft in den meist belanglosen Unterhaltungen die Förmlichkeiten abzulegen. Ralaran rechnete es Marie auch sehr hoch an, dass sie im Thronsaal nach seinem Geständnis mit ihren Worten ihn vor einer Bestrafung geschützt hatte. Und er wusste, hätte sie darauf bestanden, dann hätte er verbannt werden können. Und als Tamarun ihn das erste Mal seit langem wieder zu sich ins Haus und zum Essen einlud, war er überglücklich, auch wenn Marie ihm immer noch reserviert begegnete.

Tamarun war am späten Nachmittag noch einmal zu seinem Vater gegangen und war somit noch nicht zurückgekehrt, als Ralaran an diesem Abend zum Abendessen bei ihnen eintraf.

„Danke für die Einladung", klang seine Stimme angenehm melodisch zu Marie von der Eingangstür hinüber.

„Du bist früh dran", meinte sie daraufhin lächelnd.

„Etwas!", kommentierte er Maries Worte. „Verzeih! Wo steckt eigentlich Tamarun?"

„Er müsste gleich kommen. Er ist am Nachmittag noch einmal zur Herrschaft gerufen worden. Setz dich doch!", mit einer Handbewegung wies Marie auf einen der Sessel hin. „Ich habe noch etwas in der Küche zu tun, entschuldige mich!"

Marie bereitete das Essen weiter zu und schwieg dabei vor sich hin, da sie nicht wusste, worüber sie mit Ralaran noch reden sollte.

Verstohlen warf Ralaran ihr Blicke vom Wohnraum aus zu, während sie ein paar Kräuter in den Topf mit Gemüseragout warf. Auf einmal hörte Marie Ralaran sagen: „Nun sag mir, was du mir noch alles über mein unmögliches Benehmen dir gegenüber zu sagen hast, Marie. Bis jetzt haben wir es weitgehend erfolgreich verstanden, dieses Gespräch in Tamaruns Beisein zu vermeiden."

Verwundert zog Marie die Augenbrauen hoch, fing sich dann aber und drehte sich zu ihm um. Dann fuhr sie Ralaran an: „Na ganz toll, jetzt bin ich also wohl auch noch die Schuldige, dass du dich wie ein geisteskranker Idiot mir gegenüber benommen hast!" Ihr Blick zeigte ihm deutlich ihre Missbilligung, als sie weitersprach: „Tamarun ist nicht in der Nähe und du nutzt es aus, um mich erneut anzufeinden!"

„Na entschuldige mal! Von Anfeinden kann ja wohl nicht die Rede sein. Marie, es gibt da etwas, das zwischen dir und mir steht und das wir Tamaruns zu Liebe aus der Welt schaffen sollten. Oder willst du mich für das Missverständnis zwischen uns bis in alle Ewigkeit büßen lassen?"

„Du nennst jemanden Todesangst einzujagen und ihn in einem Baum hängen zu lassen ein Missverständnis?"

Ralaran stand auf und kam unaufgefordert zu ihr in den Küchenraum. „Du hast Tamarun gerettet und ihn uns wiedergebracht. Dass dem so war, das konnten wir damals doch nicht wissen. Heute ist mir klar: Ich hätte mich bei dir bedanken und dich nicht an den Händen gefesselt in den Baum hängen lassen und dich ängstigen sollen. Verstehe doch: Ich möchte, nachdem ich Tamaruns Freundschaft wiedergewonnen habe, keinen Unfrieden zwischen uns."

„Ich auch nicht!", meinte Marie.

Ralaran griff nach ihrer Hand und drückte sie leicht. „Und kannst du mir dieses Misstrauen und die Art, wie ich dich behandelt und geängstigt habe, dann nicht doch verzeihen?"

„Das Ganze ist nicht so leicht!"

„Ah, ich verstehe: Du weichst mir aus, um meine Entschuldigung nicht annehmen zu müssen, weil du dann nicht mehr böse auf mich sein kannst!", meinte Ralaran schief grinsend. „Es gefällt dir wohl einen Elfen zu quälen?"

Marie sah in nun direkt an: „Oh ja! Ich bin gerne böse auf dich und ich kann es durch Tamaruns Liebe nun sogar bis in alle Ewigkeit sein. Ich denke sogar, das ist es, was du von einem Menschen erwartest!"

„Ich denke, ich werde es trotzdem nicht aufgeben deine Verzeihung auch noch zu erlangen. Durch dich habe ich jedoch auch feststellen müssen, dass ihr Menschen ganz schön stur seid!"

„Willst du jetzt ernsthaft mit mir darüber zu streiten anfangen, wie stur Menschen doch sein können?"

„Nein, denn du bist ja längst keine richtige Menschenfrau mehr!"

„Haha, das mag ja sein, aber ich denke trotzdem noch wie eine! Vielleicht macht mich das sogar besonders stur."

Einen Moment lang wirkte Ralaran als wollte er aufgeben, doch dann brach es aus ihm hervor: „Bei der Erdgöttin es ist zum verrückt werden mit dir! Du bringst mich noch um meine Selbstbeherrschung. Womit habe ich das eigentlich verdient? Ich meine, Tamarun hat es mir auch irgendwie verziehen..."

„Ja, *irgendwie*, hat er das wohl", sagte Marie. „Aber ihn hast du ja auch nicht durch den Wald gezerrt, ihn bedroht und an einen Baum gehängt", gab sie ihm erneut zu bedenken. „Meine durch Tamarun erlangte Langlebigkeit hat somit einen wunderbaren Sinn, denkst du nicht auch?"

Ralaran seufzte schwer und musterte sie eine Zeit lang schweigend, bis er leise bemerkte: „Man kann Geschehenes nicht rückgängig machen. Wäre es so, wäre vieles einfacher! Warum reißt du mir eigentlich nicht gleich den Kopf ab, Marie?"

„Vielleicht sollte ich das wirklich tun oder dir etwas ins Essen mischen", gab sie spöttisch zurück und musste grinsen, als er sie daraufhin schockiert ansah. „Schon gut, du brauchst keine Angst haben, das würde mir Tamarun wohl nicht verzeihen!"

„Und ob er das tut würde, denn er liebt dich sehr."

„Was ist denn hier los?", meinte Tamarun da plötzlich, als er in den Wohnraum eintrat und warf Ralaran einen vorwurfsvollen Blick zu.

Marie lachte auf einmal los: „Sieh' in nicht so böse an.

Dein armer, theatralischer Freund kämpft gerade um meine Vergebung und um sein Seelenheil. Aber ich denke, ich zeige ihm noch heute Abend, dass der Anteil Mensch in mir ihm verzeihen kann! Ist deine Neugier damit gestillt und das Verhör beendet, Prinz Tamarun?"

Tamarun machte zuerst ein verdutztes Gesicht, doch dann begriff er: Marie hatte also vor, es Ralaran an diesem Abend zu sagen.

„Können wir nun essen? Unser Freund Ralaran und ich, wir haben Hunger. Und darüber hinaus laufen wir Gefahr, dass unser Kindspate zu mager für seine Aufgabe werden könnte, wenn er nicht bald etwas von diesem Mahl in seinen Magen bekommt."

Ralaran sah mit gekrauster Stirn zwischen Tamarun und Marie hin und her, bis er fragte; „Euer Freund - und Kindspate?"

Marie beantwortete die Frage mit einem Nicken und Tamarun unterdrückte ein amüsiertes Auflachen, als er Ralarans ungläubiges Gesicht sah. Sie konnte jedoch nicht anders als Ralaran erneut zu ärgern, indem sie Tamarun fragte: „Er begreift wohl immer sehr schwer, was? Bist du dir eigentlich sicher, dass er wirklich ein Elf ist?"

„Was begreife ich nicht?", meinte Ralaran und verzog beleidigt das Gesicht.

Marie und Tamarun lachten endgültig los und Ralaran blickte sie strafend an als er nachfragte: „Wollt ihr mich nun beide veralbern?"

„Nein! Natürlich nicht, Entschuldigung", erklärte Tamarun. „Aber wie die Menschen nun sagen würden, du schaust gerade ziemlich dämlich drein!"

Marie hatte aufgehört zu lachen und griff nach der Schüssel, um das Essen aufzutragen, doch im nächsten Augenblick hielt sie in der Bewegung inne. Sie legte ihre Hand auf den schon leicht gerundeten Bauch und erst jetzt fiel es Ralaran auf: Sie hatte nicht einfach zugenommen, sie erwartete Tamaruns Kind.

Das kleine Wesen hatte sich anscheinend gerade bewegt, begriff auch Tamarun und strich ihr nun sanft über den Bauch. Er gab ihr einen Kuss und meinte: „Du solltest dich vielleicht ein wenig mehr schonen, Liebes!"

„Ich bin nicht krank, Tamarun. Ich bekomme nur ein Kind und es dauert auch noch eine Weile! Ich denke auch, bis dahin wird Ralaran vielleicht begriffen haben, dass ich ihn als Patenonkel für unser Kind akzeptiere und dass ich diesem begriffsstutzigen Elfen sein unverschämtes Verhalten mir gegenüber längst verziehen habe." Dann griff sie erneut nach der Schüssel, doch Ralaran nahm sie ihr aus der Hand. „Das mache ich und nun kommt schon, sonst wird das Essen kalt."

Ralaran hielt Tamarun dann jedoch kurz zurück: „Du hattest Recht damit, sie zu erwählen. Sie ist eine starke Frau, die ihr Herz am rechten Fleck hat. Ich war ein Narr, dies nicht erkennen zu wollen."

„Ja, das warst du. Und vielleicht ist es gerade ihr menschliches Erbe, dass sie so stark und später einmal unersetzlich für unser Volk macht. Für mich ist Marie jedenfalls unersetzlich, denn ich brauche sie und ihre Liebe wie die Luft zum Atmen."

Unendliches Vertrauen

Soberia saß mit Marie hoch oben auf deren Veranda des herrschaftlichen Gebäudes, sie tranken Tee und sahen über die Elfenstadt hinweg. Marie hatte seit einiger Zeit ihre Höhenangst überwunden und bewegte sich mittlerweile auch völlig angstfrei auf den Stegen zwischen den Bäumen.

Die beiden Frauen unterhielten sich und Soberia meinte: „Wir Elfen widmen uns unser gesamtes Leben der Lehre der Kunst, dem Handwerk, ebenso der Wissenschaft, Forschung und Magie. Wissen, Erkenntnisse und Fähigkeiten- dies alles hat einen sehr hohen Stellenwert für uns. Im Laufe der Zeit entdeckten unsere Ältesten die Möglichkeit, mittels der Magie und der Sterne Tore zu schaffen, die es uns ermöglichen an verschiedene Orten der Menschenwelt zu gelangen, dort mit den Menschen in Kontakt zu treten aber uns auch vor der Völker verbergen zu können. Dies mussten wir besonders in den letzten Jahren tun, da die Menschenrassen uns wegen unserer Langlebigkeit, wie du weißt, beneiden. Ihre Habgier wurde immer größer und sie begreifen und akzeptieren es einfach nicht, dass wir ihnen nicht geben können was sie wollen. Nur darum leben wie hier zurückgezogen in unserer durch Magie geschützten Stadt, die unser Lebensmittelpunkt ist. Wir müssen heute noch mehr den Kontakt vermeiden, als damals, als die Menschen aus anderen Ländern der Erde begannen scharenweise mit ihren Schiffen nach Neuseeland zu kommen. Daher entschied sich unser Volk auch, nur aus gewichtigem Grund die Stadt und deren magischen Schutz zu verlassen. Botschafter wurden jedoch immer wieder entsandt, um zu klären, was es mit dieser Invasion der Menschen auf sich hat. Gelegentlich schicken die hier heimischen Maori-Häuptlinge auch Botschafter zu uns, damit wir ihnen bei massivsten Bedrohungen durch diese Neuankömmlinge helfen sollten, doch irgendwann ließen wir selbst diese nicht mehr in unsere Stadt. Wir beschlossen, dass jeder Sterbliche, der unsere Stadt betritt, dazu verurteilt ist, für immer hier zu bleiben ohne die Möglichkeit einer Rückkehr. Viele unserer Riten können wir nicht mehr frei ausüben, da die Orte, an denen wir sie einst praktizierten, von Menschen besucht und sogar zum Teil besiedelt werden. Es tut mir leid für dich, Marie, aber wir können im Augenblick weder dich in die Menschenwelt gehen lassen, noch kann dein Menschenfreund uns hier besuchen. Ich verspreche dir aber eine Lösung zu suchen, damit du ihn vielleicht eines Tages wiedersehen kannst. Wie du ja weißt spielt auch die Liebe bei uns eine große Rolle. Ich hoffe, dass Tamaruns Liebe dir ausreichend ist um nicht zu verzagen."

„Mir bedeutet seine Liebe alles, Mutter. Tamarun ist ein sehr einfühlsamer und zärtlicher Gemahl und er hat mich gelehrt Sexualität als etwas sehr Natürliches zu empfinden und zu genießen."

„Ein Elf würden nie einen anderen dazu zwingen."

Marie lächelte und meinte: „Ich weiß. Tamarun hätte mich nie gezwungen oder mich angefasst, wenn ich es nicht von mir aus gewollt hätte! Ich bin wirklich sehr glücklich! Aber da du es erwähnst, denke ich, dass er dir von meiner nicht gerade schönen Affäre mit seinem Vorgänger erzählt hat."

„Er hat und er hat auch mehr darüber berichtet, was diese Menschenfrau ihm antat, in dem sie ihn zum Geschlechtsakt zwang."

„Tamaruns Erfahrung war wesentlich schlimmer als die meine, denn ich ließ es geschehen, weil ich den Mann damals zu lieben glaubte. Ich erkannte meinen Fehler erst danach."

Da Soberia nun schwieg, drifteten Maries Gedanken ein wenig ab. Sie hatte nach ihrer Hochzeit schnell begriffen, dass Loyalität und wahre Freundschaft sehr wichtige Elemente in der Beziehung der Elfen waren. Die freundschaftlichen Beziehungen waren so innig, dass Tamaruns Freunde auch gleichsam zu den ihren wurden, ohne dass sie etwas dazu hätte beitragen müssen. Viele Dinge musste sie so nicht einmal mehr aussprechen, denn die Elfen verstanden sie, genauso wie auch Tamarun sie verstand. Das erste Misstrauen gegenüber ihr als Mensch und auch die Vorbehalte wegen ihrer Vermählung hatten sich allesamt schnell gelegt und alle waren vom Willen beseelt, ihr zu helfen. Keiner überließ sie sich selbst, wenn sie der Anleitung oder der Hilfe bedurfte. Marie war stolz auf die Verbundenheit, die die Elfen ihr entgegenbrachten. Mit der Zeit teilten sie sogar den gleichen Humor. Marie hatte von sich aus kein Problem sich den Elfen anzupassen und mit ihren Sitten in Einklang zu leben. Sie liebte Pflanzen und verwendete viel Zeit darauf diese zu erforschen. Elfen legen einen gewissen Wert auf Schmuck, machen jedoch dabei keinen Unterschied zwischen kostbarem Schmuck aus Edelsteinen, Gold und Silber oder einem Kranz aus Blättern. Marie verstand es durch ihre Ausbildung einfache und dennoch fein gearbeitete Blüten- und Blätterkränze herzustellen, was einige der Elfen sehr beeindruckte. Sie hatte daher schon so manchen Auftrag erhalten.

Soberia überlegte indes, denn sie wollte Marie einen Beweis ihres Vertrauens geben und das tat sie nun auch, indem sie ihr anvertraute, wieso sie nun langlebig war und so begann sie: „Marie Kind, ich möchte dir ein Geheimnis verraten, das mit dir und deiner erlangten Langlebigkeit zu tun hat. Dazu bedarf es einer etwas ausführlicheren Erklärung. Tardigraden sind mikroskopisch kleine, mehrzellige Lebewesen. Sie sind besondere Wesen, denn sie verstehen es bei extremen Bedingungen wie Wassermangel, Hitze oder auch Kälte ein totenähnliches Stadium einzunehmen, in dem sie jegliche Flüssigkeit aus ihren Zellen pressen und ihren Stoffwechsel soweit herabsetzten, dass eine Aktivität nicht mehr nachweißbar ist. Um aktiv leben zu können, brauchen Tardigraden eine feuchte Umgebung. Moose und auch Algen bieten ihnen einen idealen Lebensraum, der ihnen ebenfalls eine gute Nahrungsgrundlage darbringt. Die meisten dieser Tierchen pflanzen sich sexuell fort, einige Arten allerdings auch parthenogenetisch. Dies ist eine Form der eingeschlechtlichen Fortpflanzung. Dabei reifen unbefruchtete Eizellen zu Weibchen heran ohne von einem männlichen Artgenossen befruchtet zu werden." Soberia erklärte weiter: „Tardigraden werden von Menschen auch Bärtierchen genannt und befinden sich nicht nur in unserer Welt, sondern in fast allen menschlichen Lebensräumen. Sie fallen jedoch wegen ihrer geringen Größe kaum auf und sind so den meisten Menschen unbekannt." Die Elfe lächelte: „Komm mit, ich möchte sie dir zeigen, mein Kind!"

Marie saß kurz darauf mit Soberia am See und besah sich das Moos mit Hilfe des Vergrößerungskristalls, den Soberia bei sich hatte.

Marie lächelte als sie äußerte: „Die sind ja süß! Sie sehen wirklich bärenähnlich aus. Und wie putzig sie sich fortbewegen."

„Ja das tun sie. Doch leider sind einige dieser Arten in eurer Menschenwelt schon längst ausgestorben. Die Bärtierchen reagieren sehr empfindlich auf die Dinge, die eure Maschinen in die Luft freisetzen, insbesondere Schwefel, denn auf den reagieren sie sehr stark."

„Untersucht ihr sie nur oder haben sie für euch auch einen Nutzen?", fragte Marie nun neugierig.

„Einige von ihnen haben einen großen Nutzen für dich gehabt, mein Kind."

„Für mich?"

„Ja, im Hochzeitswein als Spender für deine Langlebigkeit!"

Marie sah ihre Schwiegermutter an und fragte nach: „Mussten dafür etwa welche von diesen Wesen sterben?", und Soberia konnte das Entsetzen in ihrer Stimme hören. Die Elfe legte ihr beruhigend die Hand auf die Schulter. „Nein, Marie. Diese Art der Bärtierchen gibt zu jeder Wintersonnenwende einen Tropfen eines Sekretes ab. Sie schenken es uns und wir sammeln diese Tropfen einhundert Jahre lang. Dann ist es uns möglich dieses Sekret zu nutzen, um einen der unseren zu heilen, wenn er an einem gebrochenen Herzen leidet oder wir geben die Hälfte davon einem Menschen, damit er auf ewig leben kann."

Marie verstand, doch etwas gab ihr zu denken und so fragte sie: „Mutter Soberia, hat ein Elf oder eine Elfe dafür auf Rettung verzichten müssen, nur damit ich nicht mehr altere und an keiner Krankheit sterben werde?"

„Nein! Denn es ist nicht nötig gewesen, das Sekret für Tamaruns Heilung verwenden zu müssen, denn du bist ja nun bei ihm.

Die Hälfte hätte wohl auch bei ihm gereichte, wenn es alleine darum gegangen wäre, ihm den Schmerz zu nehmen, den diese Menschen seiner Seele zugefügt haben. Du hast dies mit deiner Fürsorge jedoch zuvor geschafft. Und dafür bin ich dir unendlich dankbar."

Und somit hatte die Elfenherrin Marie eines der größten Geheimnisse der Elfen anvertraut.

Der Geburtstermin ihres ersten Kindes rückte näher. Marie war nach vielen Gesprächen mit ihrer Schwiegermutter, denn Soberia tat alles Erdenkliche um sie zu beruhigen, nun positiv auf die bevorstehende Geburt eingestimmt. Auch einige der anderen Elfenfrauen ließen alle möglichen Weisheiten hören, was eine Geburt so richtig in Schwung bringen würde. Marie war schließlich froh, als endlich etwas passierte und die ersten Wehen sich bei ihr ankündigten. Es war zunächst ein sanfter Start gewesen, dieser versetzte jedoch bereits drei Elfenmänner in Aufregung und Ungeduld. Ralaran macht sich Gedanken, ob das Baby in der von ihm gebauten Wiege auch Schlaf finden würde. Marie döste ab besagten Tag bis etwa Mitternacht und wurde dann von immer stärkeren Schmerzen geweckt.

„Es geht los!", verkündete sie Tamarun und veratmete sogleich auch schon die nächsten Wehe, so wie Soberia es ihr erklärt hatte. Alles Weitere verlief gut; das Kind kam und für Marie war es ein Wunder, diesen kleinen Elfenmenschen zu sehen. Alles schöner, als sie es sich je erträumt hätte. Und schon am nächsten Tag bewegte sich Marie wieder elfengleich durch ihr Zuhause.

Soberia lächelte, als sie nach den frisch gebackenen Eltern und ihrem Sonnenscheinchen, wie sie ihren Enkel nannte, sah. Soberia reichte Marie eine Seidenhülle mit den Worten: „Marie, ich möchte dir noch das hier geben. Eine Kleinigkeit von einer glücklichen Großmutter an ihre Schwiegertochter zur Geburt des Enkels."

Marie öffnete das Tuch und ein silbernes Medaillon mit einem grünen Stein an einer Kette kam hervor. Soberia erklärte daraufhin: „Dieser Stein ermöglicht es dir unser Reich zu verlassen."

Mit einem verdutzten Gesicht und mit großen Augen sah Marie Soberia an. „Danke!", stammelte Marie, denn ihr hatte es ansonsten die Sprache verschlagen.

„Mein Kind, ich bitte dich nur: Verlasse unser Reich am Anfang nur in Begleitung Tamaruns oder einem von uns, damit du den Umgang damit lernst und auch den Weg zurück alleine wiederfindest."

„Das werde ich, sollte ich diese Freiheit wirklich einmal nutzen wollen!", versprach Marie leise.

Als Marie einige Monate später die Herrschaft ersuchte, in die Menschenwelt gehen zu dürfen, erlaubte die Elfenherrschaft, dass sie mit Tamarun und ihrem Sohn die Elfenstadt immer wieder einmal für einige Zeit verlassen durfte. Tamarun mietete mit Einverständnis seiner Eltern sogar ein kleines Haus in Turangi, einer Kleinstadt am Westufer des Tongario River, an. So wurde es ihnen auch möglich ihren Freund Simon nach Neuseeland einzuladen. Simon war zwar anfangs noch ein wenig gekränkt, denn immerhin hatte er sich um alles kümmern müssen, da Marie fast drei Jahre verschwunden gewesen war. Natürlich hatte Simon versucht Kontakt aufzunehmen, aber Marie blieb wie vom Erdboden verschluckt. Selbst Neuseelands Behörden hatten ihm nicht weiterhelfen können - wie auch, denn diese wissen bis heute nichts von dem Tor zur Elfenwelt. Doch letzten Endes hatte Simon Marie und vor allem Tamarun verziehen und die Dinge mit Hilfe seines Vaters als ein Missverständnis der Autovermietung in Neuseeland klären können, da Tamarun den

Schlüssel für den Wagen in kluger Vorrausicht mit einer Nachricht, wo er stand dieser hatte zukommen lassen, da er den Wagen selbst nicht hatte zurückfahren können."

Bei ihrem zweiten Kind hatten es sowohl Tamarun als auch Marie etwas schwerer. Tamarun hatte ihren dreijährigen Spross zu beschäftigen und zu versorgen, da dieser nicht zu seinem Opa wollte, als er mitbekam, dass sein Geschwisterchen kam. Marie war ebenfalls etwas unglücklich darüber, denn so war Tamarun nicht direkt an ihrer Seite. Dafür war jedoch ihre liebe Schwiegermutter wieder bei ihr und als die kleine Elfenmensch-Lady das Licht der Elfenwelt erblickt hatte, wurde sie von der stolzen Oma zu den Männern in den Wohnraum gebracht, während sich eine andere Elfenfrau darum kümmerte, dass Marie gewaschen und frisch eingekleidet wurde. Palell war von seiner kleinen Schwester Esmina so hingerissen, dass er sie nicht mehr hergeben wollte, nachdem sein Papa ihm das Schwesterchen in seine Arme gelegt hatte.

Simon besuchte sie über die Jahre hinweg immer wieder in ihrem angemieteten Haus und dies mindestens einmal im Jahr für drei bis vier Wochen In manchen Jahren kam er sogar zweimal und dies bis zu seinem siebzigsten Lebensjahr. Tamarun und Maries Kinder Palell und Esmina nannten ihn ebenso ihren Onkel, wie sie es bei Ralaran taten. Simon gehörte nun einmal zu ihrer Familie.

Epilog
(Erdachte utopische Zukunft)

Auf dem Heidelberger Bergfriedhof wurde am 26. Juli des Jahres 2064 die Urne mit Simons sterblichen Überresten beigesetzt. Tamarun, Marie und ihre Kinder waren dazu aus Neuseeland angereist. Das Paar entschied sich für die Grabstätte dort, da diese eingebettet in einer Pflanzenwelt aus Bäumen, Sträuchern, Hecken und Bodendeckern lag und da Simon in seiner Heimatstadt beigesetzt werden wollte. Marie und Tamarun hatten sich bei der Einreise eine Woche zuvor und auch bei dem Bestattungsunternehmen als Nichte mit Mann und ihre Kinder als Großneffen von Simon Habermann vorgestellt. Simon hatte dies ebenfalls so in seinem Testament festgehalten.

Am letzten Abend in einem Heidelberger Hotel recherchierte Marie im Internet. Sie wollte gerade die Suche nach einem Bericht über den Tod von Doktor Robert Hoburg aufgeben, als sie über einen kleinen Bericht vom 20.Mai 2012 stolperte. In diesem stand, dass auf der A5 zwischen Rastatt und Baden-Baden der Sportwaren eines Arztes von einem LKW, der auf diesen aufgefahren war, unter den Anhänger eines davor fahrenden LKW geschoben worden war. Der Arzt Dr. R. Hoburg sei noch an der Unfallstelle verstorben. Marie war erschüttert. Jedoch nicht über den Tod Hoburgs, sondern bei der Vorstellung was geschehen wäre, hätte sie Tamarun an diesem Tag nicht entdeckt und befreit.

An 7. August 2064 nahm Marie nicht nur von Simon das letzte Mal Abschied, sondern auch endgültig von ihrer Geburtsstadt. Simon blieb

immer in ihrem Herzen und lebte dort weiter - nie
vergessen.

Glossar

Kapitel: Die Entdeckung

Goblin Forest - Kobold Wald

Pounamu - Anhänger

Sir Johann Franz Julius von Haast (* 1. Mai 1822 in Bonn; † 16. August 1887 in Christchurch, Neuseeland) war ein deutscher Geologe, Naturforscher und Professor des Fachbereichs Geologie am Canterbury College in Neuseeland. Haast nahm später die britische Staatsbürgerschaft annahm und im englischsprachigen Raum unter dem Namen John Francis Julius von Haast bekannt.

James Cook wurde auf seiner zweiten Südseereise 1772-1775) auf Neuseeland gemeinsam mit der gesamten Schiffsmannschaft - darunter die preußischen Naturwissenschaftler Johann Reinhold Forster und dessen Sohn Georg - sowie dem Bordastronom William Wales und dem dritten Leutnant Richard Pickersgill Augenzeuge für den Kannibalismus. Ein Maori war bei einer Stammesfehde erschlagen worden und die Sieger haben den Körper zerstückelt und teilweise verzehrt.

Kapitel: Entführt in ein fremdes Land

Am 26. April 1844 landete der englische Bauingenieur und Landvermesser Frederick Tuckett in der *Deborah Bay* im Otago Harbour. Im Auftrag der New Zealand Company sollte er eine geeignete Stelle für die Ansiedlung und Stadtgründung von New Edinburgh (heute Dunedin) finden. Im Juli 1844 kaufe Tuckett von den dort ansässigen Maori 162 Hektar Land, den sogenannten *Otago Block*. Der Handel wurde in der *Koputai Bay* vollzogen, jenem Ort, an welchem heute das Stadtzentrum mit dem Hafen liegt.

Am 23. Februar 1846 erreichte dann der englische Landvermesser, Planer und Politiker Charles Henry Kettler die *Koputai Bay* und dieser erstellten Pläne zur Gründung Port Chalmers, dass nach dem Mathematiker und Professor Thomas Chalmers benannt wurde. Anschließend zog Kettler an das Ende der Bucht von Otago Harbour um hier die Planung für die Stadtgründung von New Edinburgh vorzunehmen.

Am 23. März und am 15. April 1848 kamen schließlich zwei Schiffe mit den ersten 347 schottischen Siedlern, angeführt vom Hauptmann des Britisches Heeres, William Cargill und dem Pfarrer Thomas Burns, in Port Chalmers an.

Die beiden Männer galten als Mitbegründer von New Edinburgh.

Port Chalmers wurde recht schnell zum wichtigsten und größten Hafen der Region Otago - Neuseeland für das 1848 gegründete Dunedin. Um dort den immer größer werdenden Güter- und Passagiertransport bewältigen zu können wurde bereits 1872 eine Eisenbahnstrecke zwischen Port Chalmers und Dunedin in Betrieb genommen. Vollbeladen mit gefrorenem Fleisch und Butter legte die SS Dunedin am 15. Februar 1882 mit dem Zielhafen London ab. Als jedoch in den 1880ern die Fahrrinne im *Upper Harbour* von Port Chalmers nach Dunedin für Seeschiffe ausgebaggert wurde, verlor Port Chalmers jedoch Spitzenstellung als Seehafen und diese erhielt Dunedin.

Ceylon - seit 1972 Sri Lanka

Anmerkung zum Promotionsexamen von Frauen:

Dorothea Christiane Erxleben wurde am 13. November 1715 (in Quedlinburg geboren und war die erste promovierte deutsche Ärztin. Nach der Übernahme der Praxis ihres verstorbenen Vaters absolvierte sie 1755 ihr Promotionsexamen an der Universität Halle. Sie starb am 13. Juni 1762 mit 46 Jahren in ihrem Geburtsort. Somit hätte meine Protagonistin Cläre ebenso als Ärztin ihr Promotionsexamen in den Jahren des achtzehnten Jahrhunderts machen können.

Kapitel: Menschliche Begierde

Menschliche Spermien - Spermatozoen wurden im Jahr 1677 mikroskopisch vom dem Medizinstudenten Johan Ham entdeckt. Antoni van Leewenhoek machte im Jahr 1680 weiterführende Untersuchungen.

Der deutsche Chemiker Justus von Liebig (1803 - 1873) entdeckte 1831 das Chloroform. Unabhängig von Justus von Liebig entdeckten auch der französische Chemiker Eugene Souberain und der amerikanische Chemiker und Mediziner Samuel Guthrie das Chloroform. 1847 verwendete es Sir James Simpson erstmals als Anästhetikum bei seinen Operationen und in der Geburtshilfe.

Laudanum - der Name geht auf seiner Erfinder Theophrastus Bombastus von Hohenheim (1493 -1541), auch 'Paracelsus' genannt, zurück und bezeichnet eine aus Wein und Opium hergestellte Tinktur.

Kapitel: Cläres Trauer

Ejakulat und Ejakulation ist ein im 18. Jahrhundert fachsprachlich entstandener Begriff.

Kapitel: Auf Entdeckung in Heidelberg

Oheim und Muhme, auch Vetter und Base genannt. Bis etwa 1750 wurden Onkel und Tante mütterlicherseits und väterlicherseits im deutschen Sprachgebrauch unterschieden. Die Geschwister der Mutter und ihre Partner wurden als Oheim, Ohm, Öhm bzw. Muhme bezeichnet. Die Geschwister des Vaters und ihre Partner als Onkel sowie Tante.

Kapitel: Flug in die Heimat

Der Weinbau in Neuseeland reicht in die Kolonialzeit des Landes zurück. Das genaue Datum ist zwar nicht klar zu bestimmen, doch zumindest das Jahr 1819 als erstmalige Erwähnung des Anbaus von Wein gilt als gesichert. Dies soll Samuel Marsden, ein anglikanischer Missionar, laut seinem Tagebucheintrag bei seiner zweiten Reise nach Neuseeland mit dem Anbau von 100 Weinstöcken in der Ansiedlung der Church Missionary Society in Kerikeri dokumentiert haben. Doch wird angenommen, dass Charles Gordon, Superintendent für Landwirtschaft, bereits 1817 in Rangihoua und Waitangi den Weinanbau eingeführt hatte.
Der Beginn des professionellen Weinbaus wird jedoch James Busby, der im Winzerhandwerk ausgebildet war, zugeschrieben. Er soll 1833 Rebstöcke vom Weinberg seiner Familie von Hunter Valley, New South Wales, genutzt haben, um damit

auf seinem Grundstück in Waitangi Wein anzubauen. Er hatte auch zwei Bücher zum Thema Weinbau veröffentlicht.

Kapitel: Neuseeland

Der Egmont-Nationalpark umfasst 33.543 Hektar und liegt im Westen der Nordinsel von Neuseeland. Der Park wurde im Jahr 1900 unter Schutz gestellt und ist somit der zweitälteste Nationalpark in Neuseeland. Der Nationalpark wurde rund um den Vulkan Taranaki angelegt und bietet beeindruckende Wasserfälle, Regenwälder und moosige Sümpfe. Es gibt drei Zugangswege zum Park - Manaia Road, Egmont Road und Pembroke Road. Der erloschenen Vulkan Mount Taranaki (auch bekannt als Mount Egmont) dominiert das Gebiet. Von Seefahrer und Entdecker James Cook wurde der Berg als Mount Egmont bezeichnet, da er jedoch schon seit Jahrhunderten den Māori als Taranaki bekannt war, wurde ihm sein alter Name wieder zurückgegeben. Der Taranaki ist rund 120.000 Jahre alt und einer der am perfektesten geformten Vulkankegel der Welt und ist einer der am häufigsten bestiegenen Berge in Neuseeland. Im Nordosten befinden sich die Überbleibsel zweier älterer Vulkane: Der Kaitake und der Pouakai.
Der Legende der Maori nach, so heißt es, lebte Taranaki einst zusammen mit den Vulkanen Tongariro, Ruapehu und Ngauruhoe auf dem Zentralplateau. Als er begann, mit einem hübschen Hügel namens Pihanga zu flirten, wurde Tongariro eifersüchtig und brach wutentbrannt aus. Taranaki floh nach Westen und formte auf seiner Flucht den Flusslauf des Whanganui. Von den Maori der Region wird der Taranaki noch heute verehrt und sein Gipfel gilt ihnen

als heilig. Der Regenwaldgürtel profitiert von den dort herrschenden hohen Niederschlagsmengen. Im Auwald findet man Rimu- und Rata-Bäume, die nach und nach durch Kamahi, Totara und Kaikawaka ersetzt werden. Der „*Goblin Forest*" auf den mittleren Hängen des Berges verdankt seinen Namen der knorrigen Form der Bäume und den dicken, herabhängenden Moossträngen. Oberhalb des Waldes findet man subalpines Buschwerk und Alpenkräuter. Der Nationalpark ist für die Vogelwelt von besonderer Bedeutung. 28 einheimische und 15 eingeführte Vogelarten haben hier ihren Lebensraum gefunden. Zu den heute gefährdeten Arten zählen der flugunfähige Nördliche Streifenkiwi, der Farnsteiger und die Saumschnabelente.

Kapitel: Ankunft in der Elfenstadt

Zwille = Handschleuder. Die Schleuder gilt als eine der ältesten Waffen der Menschheit und wurde bereits in der Antike im Kampf eingesetzt. Zum Bau einer einfachen Zwille benötigte man eine Astgabel und eine Lederschnur, sowie ein breiteres Stück Leder.

Kapitel: Lustvolles Erlangen der Langlebigkeit

Tardigrada - Bärtierchen (auch Wasserbären genannt).
Die bärenähnlich aussehenden Tierchen leben weltweit im Meer, Süßwasser oder in feuchten Lebensräumen, wie beispielsweise in Mooskissen an Land. Die Tiere besitzen die Eigenschaft in einen todesähnlichen Zustand zu fallen, in dem sie extreme Umweltbedingungen überdauern können. Bärtierchen können sich sowohl von Pflanzenzellen als auch

räuberisch von kleinen Tieren wie Fadenwürmern oder Rädertierchen ernähren, die sie dazu anstechen und aussaugen. Die meisten Bärtierchen-Arten pflanzen sich geschlechtlich fort. Doch es gibt auch einige, die sich parthenogenetisch vermehren. In diesem Fall entwickeln sich die Eier des Weibchens ohne Befruchtung durch ein Männchen. Die Tierchen gibt es also wirklich, während das Extrakt, das sie in dieser Geschichte ausspeien, reine Erfindung Fantasie von mir ist.

Zum ersten Mal beschrieben wurden die nur 0,1 bis 1,2 Millimeter großen Tierchen von dem Pastor und Zoologen Johann August Ephraim Goeze bereits im Jahr 1773. Mittlerweile sind über 1.000 verschiedene Arten der Bärtierchen bekannt.

Quellennachweis: Wikipedia

© Gabi Haug

Homepage: Gabi Haug

http://www.nefhithiels-fantasiewelt.de